秦玉花——

著

心是一只
雪候鸟

湖南文艺出版社
HUNAN LITERATURE AND ART PUBLISHING HOUSE

博集天卷
CS·BOOKY

图书在版编目（CIP）数据

心是一只雪候鸟 / 秦玉花著 . — 长沙：湖南文艺出版社，2017.3
ISBN 978-7-5404-7991-6

Ⅰ.①心… Ⅱ.①秦… Ⅲ.①散文集—中国—当代②诗集—中国—当代
Ⅳ.①I217.2

中国版本图书馆 CIP 数据核字（2017）第 032998 号

上架建议：散文·随笔

XIN SHI YI ZHI XUEHOUNIAO
心是一只雪候鸟

作　　者：秦玉花
出 版 人：曾赛丰
责任编辑：薛　健　刘诗哲
监　　制：蔡明菲　潘　良
特约策划：李　荡
特约编辑：温雅卿
封面设计：梁秋晨
版式设计：潘雪琴
营销推广：李　群　张锦涵
出版发行：湖南文艺出版社
　　　　　　（长沙市雨花区东二环一段 508 号　邮编：410014）
网　　址：www.hnwy.net
印　　刷：北京中科印刷有限公司
经　　销：新华书店
开　　本：880mm×1270mm　1/32
字　　数：136 千字
印　　张：8
版　　次：2017 年 3 月第 1 版
印　　次：2017 年 3 月第 1 次印刷
书　　号：ISBN 978-7-5404-7991-6
定　　价：26.00 元

质量监督电话：010-59096394
团购电话：010-59320018

目 录
contents

序 生死临界线

北大燕东园里有一栋年代久远的老楼，木门木窗，屋顶很高。

老楼的拐角处，住着一位名叫秦玉花的女子。

这几年，人们一直没见她出过门。

其实，她是经常出远门的，一年大概有十几次吧，每次都是医院的救护车闪着灯把她拉走的。

每次都是报病危，上抢救。

这说明，她的生命已经多次走到了临界线，那是一条常人觉得很恐怖的线，线的两端，分别站着生与死。

生与死都在朝她招手。

生是一种诱惑，死也是一种诱惑，有时候，它们不允许你有任何选择，有的时候，你又必须选择。

向往生，厌恶死，这是人之常情。但是，秦玉花每次被从奈何桥头拉回来，重新睁开眼睛时，都会对妈妈表达不满，责问妈妈为什么要把她送到医院去抢救，为什么还要让她继续遭罪？

她认为生命在该走的时候一定要走，该走的不走，不仅会拖累别人，也会使自己心生厌恶。

她眼睛看不见，耳朵听不见，身体无法行动，虚弱到连轮椅都不能坐，因为她根本无法坐起来。她卧床五年了，牙齿掉了不少，每天只能吃些流食，胸部以下不能动，没有知觉，人瘦得只在被子底下制造出微小的起伏。她日夜这样躺着，有时晚上连吃四五片安定还是睡不着。

生命已经成为她的牢笼，并把她囚禁多年。

"我活得太痛苦了，我觉得愧对我的妈妈，她要是没有我，一定会生活得很幸福。"秦玉花躺在护理床上，失明的眼睛望着天花板，两只细弱的手臂交叉在胸前，说话口齿有些含混。

对她来说，生命已无可留恋，甚至她痛恨活着。

"我妈妈送我去抢救是错误的选择，是对我们两个人共同的折磨：一个在极度的病痛中苦苦支撑，一个眼看着亲人在生死间无谓挣扎却无能为力。"

这是秦玉花的结论。

通过不断地哀求，不断地责备，不断地商量，她终于迫使妈妈同意，当她再一次丧失意识，生命进入弥留状态时，不再拨打120，不再送医急救，"只要你在我身边就行"，秦玉花说。

几十年来，她与妈妈相依为命。

妈妈总是觉得愧对这个女儿。她一共有三个女儿，两个大的都是健康美丽，独有这个小的生下来第二天就被医生送去治疗眼病。

秦玉花是先天性的青光眼。

医生认定她的视力只能维持到六七岁，之后就会失明。

秦玉花说："从记事起，世间万物在我眼前呈现出的就只是大致的轮廓，是粗线条的，难道这就是人们所指的模糊吗？我压根儿就不知道与这种"模糊"相对应的"不模糊"是什么样子的。我能够分辨出物体的形状和颜色，能够看到路面上来来往往的车辆，能够借助于放大镜读自己喜欢的故事书，这不是挺好的吗？"

秦玉花识字很早，她会写的第一个字，不是"上中下人口手"，而是一个相对比较难写的字："我"。她发现这个字在书里出现的频率最多。

不断地重复着"我"字，她的自我意识也比别的孩子敏感许多。

六岁半，报名上小学颇费了一番周折，父母苦苦哀求，校方要求看了入学成绩再定。她成绩很好，考上了实验班，不过老师得知她的视力情况后，把她调到了普通班。

她第一次意识到，眼睛不好不仅给她的身体留下了难以弥补的创伤，也给她的精神设置了无形的障碍。

在一节美术课上，老师表扬了她的一幅画，而一个男生大声问："她的眼睛不好，真是她自己画的吗？"

回到家里，有生以来第一次，她向妈妈痛苦无奈地呐喊："为什么我生下来眼睛就不好？为什么我不能像两个姐姐一样身体健康？"成串的泪水滑进她的嘴角，妈妈流着泪帮她擦泪，母女俩的泪水不分彼此地混合在一起。

四年级，秦玉花坐在第一排也看不清黑板了。她不得不转到盲人学校，从头开始学盲文。

14岁那年，她视力状况继续恶化，12天的时间里连续接受了两次眼部手术。"因为针是打在眼球上的，眼睁睁看着细细长长的银针对着我的眼球直刺下来，当时内心的感觉绝不是'害怕'两个字所能够形容的。出于一种本能的恐惧和胆怯，我拼命地哭着喊着挣扎着，然而我的力气实在太小太小了，怎么也抵不过按在我身上的一双双大手。当针尖刺入眼球的一刹那，我感觉到的不仅仅是钻心刺骨的疼痛，还有一种被俘虏了的屈辱和恼怒。"

这种痛苦的治疗没能挽救秦玉花的视力，她的左眼还是失明了。

两年后，她的听力又开始下降，不得不戴上了助听器。耳病的起因是小时候一个人身在病床上总是哭，一哭泪水就流到耳朵里，得了中耳炎，最后病情发展影响到听力。她只能通过助听器与人交流。

"其实每时每刻我们都是幸运的，因为任何灾难的前面都可能再加一个'更'字。"史铁生的这句话在秦玉花身上得到了验证。刚参加工作没几天，她又添了一种病："胸椎空洞"，医生说这是先天的病，娘胎里带出来的，就跟种稻子一样，种子种下去几十年以后发芽长出来了。这种病的最终结果，就是全身瘫痪。

当一辆轮椅贸然闯入秦玉花的生活中时，她觉得自己被命运无情地推到了绝望的低谷。

正在多方求治期间，秦玉花的父亲骑自行车出门买菜，突遭车祸过世。

父亲去世后，秦玉花胸以下逐渐失去知觉，直到完全瘫痪在床。

世界上有许多不幸的人，但是像秦玉花这样不幸到如此程度的，恐怕不多。

她没有消沉。她没有消沉的原因是消沉比死亡更可怕。

2001年初，病床上的秦玉花做出了一个令人大感意外的决定——报名参加高等教育自学考试！

对于一个盲校毕业的学生来说，高等教育自学考试的难度不亚于万里长征，人们不明白的是，她到底想干什么？她脆弱的身体怎么支撑这个漫长的学习过程？繁重的学习导致健康状况进一步恶化怎么办？

所有人都在劝她，认为她的思维不正常。

秦玉花说："是的，我的身体都已经这样了，能够活下来已算是万幸，实在不应该再有那么多的渴求、那么高的奢望。可我却不甘心让自己无所事事地待着，孤寂的生活太沉闷、太乏味了，乏味得会令我滋生出一种心灰意冷的厌倦感。我希望通过自己的努力来填补心灵上的空白，弥补精神上的空缺。"

如果为了多活几年，现在什么都不干，每天好吃好喝地调理或治疗，那与死去有多大的差别？

对她来说，这也是一种生死抉择，是多活几年而放弃人生的追求，还是为了生命的质量而付出残存的生机？

她选择的是后者。

也许在外人看来，这是件蠢事，但是历史往往不是那些"精明"人创造的。

1924 年 6 月 8 日，英国探险家乔治·赫伯特·雷·马洛里在尝试攀登珠穆朗玛峰途中，失踪于珠峰北坡。登山之前，《时代》周刊的记者问道，为何想要攀登珠穆朗玛峰？马洛里说："因为山在那里。"

是的，山在那里。

每个人的人生都是一种攀登。

每个人不屈不挠的攀登构成了整个社会进步的动力，人类因此而伟大。

秦玉花要在属于她的攀登中寻找她的理想。这种理想不是来自外在的要求与压力，而是一种内在的自如与平衡。

她的理想是一束光芒，照亮她眼前黑暗的世界。

年过花甲的母亲推着她的轮椅，站在路边打出租车，遇到好心的司机，就会先把她弄到车上，再把轮椅放进后备厢里。赶到考场，如果教室不在一楼，还得央求周围的男同学帮忙抬。

秦玉华坐在轮椅上拿着放大镜答题，从肩膀到后背，从胳膊到双腿，每一块肌肉、每一个关节都僵硬麻木，如针扎一样钻心疼痛。

她考了五场下来，累病了。北京市海淀区自考办的工作人员看了不忍，便将秦玉花的情况上报给了北京市自考办，经过了严格审批之后，老师们为她开设了一个家庭特殊考场。从此每到考试，就会有两位老师带着试卷到家里来为她监考。

三年半以后，秦玉花通过了自考的 16 门课程，拿到了心理学大专文凭。再一年，她彻底失明，眼睛残存的最后一丝光感消失了。面对着这个早晚会来到面前的结果，她只能接受。

折磨还没有到此为止。

2008 年，35 岁的秦玉花的病情急剧恶化，心肺、吞咽、循环功能都出现了严重障碍，卧床的时间越来越长，终于连轮椅也坐不了了，只能一动不动地躺在床上。由于泌尿系统及褥疮创面感染，她经常发高烧，进食也越来越困难。

她是在这样的生命状态下进行写作的。

不是为了成名，不是为了挣钱，只是想对自己和知己倾诉。

她躺着，把枕头垫高，骨瘦如柴的胸前盖着薄被，薄被上放着黑色的键盘，耳朵上戴着助听器，然后敲击键盘，听电脑的语音软件读那个她敲出来的字。

一个字，又一个字，如同小燕衔泥垒窝，如同精卫投石填海。

十多年来，她先后出版三本小说和散文作品：《以命相搏》《爱让我们彼此温暖》《人生多解方程式》，现在要出版的是第四本。这一本，她起的书名是《心是一只雪候鸟》。她说起这个书名的时候，她梦见自己扑扇着翅膀去追飞机，怎么也追不上，一着急，醒了，就想了这个名字。

不知道世界上是否真有这种鸟。

有人说有，那是生活在雪国里的一种很独特的鸟，非常耐寒，性格顽强。

有人说没有，它只是一种传说，一种美好的想象。

有人说那是一支歌，讲述了一个为了爱情不顾脱队危险，北追寻爱的凄美故事。

秦玉花说她喜欢这种鸟，是因为想摆脱寒冷，追随温暖，于是，有了憧憬、向往和抗争，有了日复一日的飞翔。虽然每一天都在重复着看似相同的简单的事情，但每一天都是开启一段充满生机的新的旅程。

写这本书的时候，她突然不舒服，昏睡了三天，醒来后完全失聪了，把助听器的音量开到最大也听不见。她急哭了："怎么会这样，一点时间也不留给我呀。"

我告诉她，不要着急，一切听从命运的安排，你的生活虽然充满了苦难，但已经足够精彩。

她再次静下心来听，终于又能听到了。

她的写作还能继续。

由于各个感觉器官的虚弱，秦玉花接受外界的信息越来越少，这对于一个写作者来说，是灾难性的。因此，她也会有许多软弱的时候，当记者把她当成一个励志典型去采访时，她却哭了起来："活着真没有意思呀。什么也看不见，哪儿也不能去，你看夏天多热呀，身子下面都是汗，我却不能吹空调。

"我觉得生命太顽强了啊，可是太顽强了也不是好事，自己痛苦，别人也受罪。自己很消沉啊，每天只能这么躺着，有时候还是会控制不住地沮丧。

"我特别想去海边。我活着的时候只能躺在床上，我想死了以后让他们把我的骨灰撒在大海里，我活着的时候不能去任何地方，希望死了以后在大海里游走四方。"

还有一次，她给杂志投稿，一位熟悉的编辑说她写得没有以前好了，她没有说话，等妈妈出去买东西了，她一个人痛哭失声。她想说，我因为前段送医院抢救时，竟然陷入了痴呆状态……她想说，我的耳朵现在听声音很困难……但是，最终她什么也没说，就那么哭了一场，然后擦干眼泪，等妈妈回来，努力表现得很平静。

她说，这是我的最后一本书了。这样说的时候，她依然平静，而且是很享受的样子。

这就是一个人站在生死临界线上的状态。

生命有各种状态。人也有各种生命观。

孔子说，逝者如斯。

白居易说，日出尘埃飞，群动互营营。营营各何求，无非利与名。

李白说，庄周梦蝴蝶，蝴蝶为庄周。青门种瓜人，旧日东陵侯。

《圣经》说，生命在主，复活也在主，他有权柄舍弃，也有权柄收回。

佛说，生死一如，何足忧喜？生，也未尝可喜；死，也未尝可悲。生，是死的延续，死，是生的转换。不悲过去，非贪未来，心系当下，由此安详。

也许秦玉花脱离了千钧万担的躯壳，会感到无比的轻松。

领悟了生与死的真谛，她的人生会因此展开大的境界。

她是一只稀世之鸟。

她的勇敢无人能敌。

在本书即将付梓的时候，秦玉花发来短信谈到她的状态："我的日子是两个字加一个感叹号：受罪！我现在双手摸着别的东西，就算是护理床的铁栏杆，也感觉不到冷和硬，但是还可以打字。我现在想把我电脑里以前写的'半成品'写完整。每天早晨一醒来就知道自己要干什么，这种感觉真好，真享受！"

秦玉花向死而生。
我们祝福她，且行且自珍。

张林

心是一只雪候鸟

第一编

与兔子赛跑的乌龟

一个柔弱的生命在挣扎

我刚出生时，医生就查出我患有先天性青光眼。虽然先后做过了六次手术，却无济于事。最终，因患肺炎而持续高烧，我在一夜之间失去了残存的视力，陷入了黑暗的世界。

在五个月大的时候，我在同仁医院做了第一次手术。父母本想使我的眼睛及早得到治疗，却万没料到，这次手术又是另一个悲剧的开始。由于我总是哭闹不止，成串的泪水不慎流进了耳朵里，当大人发现有脓水从我耳朵里流出来的时候，已为时过晚，原本健康的耳朵患上了中耳炎，隔三岔五就会发炎化脓，且严重地影响了听力，必须佩戴上助听器才可以听清楚周围的声音。

2000年春天，我的父亲意外地遭遇车祸，去世了。屋漏偏逢连阴雨，我还没有从这一沉重的打击中缓过劲儿来，细心的妈妈却发现，我走路时身子总是摇摇晃晃，还常常因为重心不稳摔倒。妈妈带着我跑遍了各大医院，最后被确诊是患上一种罕见的脊髓疾病，导致身体自胸部以下高位截瘫。至今，世界上对此病尚无有效的治疗方法，医生预言，以后不要说走路，就连站起来都不可能了。

就这样，我成了一个视力、听力、肢体均重度残疾的人，而命运对我的折磨还没有到此为止。2008年初，我的病情急剧恶化，心肺、吞咽、循环功能都出现了严重障碍。由于泌尿系统及褥疮创面感染，我经常发高烧，更为糟糕的是，由于心肺及吞咽功能衰竭，我的呼吸及进食越来越困难。

一

身体上的多种病痛并没有削弱我对知识的强烈渴望。从盲校初中毕业后，一向成绩优异的我不愿放弃学习，于是，我在海淀区成人高中读完了高中，接着，又参加了北京师范大学文学创作专业的学习。取得了专科毕业证书。

2001年初，也就是在我下肢瘫痪半年以后，我无意中在收音机里听到了对高教自考的介绍。参加高教自考不受学习时间和身体条件的限制，所有课程可以全凭自学，而且是学一门考一门，等通过了全部专业课程的考试以后，就可以取得毕业证书。我觉得这种学习方式非常适合自己，于是报了名。

在到所在地的自考办去报名之前，我先给自考办的咨询热线打了个电话，详细询问了报名所需要携带的证件、材料，然后，将所需要的物件提前准备好，以免到时候来个措手不及，既费时间又费周折。办理完报名手续，我买回了心理学专业的教材。

由于行动不便，我不能像其他考生一样去上辅导班，在学习的过程中，既没有老师辅导，也无法与同学交流，所有课程全靠自己一个人自学，对于教材中的重点和难点，也全凭自己来把握。

当时，很多人都不理解，认为我这是在自讨苦吃，可我却从没有产生过放弃的念头。每天除了吃饭睡觉，其余的时间，我就坐在书桌前，逐字逐句地读着、记着。学累了，就打开收音机听听音乐，之后，再接着学。

心理学专业共有 16 门课程，每门课程的教材有 300 页左右。每天望着眼前的一大摞教材，我就发怵。因为我看书的时候，眼睛距离书页仅有一拳之隔，而且也还得借助放大镜才能看清楚，样子非常吃力，速度也非常慢。

更大的困难还在后面：由于自考考场分布在不同的地点，其路途上的奔波对我无疑是体力与精力的双重挑战。

考试的那一天，我提前问清楚考场所在的位置和乘车路线，以免在路上耽误时间。进入考场以后，我先把准考证、笔和草稿纸放在桌子上，然后闭上眼睛做几个深呼吸，放松身心。

当考卷发下来后，我先将考卷粗略地看一看，从而对有几道大题、每道大题各占多少分的情况有个大致的了解。然后，我从占分数多的大题开始做起。为节省时间，我在答题时不打草稿，而是先在脑子里想好了要写些什么、要怎样写，然后再逐字逐句地写到考卷上。遇到了不会的试题，我就先在草稿纸上记下这道题目是第几道大题里的第几道小题，等全部试题都做完了以后，再回过头来做。

在《大学语文》这门课程中，有很多古文古诗词都是繁体字或生僻字，需要查字典。因为这些字的笔画太多，我根本看不清楚，于是，我就让外甥茱茱用毛笔把每个字都写得像碗口那么大，真成了名副其实的"大字"。同时，还让茱茱在每个字的旁边用拼音注明读音。有一次，我从这些"大字"上抬起头，茱茱一看我的脸，竟笑得前仰后合。原来，墨迹未干，我便急不可待地凑近了去看，鼻子尖被蹭黑了，样子非常滑稽。

在学习专业课程《心理统计》时，有很多表格，表格里的数字排列得很密，为了避免看错行，我就用一把木尺，盖在所看的那一行下面，看完一行以后，再把木尺往下移。最终，我以高分通过了这门课程的考试。

在考第一门科目时，刚一拿到试卷我就傻眼了。因为对知识点把握得不够准确，理解得不够全面，答题时觉得这么写也可以，那么说也没错，似是而非的模棱两可，费了半天劲儿却没能抓住要领。吃一堑长一智，在以后的学习时中，我要求自己不仅把教材的内容弄懂，还要吃透，不能抱有投机取巧的侥幸心理，要踏踏实实地稳扎稳打。

2004年上半年，经过三年半孜孜不倦的努力，我通过了自考心理学专业全部课程的考试。海淀区自考办的领导亲自为我颁发了毕业证书。同时，我被评为"优秀自考毕业生"，所写的征文也在"全国自考人生大赛"中获得了优秀奖。同年，我被评选为"海淀区自强模范"，并被多家媒体称为是"中国的海伦·凯勒"。对此，我心里百感交集，如果没有老师们热情及时的帮助，我根本不可能顺利地完成学业！

在完成了高教自考的学习后不久，我便因为一场高烧而失去了依稀残存的视力。但我并没有过度地沉浸在悲伤中，而是凭借着阳光读屏软件，用"会说话"的电脑在心理学网站以及自己在新浪网上的博客和微博，运用所掌握的心理学知识，为有心理困扰的年轻朋友进行疏导与咨询。当得知我是一个集多种重度残疾于一身的人时，他们起初都会惊讶怀疑，甚至讥嘲奚落，但是我并没有为此气馁，而是以真诚的言辞和入情入理的分析赢得了他们的信任。这些年轻朋友，他们将内心的苦闷烦忧毫无保留地向我倾诉，让我为其指点迷津，我就结合自己的经历，告诉他们："生命对于每一个人来说都是一场搏斗，是一个不断地遇到困难、经受挫折、战胜自我的过程。"每当帮助他们打开了心结，从阴影中站起来的时候，我都会感到无比快乐。因为，在帮助别人的过程中，我感到自己的人生价值也得到了体现与升华。

通过参加高教自考，我不仅学到了知识，而且磨炼了意志，增强了战胜困难的决心和勇气，同时，我也深切地感受到，随着社会的发展、科技的进步以及各界人士对盲人群体的关注与关心，盲人的地位有了显著的提高，盲人的生活有了可喜的转变。现在，有越来越多的盲人和健全人一起参加高教自考，也有越来越多的盲人学会了操作电脑，在网络平台上或是学以致用，或是展现才艺，或是交流切磋。公平竞争、平等参与已不是生硬的口号，新潮流、新时尚也不再将盲人拒之门外。在这样的大好形势下，盲人应该有与时俱进的观念，有积极进取的精神，努力用知识点燃希望，用高科技手段最大限度消除因为视觉缺失带来的困难。

<h2 style="text-align:center">二</h2>

我从小就非常喜欢听故事，常常把故事里的好词好句即描写精彩的段落背诵下来，这在潜移默化中提高了我的文字功底。从上小学三年级起，我就开始坚持每天写日记，在北京师范大学学习文学创作期间，我踊跃参加校内外举办的各种征文活动，并多次获奖。

为了支持我写作，家人给我买回了一台电脑和一套盲用电脑语音软件，在随后的日子里，这台"会说话"的电脑成了我的得力帮手。我从最基本的开机关机、启动程序学起，逐渐尝试着将文字输入电脑。随着打字的速度越来越快，我的信心也越来越足。

在写作的过程中，我所遇到的困难和承受的痛苦是多方面的。由于双目失明，所有的操作，我全都是靠听语音提示，在摸索中进行。由于我的耳朵上戴着助听器，夏天，汗水是它的天敌，一受潮，助听器便会失灵。为了尽可能少出汗，我就把凉毛巾围在脖子上，又将几个灌满水的饮料瓶放在冰箱的冷冻室里冻成冰块，围在身体四周。由于无法端坐，我操作电脑的时候只能平躺在床上，把键盘搁在肚子上，肋骨总是会被键盘压得生疼。我的双手手腕没有依靠，完全悬空，使得我操作的样子非常吃力，速度也非常慢，每打完一句话就得停下来，休息片刻后再接着打下一句话。这样长时间保持同一姿势，使得我经常长褥疮。最难受的是我身体总是会不由自主地抽搐不止，常常是电脑已经打开了，脑子里也已把要写的内容构思好了，却因为身体抽搐得厉害而写不下去了，等身体的抽搐过去以后，刚才想好的文字又都忘得一干二净了。

虽然写得艰难而又吃力，但我却从来都没有产生过放弃的念头，相反，我觉得当我的手指熟练地敲击着键盘，写下一行行的文字的时候，就好比是一个掉在深井里的人看到了从井口射下来的一束阳光，它是我目前唯一能够做的事情，也是在连绵不断的病痛中唯一能够带给我快乐的事情。正是为了这种简单而真实的快乐，在遇到困难或是事情进展得不顺利的时候，我不是在为就此放弃找理由，而是在为如何继续想办法。目前，我已出版了《与命相搏》和《人生多解方程式》两本书。其中，《与命相搏》被翻译成了盲文版，《人生多解方程式》被国家图书馆收藏。对此，我内心感受到的不是狂喜，而是平静与坦然。因为，我以此方式证明了自己并没有虚度时日，并没有放弃努力，证明了自己的存在以及存在的意义。

三

多年以来，我一直以"坚强快乐每一天"为座右铭，激励着在病痛中的自己。然而，我的坚强快乐并没有令病痛望而却步，多种并发症的出现使我意识到，我的身体状况在朝着不好的方向发展。急剧加重的病情不仅在束缚我的身体，而且也在摧残着我的精神。我的生活圈子越来越小，能做的事情越来越少，以前可以做到、做好的，现在却力不从心。我不知道明天的状况会是什么样子，我只知道，明天的状况肯定不如今天，就像今天的状况不如昨天。

也许，因为相信奇迹，才会有不服输的抗争，因为日子过于枯燥，才会渴望获得充实，因为痛苦太多，才倍加珍惜快乐，因为生命短暂，才愈发珍爱时间。淡化苦难的最佳方法，是让自己永远心怀感恩。

我和我追逐的梦

十多年前，虽然患先天性青光眼，视力急剧下降，但每逢春节或者生日，父母问我想要什么礼物，我就会不假思索地回答说："我要书！"在看书的时候，我眼睛离书页仅有一拳之隔，而且还得借助放大镜才能看清楚书上的字。放大镜的倍数由起初的五倍增加到十倍，再由十倍增加到二十倍、三十倍。

记得在购买三十倍放大镜的时候，售货员见我拿它看书，惊得瞠目结舌。"这么高倍数的放大镜是用来鉴定文物的，拿它看书，我连听都没听说过！"这个三十倍放大镜的外观就像架照相机似的，在书页上移动，显得既滑稽又吃力，可我却读得全神贯注。为此，家人经常劈手夺下我手里的书，连哄带吓地说："该休息一会儿了，不然会把眼睛看坏的。"可我又会飞快地把书抢回来，继续看。

我印象最深的是一本《文笔精华》，其中有一章，将笑分为狂笑、微笑、苦笑、窃笑、冷笑、似笑非笑。这让我知道了，笑居然还有这许多变数，不仅所发出的声音不同，而且，眼神、嘴角的开合及面部表情也都有所不同。苦笑时是皱眉垂眼，窃笑时是挤眉弄眼，冷笑时是撇嘴，似笑非笑时是咧嘴。对虚而不实的抽象化描写，我很想准确地领会其意，因此，常常在细节上刨根究底。比如，瞟一眼和扫一眼有什么区别？又比如，空中飞舞的雪花和柳絮以及尘土有什么不一样？再比如，满天繁星在眨眼睛，那么星星是什么东西？是怎么眨眼睛的？和人眨眼睛一样吗？对我提出的问题，别人要么应付一声："等你长大以后就知道了。"
要么教训一句："书上怎么写的你就怎么记，钻那个牛角尖儿干吗？"
别人也许是对眼前的景物早已看惯见惯了，压根儿就没想到过去深究，
一旦深究起来，反倒觉得荒诞可笑，不知如何作答。于是，我就自己寻
找答案。《新华字典》《成语词典》《我们爱科学》《十万个为什么》，
它们都成了为我答疑解惑的良师益友。

　　在看书的过程中，我还把好词好句抄写或背诵下来，并且在写作文
时有意地借鉴模仿，这对我的语言和写作素材的积累产生了潜移默化的
影响。从上小学三年级起，我就坚持每天写日记。与此同时，我还踊跃
参加校内外的各种征文活动，这不仅锻炼了我的文字表达能力，而且激
发了我的自信。当我拿到北京师范大学文学创作专业毕业证书的那一刻，
我感到自己童年的文学梦就快要实现了。

　　然而，厄运却在最意想不到的时候降临到了我头上。一场高烧无情
地夺去了我依稀残存的视力，也无情地粉碎了我心里的文学梦。我看不
见了，以后再也不能写文章了，我的文学梦，就像小鸟一样扑扇着翅膀
飞走了，我再也追不上，再也找不回来了。

　　恰在这时，一套专为盲人开发研制的语音读屏软件上市了。它可以
使盲人变看字为听字地操作电脑。因为所有的操作必须要在语音的提示
下，摸索着键盘进行，所以在刚学打字的时候，我的速度非常慢，别人
一分钟能打一百多字，可我只打出几个字，而且这几个字还不一定正确；
因为没有视觉上的感知，在对文稿进行设置排版时，更是错误百出。

　　看到我愁眉苦脸的样子，正在上小学的外甥荣荣自告奋勇地当起了
我的小老师："我可以把在信息课上学到的电脑操作方法教给你。"我
苦笑着说："你们操作电脑是用鼠标点来点去，而我只能完全靠键盘操
作。"荣荣想了想，说："鼠标点击操作大部分都是可以用键盘切换到
菜单里的选项。比如，按 Alt 键进入到菜单以后，按左右光标键可以找

到所需要的菜单，然后，按上下光标键可以找到所需要的选项。"虽然茉茉讲解得极其认真，但我还是丈二和尚摸不着头脑。茉茉于是把我的双手放到键盘上，一边给我讲解一边让我照着操作。"比如，你要把打出来的文字进行保存，就先按 Alt 键找到文件菜单，然后按下光标键找到保存选项，再按回车键就行了。"我问："每个菜单和每个选项的后面都有一个英文字母，是什么意思呢？"茉茉耐心地解释道："按 Alt 键加菜单后面的字母，可以直接打开这个菜单，按 Ctrl 键加选项后面的字母，可以直接进行相应的操作，这是一种非常快捷简便的操作方法。比如，要保存文字时，按 Ctrl 键加 S 键就可以了。"

有一天，我对茉茉说，我想要瓶指甲油。"我以前读过台湾女作家三毛写的一部游记，说她在撒哈拉沙漠时，用指甲油给当地的人补牙。现在，我想把这一招演变一下。"说着，我两手食指分别按在 F 键和 J 键上。"以前，这两个地方各有一个小凸起，可是现在，它们被磨平了。没了记号，我用起来实在觉得不方便。"

茉茉看着键盘，不由得惊叫道："我的天！你居然把键盘上的记号都给磨平了，怪不得进步神速呢！"

茉茉上超市买回了一瓶指甲油，拧开盖子，小心地在 F 键和 J 键上各滴了一滴。约莫半个小时以后，它们果然凝固成了两个小突起。

在一个乍暖还寒的时节，我得了重感冒，好好坏坏地反复了很长时间，痊愈以后，我就一天到晚只能躺在床上，再也无力坐起来了。

在能看得见的时候，我能读书读报，在能坐得起来的时候，我能摸读盲文书。现在，我躺在床上不能动弹了，还能再做什么呢？也许，正是因为我的生活是孤寂沉闷、与世隔绝的，我才更希望能找到尽己之力的一种方式，更希望能在做事的过程中获得心灵的寄托和信念的支撑力。

我想把键盘拿到床上来，躺着操作电脑。当我把这个想法告诉了妈妈，妈妈说："躺着打电脑，你这不是明摆着自找累受、自讨苦吃吗？"

妈妈的话并没有使我的决心为之动摇。在反复地摸索尝试、磨合适应了一番之后，我终于可以平躺着，把键盘放在肚子上打字了。虽然我每按一个键都显得格外艰难，但我心里还是感到很高兴的，因为我以此方式证明了，人的潜能是非常巨大的，无论遭遇到了什么样的坎坷磨难，都不要低估了自己的承受力！

　　2015 年夏天，我落下了头疼手抖的毛病，我为此深感绝望，绝望的不仅是身体上的不适感，更因为一系列的不适感所造成的障碍使我再也不能敲打电脑键盘写文章了。

　　一位朋友在得知我目前的身体状况以及内心的苦闷之情以后，建议我用录音设备将要写的文字录下来，然后请别人帮助将其输入到电脑里。万般无奈之下，我决定听从朋友的建议，将构思好的内容录了下来。可是，家里平时只有我和妈妈，妈妈连拼音都不会，更别提用电脑打字了。恰在这时，住在浙江绍兴的大姨病了，妈妈打算利用国庆假期去看大姨，让大姐在家照看我。大姐虽然可以帮助我打字，但是我的电脑只设置了我能操作的功能，别人用不了。于是大姐就想先用她自己的笔记本电脑把文章打出来，然后再拷贝到我的电脑里。可是，新的问题又出来了，大姐根本听不清楚我录下来的话。因为长期卧床，我的肺活量低，说话没有底气，再加上身体虚弱无力，我根本就不是在说话，简直就是在一个字一个字地往外蹦字，不要说大姐了，就连我自己事后再听都听不明白我究竟说了些什么。我非常懊恼，觉得费了半天劲儿、受了半天累，到头来也还是白搭。记得以前有网友曾对我提出过质疑："你整天在家坐着，怎么能知道那么多事情？你的文章是不是让别人帮你写的呀？"现在想起这话，我不禁在心里苦笑："我在家要是真能坐着，要是真能让别人帮着写文章，那倒还好了呢！只可惜，我心里的话是既说不出来也写不出来呀！"在随后的日子里，我努力让自己静下心来，在头不疼手不抖的时候写一点点。我有时也会心生沮丧："一次只能写一点点，一篇文章我得写到猴年马月去呀？"但转而我又给自己鼓劲儿打气："我一点一点地写着，还有猴年马月可以指望，要是不写，不就什么指望都没有了吗？只要能坚持，只要不放弃，就一定会有收获的。"

有一次，海淀区残联的老师到我家来走访，交谈间，我无意中说到自己很想能加入海淀区作家协会，老师们就一直将此事记挂在心。没过多久，他们便为我办好了相关手续，和作家协会的领导一起将会员证送到了我的手上。手捧着会员证，我切身感受到了人世间的真情与温暖，也切身体会到了"一分耕耘一分收获"的道理。

每当有人来关心我的时候，我会告诉他们，我每天的日子是两个字加一个感叹号：受罪！我现在双手的感觉非常迟钝，就算是摸着护理床的铁栏杆，也感觉不到冷和硬，但是我还可以打字。我现在想把我电脑里以前写的"半成品"写完整。每天早晨一醒来就知道自己要干什么，这种感觉真好，真享受！

我常常半开玩笑地说，我每天的日子是两个字加一个感叹号：受罪！

一天早晨，妈妈打来一盆热水让我洗手。恰在这时电话响了，妈妈去接电话，妈妈接完电话走回到我身边，不由得惊叫起来："都被烫红了，你怎么竟然还把手放在热水盆里呀？"我一脸茫然地说："我一点也不觉得烫。"我的双腿在刚刚发病时就是从丧失感觉开始的，所以现在，妈妈就把我的双手放到了护理床的铁栏杆上，问我有没有冷和硬的感觉，我摇了摇头，继而故作轻松地对妈妈说："没什么好担心的，我不是还可以打字吗？"再打开电脑写文章的时候，我心生出了危机感和紧迫感，我要在手指还没有僵直的日子里，争取多写一些，再多写一些。

今年夏天热得早，我的后背长出了一大片痱子，奇痒难耐。为了不使后背的衣服贴到皮肤，我要在腰部垫一个荞麦皮枕头，使身体保持半平躺半侧卧的姿势，如此一来，电脑键盘就搁不稳了，我不得不暂时停止了写作。

　　8月初，一连几天我的头一直在疼。这一年多，头疼对我来说已成了家常便饭，时不时就会来刁难一番，而这一次又比以往任何一次疼得都更加厉害，我一再告诉自己要忍耐、忍耐、再忍耐，但还是有忍耐不了的时候。我迷迷糊糊地昏睡了三夜两天，醒来之后，却惊恐地发现自己竟然什么也听不见了！直到一个星期以后才逐渐缓过来。接下来的两个月，听力时好时坏的总是反复，不过都不严重，第二天基本上就能恢复。到了国庆节的时候，上午还挺好的，临近中午却突然什么也听不见了。我在心里暗自祈祷着，希望这一次也能像以往一样化险为夷，虽然最终确如我所愿，但是，妈妈和两个姐姐都让我要往坏了打算，要做好听力完全丧失、不会再恢复的心理准备。虽然最坏的状况是我难以面对和接受的，但我只得硬着头皮走下去，把一切交由命运安排。

　　我记得不久以前在网上读到过一篇关于霍金的报道，霍金一直是靠着眼球的转动和面部肌肉的蠕动来操作电脑，速度慢且正确率低，最近，美国科学家为霍金研制出一个芯片，通过手术将芯片植入头颅中，这样就可以用脑电波发出的信号来控制电脑了。但因为植入手术存在风险，所以此项科研成果一直没有实施。我真希望自己能去做第一个吃螃蟹的人，去接受植入手术。要是成功了，我将以一种新的方式继续我热爱的写作，要是失败了，也算为科学和医学领域做出了一点贡献。

　　秋来无声，天渐转凉。每次打电脑的时候我都得把胳膊放到棉被外面，妈妈于是就把一件棉睡衣倒过来，将我的两只胳膊套在衣袖里，用衣服的领子盖住我的肩膀，再把棉被往上拉，这样，我的身上和胳膊就不冷了，但我的手指还是被冻得凉凉的。每打一会儿电脑，我就把双手放进棉被里，稍微热了再把手拿出来放到键盘上接着打字。以前，我把写得不满意的语句删除掉了一点也不感到心疼，可是现在，我觉得每打出一个字都是那么吃力，正是在这种想法的驱使下，我决定把过去写的一些或是有头没尾或是有尾没头的"半成品"写完整。每天早晨一醒来就知道自己要干什么，这种感觉真好，真享受！

我想，追逐梦想的过程就是一个人不断地克服艰险、冲破阻力，不断地挖掘潜能、战胜自我的过程。这个过程，可谓五味俱全，各种味道相互混杂，苦中带甜，甜里有酸也有涩；这个过程，比梦想本身更丰富，更真实，也更有意义。

感谢上苍关照

妈妈常说："要不是上苍几次关照，你比现在更受罪。"

上苍对我的第一次关照是在我一岁半的时候。那天，我每晚临睡以前都要抹的眼药膏用完了，妈妈到医院里去买来了一盒。晚上给我抹好了以后，妈妈一时兴起，也想知道知道抹眼药膏是个什么感觉，于是就把刚才给我抹眼药膏用的棉签往自己的眼睛上蹭了蹭。第二天早晨一起来，妈妈只觉眼前影影绰绰的模糊一片，妈妈并没有在意。中午的时候，妈妈在单位看报纸，但见报纸上的字全都只连成一条黑线。妈妈当即来到单位附近，也就是给我买眼药膏的医院的眼科就诊。医生在给妈妈检查了眼底以后，问："你的眼睛是不是磕着碰着啦？"妈妈说："我没磕也没碰呀。"医生启发道："你再好好想想，是不是用了什么药？"妈妈想起了昨晚抹了我眼药膏的事，说："我女儿是先天性青光眼，我昨天晚上给她抹完了眼药膏以后，把粘在棉签上的一点眼药膏往我的眼睛上蹭了蹭。"医生吃惊地说："青光眼用的眼药膏应该是让瞳孔缩小的，可你的瞳孔怎么会放大了呢？你快去把昨天医生给开的药方子和眼药膏拿来核查一下。"妈妈到家取来了药方子和眼药膏，医生一看，药方子没有开错，妈妈于是又到药房去核查，结果发现是药房的人给拿错了。妈妈单位的一位同事听说了此事后，说："你可真够逗乐的，孩子吃的糖吃的豆，你要是嘴馋了能吃两个，怎么孩子的眼药膏你也跟着抹呢？"妈妈唏嘘着说："幸亏我跟着抹了抹，要不然，一盒眼药膏能抹一个多月，眼药膏的药效和应该用的眼药膏的药效是截然相反的，一个多月抹下来，孩子的眼睛肯定看不见了。孩子小，表达不出来，看不见了都不知道究竟是怎么造成的。"

上苍对我的第二次关照是在我被查出了心脏扩大和肺动脉高压的时候。医生建议立即手术，因为唯有通过手术才可以使病情得以控制，术后还要终身服用抗血凝的药。我有些犹豫，因为手术的风险太大，而且很可能会引起并发症。恰在此时，妈妈无意中打开了收音机，听到里面正有一位老中医在介绍通过服用中药来缓解心脏病的方法。妈妈记下了这位老中医所在医院的地址。第二天一大早，妈妈便带着我倒了三趟车来到了医院。老中医给我开了中成药，让我一天吃三次。半个月以后，我感觉心慌气喘的症状稍有缓解。老中医不仅医术精湛，而且待人非常随和。他告诉我说，自己从小体弱多病，但学习成绩非常好，初中毕业以后，他虽然考取了高中，但家境的贫寒使他被迫辍学。他家所在的山上生长着很多草药，他最初采集草药是为了想治自己头疼脑热的毛病，但是渐渐地，他就真的对中草药产生了浓厚的兴趣，并由此走上了从医之路。他还结合自己的亲身经历告诉我说，一个人身上有了病，就决不能再让心里也有病，不能不把病放在心上，但也不必太把病放在心上，关键是要能够在心理上坦然接受和面对疾病，要有战胜疾病的信心。老中医给开的药，我吃了13个月，总算控制住了病情的发展。妈妈见我脸上现出了点红润，人也长胖了些，高兴地说："我以前从来也不听收音机，那天也不知怎么就打开来听了，凑巧的是，电台里刚好就在播中医治疗心脏病的节目。这真是天意的安排啊！"

上苍对我的第三次关照是在我承受着脊神经放射性疼痛的时候。有一天夜里，都已经很晚了，妈妈走到我床边，柔声说："我听到你一个劲儿地大喘气，猜想你是身上疼得睡不着，对不对？"

我点了点头，让妈妈把止疼药拿给我吃。

妈妈说："两个小时以前你刚吃过止疼药，怎么现在又要吃了呢？你以前可是从不吃止疼药的，说吃止疼药会影响记忆力，现在却是靠吃止疼药过日子了。"顿了顿，妈妈又说："你坐上轮椅，我推你到院子里去转一转，分散一下注意力，可以感觉好受一些。"

妈妈将轮椅推到我床前："你身上疼，就不要自己挪动了，我来抱你吧。"

我不让妈妈抱。

在我能坐轮椅的时候，一直是自己用两只胳膊支撑着挪动身体，基本上没有让妈妈抱过，这是我事后想来感到非常欣慰和自豪的。

妈妈推我不紧不慢地走着。已是初夏，刚下过一场小雨，空气中有花草与泥土混合着的气息，我不由得来了几个深呼吸。突然，迎面走来了一位老先生，在离我不远的地方站住了。"你怎么不坐直了？这样身子向右歪着，胳膊肘撑在轮椅扶手上，多累呀？"我苦笑着，没作声。妈妈代我回答道："她左侧的身子疼，使不上劲儿。"老先生听了，热心地介绍说："我知道一家中医院疼痛科里的一位医生，他治得可好了。半年前，我腰疼得都下不了床了，就是找他看好的。你们在这儿等我5分钟，我回家去把医院的地址和医生的名字找出来告诉你们。"

工夫不大，老先生走来把拿在手里的一张纸递给了妈妈，然后转向了我，说："前不久我在北大闭路电视上看到了对你的采访，所以一下子就认出你来了。我看你在电视里坐得很直，一脸笑容，可没想到你竟然病得这么厉害。你别着急，去找这位医生看看，肯定可以看好的。"

对此，我并没有抱什么希望。我已经跑过很多家医院，看过很多位医生，吃过很多的药了，全都无济于事。第二天，妈妈和大姐一起带着我去了这家医院，门诊大楼正在装修，疼痛科临时搬到了旁边一栋老式楼房的二层。这栋老式楼房没有电梯，楼梯又窄又陡，轮椅根本上不去。于是，大姐陪我一起在楼外等着，妈妈上到二楼的候诊大厅里等着。当叫到我的号时，妈妈走进诊室，对医生说："孩子坐轮椅，上不来，只能在楼下等着。麻烦您能不能下楼去给孩子看看病呀？"医生二话没说，下了楼，跟着妈妈来到我身边。医生为我号了脉，又问了我一些问题，然后很有把握地说："我先给你开七服汤药，你喝完以后，止疼药的服用量可以减少一半。"苦口的汤药，我连喝了三年多。虽然疼痛感时不时还会不请自来，但总算可以不用靠吃止疼药来过日子了。事后我曾问过妈妈："告诉咱们医院地址和医生名字的老先生，你以前在小区里常能见到吗？"妈妈说："看着是面熟，但没有说过话，没想到竟然是贵人相助。"我感慨地说："相助的贵人除了老先生，还有医生。这三年多，我每个星期去看病的时候，不是我上楼去找医生，而是医生下楼来找我。有一次，医生从楼上拿了血压计下来给我量血压，还有一次，医生给多加了几味药，咱们带的钱不够，医生毫不犹豫地拿出了自己的钱借给咱们。"

上苍对我的第四次关照是在我患静脉血栓的时候。前不久，我突然昏睡不醒七十多天，不知道吃喝，不知道冷热，不认识人，即便是最亲近的人。护士给我抽血时，我感觉不到疼，为我吸痰时，我不主动张开嘴。偶尔我会喊叫几声，手臂会胡乱挥动几下，那纯粹是无意识的言行。最难的是每过一个小时给我翻一次身，把我的上半身翻过来了，腿、胳膊、脑袋却还是原来的姿势，一动也不会动，得由别人来给挪动。因为无法进食，我就只能靠鼻饲打营养液来维持生命。我什么时候能醒过来？还能不能醒过来？谁也说不好。

然而，就像我突然昏睡过去一样，七十多天后我突然就睁开了眼睛。

问我以前的事情，我的眼神涣散，一脸的木然。但是，我却能够准确地说出家里每一个人的名字，说出每一个人是在上学还是在上班，上的是哪一所学校，做的是什么工作。妈妈常常跟我说话，从我可以想起的人和事说起，想能以此来唤起我的记忆。有一天晚上该睡觉的时候，妈妈来给我翻身，我居然自己动了动胳膊、转了下脑袋。接下来的几天，我撑着护理床的栏杆，尝试着像过去一样自己翻身。有一天午睡醒来，我问妈妈："以前我下午是不是要打电脑？"妈妈拿来几本书和几份杂志放到我怀里，说："这几本书和这几份杂志里你发表的文章，全都是你自己用电脑写出来的。"我让妈妈把电脑打开，妈妈有些犹豫，因为我的情况刚有所好转，开了电脑，要是我发现自己忘记怎么操作了，对我岂不是一个打击吗？但我一再催促妈妈快快开机，妈妈只得照办。说也奇怪，我一下子就准确地找到了我病以前没有写完的文章，并且还记得该怎么打字、怎么排版！

感谢上苍关照，我的人生路上虽然险象环生，但一直有希望的光在闪烁。

与兔子赛跑的乌龟

海明威的小说《老人与海》讲述的是这样一个故事：

古巴老渔夫圣地亚哥 84 天没有捕到鱼，直到第 85 天，他终于捕到了一条大马哈鱼。这条鱼实在太大了，把老人的小船在大海上拖了三天。在这三天里，老人经受着风起浪涌的凶险，忍受着疲惫、饥饿、伤痛、孤独的折磨。为了补充体力，他强迫自己"站着睡觉"；为了增加能量，他硬是吞下了生冷且没有加盐的鱼虾；为了缓解身体的疼痛，他尽可能地在狭小的船上变换姿势；为了排解寂寞，他在不停地跟自己说话；为了战胜心里的惊恐，他在反复地给自己以积极的心理暗示，在搜寻着一切对自己有利的因素。终于，老人杀死了大马哈鱼，把它绑在了小船的一边。

在归程中，成群结队的鲨鱼蜂拥而至，将小船团团围住。面对袭击，老人奋力反抗。鱼叉被鲨鱼带走了，他就把小刀绑在桨把上做武器；刀子折断了，他就用短棍来代替；短棍也丢掉了，他就用舵把当家伙。一句"我跟你奉陪到死"的狂吼，夹杂在大海的咆哮声中。在筋疲力尽之时，老人自心底发出呐喊："人不是为失败而生的，人可以被毁灭，但精神绝不能被挫败！"

从捕鱼老人的言行中，我感受到的是面临难关险境不退缩、不屈服的精神。我想，这样的精神对人是极其重要、不可或缺的。

日渐加重的病情使我每天只能躺在床上，我不甘心终日无所事事地虚度时光。我想要把键盘拿到床上来，躺着操作电脑。可是，键盘的连接线却不够长。"只要给键盘加装一根延长线就行了。"二姐给出了个主意。这事说起来轻巧，但做起来可就费劲儿了。加装了延长线以后，不知是什么原因，我反复敲打键盘却没有任何反应。二姐把电脑抱到维修点去检测，一切都正常，可一回到家来，就又陷入了瘫痪状态。无奈之下，二姐将维修人员请到了家。维修人员经过观察后发现，我打电脑的时候是平躺在床上，把键盘搁在肚子上的。我太瘦了，肋骨总是会被硬邦邦的键盘压得生疼，于是我每打一个自然段，就会把键盘从身上拿开，休息片刻之后，再重新把键盘拿过来，接着打字。键盘被不停地拿来拿去的，电源线很容易松动，造成电压不稳。为此，维修人员做了个金属卡子，牢牢地固定在接口处，才终于解决了问题。

虽然我打字非常吃力，速度也非常慢，但随着日子一天天过去，我惊喜地发现，我写下的只言片语居然也在由少变多、由短变长，我突然间觉得自己就像是那只在和兔子赛跑的乌龟一样，虽然落后了，却始终没有放弃，始终是在以自己的方式坚持着。

每当我感到体累心乏，感到继续不下去了的时候，我就会以捕鱼老人面临难关险境不退缩、不屈服的精神来激励自己。

或许，就我这样的身体状况，能活下来已经算万幸，实在不该再有太多的奢望了，但是我觉得，如果一心只想着自己的痛苦和不幸，那只会加剧内心的愤懑。病中的人，尤为需要有精神寄托，若一天到晚什么也不干，这看似是在休息静养，实际上效果不一定好。"生命在于运动"，我想，这运动不仅仅指的是锻炼身体，更是一种精神上的追求与跋涉。在面临难关险境的时候，在挑战自身极限的过程中，人可以显现出巨大的潜力。所以，不要轻易说不可能，也不要总是抱怨已经出现的问题和已经发生的不幸，而是应该多将注意力放到能力所及的事情上，坚持着将其做下去，并且努力做细、做好。这样，平淡的生活也可以过得很充实，平凡的日子也可以过得很有意义。

疾病可以杀掉我，但绝不能够打败我。即使当一只缓慢爬行的乌龟，被别人远远地抛在后边，我也不会放弃。

廖　哥

1985年暑假之后，我在北京盲校读小学五年级。

那时，我还有残存的视力。

　　刚一开学，学校里就传出重大新闻：九名在老山前线战斗中失去了光明的战士要到盲校里来学习盲文和按摩。同学们的心里既兴奋又忐忑，兴奋的是，有机会和战斗英雄在一起朝夕相处，忐忑的是，他们比我们大了十多岁呢，彼此该怎么相处？会愉快吗？

　　十天以后，九名战士来到了我们身边。在欢迎仪式上，他们每个人做了简单的自我介绍，此外并没有说太多的话。仪式结束后，老师选出了九名同学对他们进行一对一的帮助。

　　我与之结对的战士身穿的不是校服，而是绿军装，胸前戴着的不是校徽，而是军功章，他姓廖，我按照老师事先说的，在姓的后面加一个哥字作为称呼。我先带着廖哥熟悉校园环境，一边走一边告诉他医务室、教导处、图书馆的所在位置，廖哥始终是缄默不语。我不禁在心里长叹了口气："碰到这么个闷葫芦，真没意思。"傍晚，我带廖哥走进了食堂。我先让廖哥在小窗口换些饭票，廖哥在上衣口袋里拿出几张大团结，从中抽出了一张递进小窗口。我看着廖哥握在手里的几张大团结，觉得他简直就是一个款爷！换好了饭票，我拉着廖哥的手往卖饭的窗口走去。廖哥突然站在原地，不往前走了。我不明所以，一连问了好几遍怎么了？廖哥才终于说："这么多人，万一互相撞到了，饭菜洒出来了，烫着了，怎么办？"我没想到廖哥一开口居然就说了这么多，同时也明白了他为什么总也不说话，因为他的乡音难辨。"不管在哪里走路都一定要靠右走，这样就可以避免和迎面走来的人撞个满怀。"听了我的话，廖哥先是一愣，随即将头转向了我，说："你怎么能听得懂我说的话？""你是广西人吧？我爸爸也是，只不过，我爸爸是普通话里带一点老家口音，可你差不多说的全是老家话。"廖哥笑着说："想不到我在这儿居然遇到了个小老乡。"

　　有一天晚自习以后，我没有按照事先和廖哥的约定去他的教室里找他。第二天早晨见到了廖哥，我委屈地说："昨天晚自习老师让改数学小测验试卷上的错题，可我的试卷怎么也找不着了，数学老师竟然让我把整张试卷全都做了一遍，直到下了晚自习我还没做完呢。"廖哥说："自己的东西就应该摆放有序，用完了要及时搁回原位，这样用到时就可以很容易找到。你粗心马虎、丢三落四的毛病是得改一改，如果在部队里，集合号一响，张三找不着袜子，李四找不着帽子，那还不得乱了套？"

我回想着和廖哥相处的这段时间，的确很少见到他出现手忙脚乱的尴尬，饭盒水杯、宿舍钥匙、暖水瓶盖之类的小物件，他很准确地就能够找到、拿起，衣服从来没有穿反，扣子也从来没有扣错，床单平得没有皱褶，被子叠得像豆腐块，原来是得益于好的生活习惯。

一天下午课后，我带着廖哥在操场上练习定向行走。我一边讲解一边示范怎样拿盲杖，怎样将盲杖左右摆动，手、脚、盲杖怎样保持协调，廖哥倒是记住了要领，但是一走起来，就把该在身前摆动的盲杖拿到身侧当成了拐杖。我看到廖哥滑稽的样子，忍不住想笑，但见廖哥脸上的神情严肃，就又忍住了笑。由于脚步凌乱，廖哥几次险些被盲杖绊倒，尽管廖哥紧紧地抓着盲杖，但盲杖最终还是从他的手里滑落。我把盲杖捡起来，递给廖哥，他却没有接。定定地站了一会儿，他喃喃地说："我真想跑步，我已经有好久好久没跑过步了，是迈开大步子，拿出百米冲刺的速度，是真正意义上的跑步。"

我心想，连走都走得跌跌撞撞，跑起来还指不定会是啥样儿呢。可我嘴上说："操场上现在没有别人，你就放心大胆地跑吧。"廖哥没有动，我于是拉起他的手，说："我带你跑两圈。"刚跑起来的时候，廖哥还显得小心翼翼，但是后来，他就非常放松了。"你自己跑吧，肯定不会有问题的。"廖哥跑了一圈又一圈，越跑速度越快。

突然，廖哥收住了步子，深吸了口气，慢慢地说："我好像知道应该怎么用盲杖走路了。"

我提醒道："吃饭的铃声早就响过了，咱们先去食堂吧，不然饭该卖完了。"廖哥用不容商量的口气对我说："你快把盲杖拿来让我试试。食堂没饭了咱们就出去吃，放心，不会让你饿着的。"我把盲杖递到廖哥手里。廖哥像是在表演电影慢镜头似的，走一步就停下来，好像是在琢磨下面该把盲杖摆向哪一边，迈出的该是哪一条腿，然后，再走出下一步。虽然走得很慢，但是很稳。渐渐地，也许是因为熟练了，廖哥的脚步显得越来越轻松。"哎呀，肚子在叫呢。"也不知是廖哥感觉到了自己的肚子在叫还是他听到了我的肚子在叫，廖哥停下脚步，"你想吃什么？我请客。""牛肉面。这家面馆离校门口只两三分钟，我每次出来进去都可以看到，却从来都没有进去吃过。"

我和廖哥一起走出了学校大门。虽然廖哥在操场已能行走自如，但一走到大马路上，嘈杂的行人脚步声、汽车喇叭声使廖哥不自觉地紧张起来。我让廖哥走在里面，我走在外面，并像个小保护神似的说："别担心，有我呢！"当我们走进面馆坐下以后，服务员端上来两碗冒着热气的牛肉面。廖哥因为学会了独立走路和跑步，所以兴致特别好，他一边吃一边跟我讲起了在老山前线战场上的经历。"炮弹常常就在脑袋瓜子顶上飞，时不时敌人还会扔手榴弹，我们蹲在猫耳洞里，饿了就以方便面充饥。方便面只有麻辣和海鱼羊两种口味的……"

"什么叫'海鱼羊'口味？我没听说过。"我打断了廖哥的话头。

廖哥朗声大笑起来："'海鱼羊'的说法不知道是我们中的谁给发明的，应该是叫海鲜，鲜字写分家了就成'鱼'和'羊'两个字了。不过，什么口味对我们是没有任何意义的，因为猫耳洞里没有开水冲泡方便面，就只能干啃。有一次，大家正在啃方便面，突然有人笑起来，说：'要是有人走进洞来，肯定会以为洞里窝着一群老鼠呢。'大家都被逗乐了，突然班长低吼道：'笑什么笑？不要命啦？'

"去打仗以前，有些战士把女朋友的照片装在上衣兜里，我没女朋友，就把从《大众电影》杂志上剪下来的陈冲和刘晓庆的照片装进了衣兜里。"

虽然廖哥说得很轻松，但我能够想象得出，当时的他心情非但不轻松，还颇为沉重。吃完结账的时候，廖哥又是和在学校食堂换饭票时一样，从衣兜里拿出了几张大团结，从中抽出了一张递给服务员。

"你有那么多钱，简直就是个大款爷！既然你那么有钱，可以不愁吃不愁穿的，为什么还要来学习？以后还打算找工作呢？"

听了我的问话，廖哥沉思了片刻，说："很多事情不是钱就可以摆平的。我不要过一眼就能看得到头的人生。"我当时还不能准确地理解廖哥话里的意思，但是我却牢牢记住了廖哥在说这番话时脸上凝重的神情。

三年以后，廖哥完成了学业回到家乡。半年后的一天，我收到了廖哥寄来的一封信，廖哥在信里告诉我，他目前已经成了当地一家医院中医按摩科的大夫，如果一切顺利，几年后他将晋升为主任医师。廖哥随信一起寄来的还有一盘磁带，是高明骏的《年轻的喝彩》。我把磁带放进学校广播站的录音机里，按下了播放键，激昂高亢的歌声随即响起："年轻的心，为将来的日子写下一句对白；年轻的你，为无尽的生命叹一声喝彩；年轻的心，为美好的岁月谱出一曲乐章；年轻的你，为无尽的青春喊一声欢呼。将年轻飞扬云端，让阳光谱出色彩，将年轻航向海洋，让海浪射出虹彩。来吧！年轻的！让年轻奔驰大地，让山野放出光芒。来吧！年轻的！投向生命的坐标，迎向茁壮的时代！"

书里皆真情

我小屋里有一个书柜，里面摆放着的书都已经有些年头了，几乎每一本书里都承载着一份忘不了的真情。

书柜里最上面的一层放有分为上中下三卷的《三国演义》，那是爸爸在我上小学四年级的时候给我买的。当时，在语文课上学了一篇课文——《草船借箭》。老师介绍说："这篇课文是选自中国四大古典文学名著《三国演义》里的一个小故事。"回到家以后，我问大姐："你能不能借一套《三国演义》来给我看看？"这话被爸爸听到了。第二天他下班回来，把手里拿着的一个纸袋递给我，说："看看，你要的是不是这个？"我连忙打开纸袋来看，里面装着一套崭新的《三国演义》。我不禁有些疑惑，我昨天才说想看这本书的，今天爸爸就给借来了，爸爸的工作和书本一点边儿也不沾，他是从哪儿借来的呢？爸爸大概看出了我的心思，淡淡地说："这是我在新华书店买的。"当时，爸爸一个月的工资尚不足百元，这些钱不仅要供我们姐妹三人上学读书，还要赡养老人，日子过得本来就紧巴巴的，可为了给我买书，爸爸竟花去大半个月的工资啊！在读《三国演义》的时候，遇到不认识的生字，我就用钢笔做上记号，然后查字典，查到以后，我先用拼音注明读音，再在旁边写上字义。可以说，《三国演义》是我读得最认真的一部小说。

上个世纪九十年代初，春季书市是在白石桥公共汽车停车场举行的。当时在盲校上学的我，周六回家坐班车正好是在白石桥下车，大姐在班车站接了我，穿过条马路就到了书市。书市里人山人海，摊位一个紧挨着一个。因为我喜欢的是中外文学名著，大姐需要的是与工作相关的专业书籍，所以，我俩就分头行动，并且约好了一个小时以后在门口会合。一头扎进了书堆里的我，就像猎手捕获猎物一般，《复活》《巴黎圣母院》《基督山伯爵》《悲惨世界》《百年孤独》……都被我囊入怀中。直到身上的钱所剩无几了，我才猛然意识到早已经过了和大姐约定的时间。于是我双手抱着一大袋子沉甸甸的书，急匆匆地往门口走去。我一见到大姐就说："我还想买汪国真的诗集，可惜身上没钱了。"大姐打趣道："幸亏你把身上的钱花完了，不然我还不知道得等你到什么时候呢。"我俩一边说笑着一边朝回家的公共汽车站走去。到家以后，我要把买来的书放进书柜里，可是书柜里的书早就摆放得满满当当，没有空地方。大姐见状，说："我在书市门口看到有一间为希望工程捐书的小屋，你把书柜里不看了的书收拾收拾，明天咱们送去，顺便再把你今天想买的几本诗集买回来。"第二天，我和大姐赶到书市，把整理好的80多本书送到了为希望工程捐书的小屋，之后，又买了汪国真的诗集。我最喜欢汪国真的诗是《热爱生命》：

　　我不去想未来是平坦还是泥泞，

　　只要热爱生命，

　　一切，都在意料之中。

当时正处在不识愁滋味年龄的我，还不能深刻理解诗句里的寓意，只是觉得语句合辙押韵，读来朗朗上口。

二姐刚上大学的那年冬天，用挂号信给我寄来了日本著名女作家桥田寿贺子所著的长达四卷的《阿信》。爱读书的我真想马上就打开书来读，但当时正值紧张的期末复习阶段，没有时间，我只能先看看内容简介。小说中完整展现了阿信从7岁到80多岁坎坷而奋斗的人生经历。因为家境贫穷，阿信在7岁那一年就不得不到一位木材商的家里去做帮佣。童年的经历对阿信的性格以及未来的人生产生了深远的影响。阿信经历过战争逃亡，遭遇过地震灾害，承受过失去亲人之痛，脑海里却从来都没有萌生过放弃的念头。阿信靠着鱼摊支撑起一家人的生活，并由此为起点，将事业不断地做大做强，在三十年的时间里，接连开起了十七家田苍连锁超市。

我从小说的内容简介里分明感受到了二姐在这个节骨眼儿上给我寄书的良苦用意。当时，我的眼睛接连做了两次手术，落下了近三个月的功课。老师建议我先不要参加期末考试了，等暑假过后再来参加补考，但我却执意要跟着别的同学一起参加期末考试。为此，我早晨 5 点就钻出热被窝，一个人来到教室，背古文、背历史、背政治，下午课后，别的同学都到操场上去玩了，我则独自留在教室里，一丝不苟地演算数理化习题。虽然学得焦头烂额，但几次模拟考试的成绩却并不理想，这让一向当惯了尖子、拿惯了高分的我颇为沮丧。此时此刻，感受着阿信受挫不言败的精神，我不由得陷入深深的思索。我想："自己的经历就是最好的人生教科书，不管眼前的处境有多么糟糕，都不能失去斗志，对认定了的事情，一方面要全力以赴地去做，另一方面，也要学会适时地调整目标，使之切合于自己现在的状况。"

书柜里，我唯一没有看完的一本书是《人间四月天》。当时，这部电视连续剧正在热播，一向喜欢原著胜于喜欢电视连续剧的我，买来了同名小说。我刚读到林徽因在父亲的陪同下到英国去留学，就感到头有些晕，身上也是一阵阵发冷，好像是发烧了。我于是就把书倒扣着放在桌子上，拉过一床棉被盖在身上，想躺着休息一会儿，可一躺下便沉沉地睡着了。醒来以后，我只感到口干舌燥、双颊滚烫，我想起来倒一杯水喝，却怎么也起不来。父母急急地送我去医院输液。当我再次醒来时，我问妈妈："你怎么不开灯呀？"妈妈说："这大白天的，哪儿用得着开灯呀？"

我先是一愣，继而惊叫道："现在是白天吗？可是我怎么什么也看不见呀？"如果黑暗只是我高烧中的幻觉，如果烧退了以后，光影和色彩能够重新展现在我眼前，那该有多好啊！可是我真的就是什么也看不见了，真的就是在没有一点预兆、没有一点缓冲的情况下，直接跌进了黑漆漆的深谷。

我倒扣着放在桌子上的书，是谁给放进书柜里的？是放在了书柜里的什么位置？我没有问，家里的人也没有说。

后来，我买到了《人间四月天》的盲文版图书。这本 300 多页的书，翻译成盲文版竟是厚厚的三大本，拿着沉，翻动起来也非常不方便，但也正是一本本又厚又重的盲文书，将我从一夜失明的痛苦中解脱了出来。我的手指在密密麻麻的盲文点字间熟练地穿行，注意力也全部集中到了书中的人物和情节上。一次，我在盲校上学时的一位同班同学为了给我多送些盲文书，特意找来了一辆汽车，这满满一车的书，我足足读了半年！读完了的盲文书，我都整齐地摆放在了书柜下面的柜子里。

书柜下面的一角摆放着的一摞光盘，是北大爱心社的同学从网上有声书吧里给我刻录下来的由名家朗诵的文学作品。细腻传神的文字描述配之以绘声绘色的声音演绎，听来堪称是双重的享受。这其中，我喜欢霍达的《穆斯林的葬礼》，不仅是因为这是一部获得茅盾文学奖的佳作，还因为小说里所提到的北大燕园是我出生长大的地方，所以听来感觉特别亲切。我还喜欢听单田芳播讲的金庸的武侠小说，我觉得，在打打杀杀的情节中其实是蕴含着许多做人做事的道理。比如，做人要讲义气、守信用，要谦虚大度，做事要留有余地，要顾全大局。我最敬重的人物是《天龙八部》里的萧峰。在得知了自己的身世之谜后，他的生活便一波未平一波又起。被诬陷杀害前任帮主、养父母、恩师，令他有口难辩；错杀了情投意合的恋人，令他懊悔终生；违心地答应照顾性情顽劣的小丫头，令他苦不堪言。从威风八面的丐帮帮主到被人四处追杀堵截，从统率群雄的大王将领到被人奚落唾骂，他经历了大起大落、大悲大喜，体验了爱恨情仇的各种滋味。

萧峰的人格魅力在于他身上深沉笃定的责任感。责任是一种压力、一种动力，也是一种支撑力。多年隐姓埋名、风餐露宿、忍辱负重，只因为肩负尚未了结的责任，使他即便身心俱疲也还是咬紧牙关在坚持。我时常在想，假如我是萧峰，假如我也被误解、遭暗算，我会怎样面对呢？假如萧峰是我，日复一日面对着无休止的病痛，他又会怎么做？我也时常在对自己说，当痛苦成为无法更改的必然时，如果只是一味地沉溺在痛苦之中，只会愈发觉得痛苦，只有努力把自己能做的事情做好，才能最大限度地让自己的生活得到改变。

从白纸黑字的纸质书到又大又厚的盲文书，从网络上的电子书到光盘里的有声书，书籍，伴随着我的成长，标志着时代的发展，承载着一段段忘不了的真情。情在深处，充盈着我心的厚度，情到深处，浓缩着我对生活的体验和对生命的感受。

听　书

虽然对失明已有心理准备，但我却没有料到这一刻竟会来得如此突然。一场高烧使我几乎在一夜之间失去了依稀残存的视力。这一打击犹如晴天霹雳，令我近乎崩溃。我什么也看不见了，以后再也不能看书了。没有了书的陪伴，那我的生活里还有什么乐趣呢？

就在我深感迷茫与绝望的时候，我学会了通过网络用电脑阅读书籍。然而，小说阅读页面上的图书目录足有几千个，要想从中找到想读的书目，明眼人只需用鼠标一点即可，但双目失明的我则完全要靠听语音提示，按快捷键和功能键来操作。我的十指怎么也不听使唤，不是多按了这个键就是少按了那个键，心里越慌越是错误百出。

读纸质书和听电子书的感觉是截然不同的。读纸质书，可以对某一句话或某一自然段多次重读、反复回味，而听电子书则有种被牵着鼻子走的感觉，语音朗读就像是老和尚念经，干巴巴的，悲喜场景都是同样的语调，急缓情节都是同样的语速，但我转而又想："和盲文书比起来，网上电子书的种类多而全，可以根据自己的兴趣来选择，而且听完了以后，也不必花费大量的时间和精力收拾整理。"于是，我就让自己努力地去适应，渐渐地，也就乐在其中了。特别值得一提的是，阅读热播影视剧的小说原著，使我不仅过了把书瘾，而且还弥补了看不到电影电视的遗憾。我在小说阅读网上申请了一个账号，下载了我觉得比较精彩的图书，还用电子邮件的方式把它们发送给其他几位酷爱读书的残疾朋友，之后，我们会就某一本书或某段故事情节畅谈感想。

2011 年初，我因病住院了一段时间。在医院里无法上网读书，这使我非常寂寞。就在这一年的年底，我的一篇征文获得了一等奖，奖品是一台听书机。手掌大小的听书机，功能多多，可以播放 MP3 格式的有声小说，还可以将 TXT 格式的文字小说自动转换成音频朗读出来。有了这个听书机，我仿佛是拥有了一座丰富的图书宝库，又仿佛是结识了一位引领着我畅游书海的向导。

小小贝壳我的爱

有人爱收藏字画，有人爱收藏古董，有人爱收藏纪念币，我的收藏则与众不同。

我收藏的是贝壳。

我收藏的贝壳不是从商店里买来的做工精细、造型美观的工艺品，而是没有经过任何人为加工，从海滩上拣来的。虽然会有缺损或者裂纹，会有粗糙的外表或者尖利的棱角，却是带着海腥味儿和细小的沙粒，是纯天然的。

在我收藏的贝壳中，有大姐的儿子去青岛写生的时候拣来的，有二姐的儿子去辽宁参加全国管乐大赛的时候拣来的，有爸爸生前的好朋友从广东珠海寄来的，有妈妈过去一起工作的同事到海南探亲的时候带来的，有邻居赵阿姨一家到葫芦岛旅游的时候拣来的。

在我收藏的贝壳中，数量最多的是二姐从厦门拣来的。二姐戏称贝壳是她每次带给我的"见面礼"。其中，有一些小如指甲盖的贝壳碎片，二姐说："这些是我在跨海大桥旁的沙滩上拣来的，那里的地势陡峭，海水从悬崖上飞溅下来，贝壳在巨大冲击力的拍打下成了不规则的碎片。"还有几个形如打开的折扇一样的贝壳，二姐说："这些是我在厦门大学校园里的海边拣来的，那里的地势平缓，海浪的起伏不大，因此，贝壳的表面摸上去也就比较圆润。"

有一次，我手里把玩着二姐拣来的贝壳，突然好奇心大起："厦门的贝壳和夏威夷的贝壳有什么不一样的呢？"我把这个疑问写在了微博里，很快，我收到了博友的回复："从外观上看，夏威夷贝壳的色泽比较光亮，这应该是跟水质有关系。夏威夷的海水清澈透明，少有污染。可见，一方水土不仅养一方人，而且也养一方贝壳。"之后，我又收到了一位博友发来的私信："我有夏威夷的贝壳，愿意与你一起分享。"

从此以后，我收藏的贝壳走出了国门。有的来自东南亚海域，有的来自欧洲海滨，还有的来自澳大利亚浴场。

在我收藏的贝壳中，最有特色的是大姐为公司谈判合作项目时在位于加勒比海的岛国巴哈马拣来的。大姐回来以后把在海滩上拣到的贝壳拿给我，并对我说："都说海水是蓝色的，但巴哈马的海水却是淡粉色的，因为海底的贝壳是淡粉色的，所以把海水也映衬成了淡粉色。"我好奇地问："贝壳不都是白色的吗？怎么会是淡粉色的呢？"大姐接着说："在我们的谈判桌上放着几个用淡粉色大贝壳制作成的工艺品，可漂亮了！听当地的人说，淡粉色的贝壳只巴哈马才有，是受到国家文物产权保护的。"

在我收藏的贝壳中，最有意义的是电台《行走天下》节目的编辑从爱琴海寄来的。那是有一年的初秋,编辑打来电话告诉我说:"你参加我们节目的话题讨论获了奖,奖品是一家俱乐部的健身卡。"我对编辑说了我的身体情况,希望能将这份奖品送给别的听众朋友。编辑非常惊讶地问:"你怎么竟然会对世界各地的人文和风光那么感兴趣呢?"我有些所答非所问地说:"我喜欢有海的城市,喜欢海里的贝壳。"说者无心听者有意,十一长假刚过,我意外地收到了编辑从爱琴海寄来的贝壳,另外还有一张从海边邮局寄出的明信片,上面盖有当地的邮戳。几天后的节目里,我听到了对希腊老城新貌的介绍,其中包括对爱琴海的描述。"爱琴海有着'葡萄酒色之海'的美称,每年的春夏两季是最美丽的时候。海风吹着岸边的橄榄树,海水在阳光的照射下,清澈中泛着灿烂的金色,到了夕阳落下的时候,海水就会变成绛紫色,好像杯中的葡萄酒,带给人心旷神怡的感觉。"节目即将结束的时候,伴随着潮来潮往的声音,主持人说:"下面的歌曲,我们要特别送给一位喜欢海里贝壳的听众朋友。"随即,响起了抒情的歌声:"大海啊大海,是我生活的地方,海风吹海浪涌,随我漂流四方。"

在我收藏的贝壳中,最有分量的是家住贵阳的病友晓云寄来的。18岁的晓云和几位同学约定,在高考结束后一起去看大海。然而,在参加完高考之后,晓云突然感到浑身乏力。父母以为是晓云前段时间忙于复习,过度劳累所致,于是便叮嘱晓云多多休息。但十多天过去了,晓云的乏力感非但没有缓解,而且还出现了持续低烧。父母带着晓云来到了贵阳第一医院,医生在对晓云进行了一系列的检查之后告诉晓云的父母,晓云左肾破裂,必须立即摘除,否则将会危及生命,并且建议到北京去做肾摘除的手术。父母带着晓云来到了北医三院。晓云的手术进行得非常成功,医生说不会给以后的生活带来影响,但是,晓云却始终闷闷不乐。我是在病房里听晓云的父母说到晓云的情况的。听罢之后,我与晓云约定:"等我出院回到家,一定会把收藏的贝壳寄一些给你,等你的病好了,见到了大海，你也一定要拣一些贝壳来寄给我。"半年后的一天早晨五点多，晓云给我发来了一条手机短信："我终于见到了大海！现在，我在海边等着太阳升起来。我记得我们的约定，会把拣到的贝壳寄给你。"

每当我摆弄着大小不一、形态不同的贝壳，就仿佛真的看到了无边无际的大海。对海底的软体动物来说，坚硬的贝壳就如同是一座可以移动的房屋，为它们挡住了浪涛的冲击，使它们可以放松又放心地在牢不可破的保护下生存繁衍，每一个小小的贝壳，都是一个虽然柔弱但却鲜活的生命存在的见证。我常常会觉得自己就是贝壳里的软体动物，虽然柔弱得对外界侵袭毫无抵御能力，却想以独特的方式在世间留下点什么，从而证明我曾经在人世间真真实实地走过、爱过、经历过。

手机丰富了我的生活

我使用的手机既普通又特别。说它普通，是因为它的外观、按键、输入法、功能设置和其他手机一模一样；说它特别，是因为它具有独特的语音提示功能，在编辑内容时，可以读出所拼写的汉字，编写好在选择菜单时，语音也可以读出"发送""保存""输入号码"这样的提示，根据指令我便可以轻松地完成相应的操作。要是收到别人发来的短信，语音也能自动地把文字读出来。

我用的第一部手机，是熊猫手机。当时，专供盲人使用的带有语音提示功能的手机仅有这一个品牌。熊猫手机的功能非常简单，只能接打电话和收发短信。因为手机上数字键的排列和座机电话是一样的，所以，我很快就学会了接打电话。但在学收发短信时可就费劲儿了。二姐的儿子仲羽把每个数字键所代表的拼音字母和标点符号告诉了我，我将其用盲文记在一张纸上放在身边，发短信的时候一边学一边记。我将第一条短信发给了正在隔壁屋里写作业的仲羽："谢谢你教会了我发短信。"短信发出去以后，我心里按捺不住地兴奋。突然，我就听到了接收到新短信的提示音，与此同时，仲羽走到我面前，说："是我给你回复的短信。"接着，仲羽就手把手地教我怎么打开收件箱，怎么找到收到的新短信，怎么通过语音把短信内容读出来。"我祝贺你学会了发短信。"听着仲羽发来的短信，我苦笑着说："我编写一条短信用了半个小时，可你只用了不到半分钟。"仲羽拉过我的手，一边比画着一边说："在编写短信内容时，你的左右手可以相互配合，右手负责打出拼音字母，左手负责按上下左右键来选字。"这样虽然可以快一些，但也难免会因求快而出错。有一次，我的一位朱姓朋友把腰扭伤了，我发短信去问候他，本想写"小朱腰怎样？"却误把"朱"错写成了"猪"，变成了"小猪腰怎样？"这一字之错，错得令人哭笑不得。

对方倒也幽默，回复短信："小猪腰上的肉，你是打算放到锅里大火红烧还是用小火清蒸？"

学会收发短信，就方便了我与亲朋好友的联系。遇到了不开心的事情，我会发短信向朋友倾诉一番，遇到了自己解决不了的事情，我会发短信向两个姐姐求助。

我用的第二部手机，是金立智能手机。金立智能手机的语音清晰，语速适中，而且音量大小可以调节。"以后再编写短信时，你不用再一个字一个字地打了，你可以写完了一句话，然后再按确定键，这样不仅速度快，而且正确率高，因为智能手机有自动组字的功能。"我照着仲羽说的方法去做，果然起到了事半功倍的效果。仲羽还把我喜欢的几十首歌曲下载到手机里，每当我感到烦闷和孤单的时候，就会打开手机里的音乐播放器，听着美妙的歌声，我焦躁的心绪就会变得平和宁静。

我不仅经常用智能手机上中国残联和北京市残联的网站，从中了解与残疾人相关的政策和信息，而且还经常通过智能手机浏览新闻，以获知国内外发生的大事小情。

2016年里约奥运会期间，我每天都用智能手机关注奥运比赛的情况。我最感兴趣的比赛是女子体操和女子排球。我小时候也是爱蹦爱跳，尤其爱玩儿单杠和双杠，做前滚翻和后滚翻，因此，女子体操的比赛盛况总会不期然地勾起我儿时的记忆。

在女子排球的比赛中，不仅是体力、耐力、技巧和临场发挥的较量，更是团体凝聚力的体现。被称为"铁榔头"的郎平，当年是一名优秀的运动员，现在又是一名优秀的教练员，她标志着一个时代，代表着一种精神。北京时间2016年8月21日中午，中国女排以3比1击败对手摘得金牌，这也是中国女排12年后重新夺得奥运会冠军。比赛结束后，我在手机新闻里读到一篇题为《让女排精神指引我们的人生》的报道，其中的一句话让我颇有感触："中国女排虽然明知道不一定能拿冠军，但依然是多年如一日地全力以赴。"由这句话我在想："虽然我是一个集多种重残与重病于一身的人，但是，我也应该竭尽全力，在现有条件和能力的前提下，做到自己的最好。"

在关注奥运赛事的同时，我还关注着希拉里竞选美国总统的进展情况。以前，我曾读过她撰写的《亲历历史》一书，对这位叱咤风云的女性人物甚为钦佩，因此，我特别留意希拉里的竞选演说以及各界对她的种种评价。

小小的手机，让我足不出户就可以与天南海北的亲友沟通，让我身居斗室就可以获知外面正在发生和将要发生的事情，让我体验到信息无障碍的快捷与便利，得到了与健全人一样平等交流和参与社会活动的机会。手机丰富了我的生活，也使我感受到生活的美好和欢乐。

有生的日子

提起疾病，人们通常会把它跟哭泣泪水联系在一起，因此，我的不哭不流泪让人不免惊讶。我并非生来就是个"忍痛专业户"，只是觉得哭，会使眼睛酸涩，喉咙嘶哑，头脑混沌，精疲力竭，心烦气躁。总之一句话：哭，是一件非常伤身伤神的事情，不仅会伤害到自己，也会搅得别人苦不堪言。哭过之后，病依然不见好转；痛依然没有减轻。一切不还是要继续吗？世间没有哪一个人愿意与疾病为伍，但当疾病不可避免，成为与生俱来的必然时，即便不情愿，也还是得接受、承受和忍受。一个"忍"字，从字形上便是带着痛感和苦味的，刀悬心上，心在刀下。当疾病与生命同在，并且同样不可抗拒的时候，聪明、好动、不愿寂寞、不甘妥协的个性，就被扭曲成了具有强烈腐蚀性的毒素，它的毒性不是剧烈爆发，而是如细水长流，一点点地渗透深入……

疾病似乎知道自己是上苍给人的不死的惩罚，便由着性子、变着花样地在人的身体里为所欲为、横行霸道，丝毫也不顾及病人的感受，不听从医生的调解，不惧怕药物的威力，想和谁过不去就和谁过不去，想怎么刁难人就怎么刁难人，死缠烂打地与生命扯上"近亲关系"，从小跟到老，再跟到死……

疼痛，是疾病在人体上最直接也最常见的反应。有这样一种说法："牙疼起来要人命。"牙疼只是局部的、暂时的，最多三五天便可好转，而全身的、持久的疼痛呢，其煎熬程度比起牙疼甚之更甚，甚之更甚的煎熬不是置人于死地，而是如钝刀割肉，先猛地割一下，让人痛不欲生，等好不容易缓过点神来，又一刀割来。如此一下一下，不紧不慢，反反复复，让人活不成也死不了，就这么半死不活地耗着……

记得在上小学的时候，我读过一本科普类的图书。书里说，随着医学技术的进步，在不久的将来，人们将可以战胜癌症。我当时天真地想："连癌症都能治，其他病就更不在话下了。人的病都治好了，那医院岂不就要关门了吗？"然而，医学技术的进步非但没有使医院关门，反而更加声势浩大。平房改楼房，小楼盖大楼。挂号大厅里，天天摆着长龙阵；门诊大楼里，天天人来人往；住院病房里，天天人满为患。透析、鼻饲、强心针、氧气泵、呼吸机、导尿管，这些医疗器械，维持着人最基本的生命体征，也将生命质量和人生意义压缩到了最原始的状态。隔多长时间翻一次身，隔多长时间吸一次痰，隔多长时间喂一次水，公式化的护理不是为了让人生活，而纯粹是为了生存，为了活着。

疾病，似乎总是在有意无意地向人暗示着死亡之所在。

很多年以前，陆幼青和他的《死亡日记》让我深深地为之震撼。对于死亡这个沉重的话题，人们往往退避三舍、不愿触及，而陆幼青却能够以淡定从容之心去面对。32 岁的陆幼青，正处于人生的大好年华，有贤惠的妻子、可爱的女儿、蒸蒸日上的事业。孰料想，一张"胃癌晚期"的病情诊断书，如一道晴天霹雳，将这一切彻底颠覆。当医生宣判他的生命只剩下最后 100 天的时候，他开始动笔撰写《死亡日记》。可恶的癌魔将他的身体打倒在了病床上，但是，思想的火花却在他的身体里激情燃烧。他在日记里进行着人生最后的也是平静而真实的思考，使生命在与死亡的较量中得到永恒。在《死亡日记》里，我没有看到病入膏肓的颓废、顾影自怜的哀叹，他的日记让我内心产生的并不是一种简单的同情，因为，他不是一个弱者。他就像一个无畏的战士，有着与癌魔抗争到底的勇气。他以自身的经历鼓舞着那些丧失信心的患者。"死并不可怕，可怕的是失去了活的勇气。珍惜现在，珍惜拥有，才是最重要的！""生命真是个奇迹，只要不轻易地关上梦想的窗户，不管在哪一个段落，都有最美的风景。"他不仅仅是在用文字记录着死亡的临近，更是在记录着一场生与死的较量，在平凡与伟大之间展示出了一个坚不可摧的支点！在他写作的日子里，脖子、前胸、腰腹已长满了大大小小的肿瘤，溃烂化脓，疼痛钻心。"有很多次，我怎么也写不下去了，身体的疼痛是如此强烈，我必须不停地变换姿势，而每一次换姿势，身体上各种部位的疼痛要持续十来分钟才能平静，十来分钟过后我又需要下一次新的挪动来让我的身体感觉更舒服一点。"身心上的巨大痛苦并没有击垮他的斗志，即便无力再坐到电脑桌前了，他也还在口述，录音后让妻子整理成文字，他一直将写作坚持到了生命的最后一刻……

一个人能好好地度过有生的每一天，才能好好地直面离开时的那一刻。

有生的日子，因为短暂方显可贵，因为残缺方显真实，因为磨砺方显璀璨，因为病痛方显坚强。生命的意义，不正是在只争朝夕的行动里才得以实现的吗？生命的精彩，不正是在化解烦恼、对抗痛苦的过程里，才一点点地积累起来的吗？有生的日子，如能过得有意义，能留下精彩片断，到了该离开时的那一刻，也就可以无愧于心地含笑转身了吧？

第二编

妈妈与我的童年

撑起头顶一片天

五月的第二个星期天是母亲节，第三个星期天是助残日，不知这样
的安排是纯属偶然还是另有深意呢？

抚育一个身有残疾的孩子，身心上的付出是不为人知的，而作为一
个视力、听力、肢体均重度残疾的孩子的母亲，其中的滋味更是外人难
以想象的。

对我的先天残疾，妈妈一直深感自责，于是便想用加倍的呵护来弥
补，从小到大，她给予我的爱远远胜过我的两个身体健康的姐姐。

在当时的多子女家庭，弟弟妹妹都是穿哥哥姐姐的旧衣服，但妈妈
却总是给我做新衣服穿。妈妈的手很巧，一件毛衣，她会在胸前织出漂
亮的卡通图案或逼真的动物造型；一条裙子，她会在下摆绣上一圈娇艳
欲滴的玫瑰花。我印象最深的是一条浅黄色的纱裙，裙子上缀满了彩色
的金属亮片，亮晶晶的宛若颗颗宝石，它们是妈妈用细线一个一个缝上
去的。

那时，肉类和鸡蛋都是定量供应，妈妈做了鸡蛋炒肉片，只拿给我一个人吃，这让两个姐姐觉得很不公平，一个劲儿埋怨妈妈偏心眼儿。妈妈责怪地说："妹妹身体不好，要加强营养，你们是姐姐，怎么就不知道让着妹妹一点。"见两个姐姐不但没吃到鸡蛋炒肉片，反而挨了顿数落，我在一旁幸灾乐祸，为自己能享受到特殊优待而得意，还故意做出一副吃得很香的样子来馋她们。

更让两个姐姐觉得委屈的是，每逢节假日，妈妈让她们留在家里做功课，而带着我到公园或游乐场去玩儿。划船、爬山、看花展、赏冰灯，徜徉在大自然的怀抱中。我不仅开阔了视野、增长了见识，害羞腼腆的性格也变得开朗起来。妈妈还托人从南方买回一部傻瓜相机，这在当时可是件很稀罕、很奢侈的东西。自从有了相机，再出去玩儿时，妈妈会给我拍很多照片。照片上的我像个骄傲的小公主一般，笑得格外灿烂。

几年下来，家里的相册几乎成了我的个人影集。直到很多年以后，在一次闲聊中，妈妈对我说："你知道吗？在你刚刚出生的时候，医生就曾经预言，你的视力最多只能维持到七八岁。所以在你小的时候，我一有空就带着你到处去玩儿，玩儿遍了附近的景点，又带你去了北戴河、钱塘江、西湖，并且还给你照了很多相片。我这是在和时间赛跑，是想趁着你眼睛还能看得见的时候，多为你留下一些美好的记忆。"当妈妈一次次按下相机快门，留住一个个难忘瞬间的时候，她的心里是一种什么样的滋味呢？我想，除了她自己，大概没有人能体会到。

18岁的那年夏天，我双耳的听力急剧下降，心急如焚的妈妈带我来到同仁医院的耳科诊疗中心，医生建议我佩戴助听器。我无论如何也接受不了双耳失聪的事实，说什么也不肯戴助听器，我大哭大闹冲妈妈发脾气，看到妈妈诚惶诚恐的样子，我心里深感惭愧。为了我的病，妈妈已是身心俱疲，我再这么大发雷霆，那她该有多伤心呀！可妈妈却顾不得计较这些，为了说服我戴助听器，她苦口婆心地连哄带劝。因为医生告诉她，必须得让我及早戴上助听器，否则听觉神经将会麻痹坏死，到了那时，即便是戴上助听器也听不到任何声音了。

正因为当时及早配戴了助听器，虽然听力受损90分贝，但我却能轻松地听收音机、接听电话。能比较正常地与人进行言语交流，这一切，与妈妈冷静而明智的做法是分不开的。

当我说双腿走起路来不听使唤的时候，谁也没往心里去，以为是着凉受寒所致。但随着天气由冷转暖，又由暖变热，我走路感觉越来越吃力。要用手撑着墙壁或家具才能一步一挪往前蹭，遇到台阶，明明知道该抬腿往上迈，可僵直的双腿却怎么也抬不起来、迈不上去，由于身子摇摇晃晃的重心不稳，我常常摔倒，且摔倒的次数越来越频繁。跑遍了各大医院，最后才被确诊是患上一种罕见的脊髓疾病，导致身体自胸部以下高位截瘫。医生预言，我以后不要说走路，就连站起来都不可能了。

那一年，我刚刚26岁！在这个女孩最美的年龄里，我却被禁锢在轮椅上。为了不让妈妈抱上抱下，我尝试着用胳膊的支撑力来挪动身子。但由于我身体无法维持平衡，而且双臂的力量也不协调，我常常摔倒。有一次，我身子一歪，头磕在了暖气片上，鲜血直流，妈妈又是心疼又是着急。"你这孩子，实在是倔。我说你这个办法行不通，可你偏不听！你摔倒了，我得把你从地上抱起来；你摔伤了，我得给你上药。你一心想给我减轻负担，可实际上却是在给我添乱！"

就在那一刻，我差点就要放弃尝试了。但是，妈妈的年纪一天比一天大，且又有腰腿疼的毛病，如此繁重的体力付出怎能吃得消？想到这些，我把心一横、牙一咬，继续练！

终于，从床到轮椅，从轮椅到沙发，我无须别人帮助，自己两臂一撑，身子借势一转，就能稳稳地坐好，用这种方法，我还能自己上下出租车。

在一个冷暖交替的时节，我得了重感冒，从那以后，我只能每天躺在床上，再也无力坐起来了。妈妈认定是她先患上感冒的，之后才传染给我。这种想法使她像是犯了个大错误似的自责不已。"我怎么会感冒的呢？要是我不感冒，你也就没事儿。我感冒了倒不要紧，却让你遭了这么大的罪！"

妈妈对我的照顾更是唯恐不细、不周，近乎到了战战兢兢的地步。我要是咳嗽两声，她会条件反射地问："你怎么了？是哪儿觉得不舒服吗？"我要是打个喷嚏，她会紧张兮兮地说："快加件衣服吧，可别着凉了。"我要是摆摆手，她立刻就会收住话头，像猜谜语一样捕捉着我脸上的神情，揣摩着我的心思。

妈妈承受的不仅是体力上的重压，精神上也一直处于紧绷状态，即使是在睡梦中，也会下意识地猛然惊醒，看看我是不是正睡得安稳，是不是想要喝口水，想要翻个身。我说："你要是没我，那该多好呀！"可妈妈却是说："你要是没病，那该多好呀！"妈妈还常常开玩笑地说："能成为拴在一根线上的蚂蚱，这就是咱们俩的幸福生活。"我们在互相打趣，也在互相打气，在安慰着对方，也在安慰着自己。

妈妈不仅在生活上把我照顾得妥妥帖帖，而且还在精神上给我以鼓励。

为了帮我记下 e-mail 地址，对英语一窍不通的妈妈学起了 26 个英文字母。她让外甥在一张白纸上写下每个字母的大写和小写，并在旁边用中文注明读音，一有空，妈妈就把这张纸拿出来，嘴里一边念手上一边画，没用多长时间，妈妈就把 26 个英文字母记熟了。

为能排遣我内心的孤独，妈妈常常把在外面看到听到的事情讲给我听。每天傍晚，妈妈都会给我念《北京晚报》。为了帮我积累写作素材，每当看到精辟之语，妈妈就会用笔做上记号，第二天我打开电脑之后，她再把做了记号的语句一字一标点地念给我听，以使我将其输入电脑保存起来，要用到时便于查找。要是发现有征文征稿的信息，妈妈就会把投寄地址抄写下来，鼓励我参加。一旦我有"豆腐块"发表了，妈妈总是显得比我更开心。我们还常常就一些新闻事件或热点话题各谈感想。

在妈妈身上丝毫也看不到悲伤的色彩，她常说："哭也是一天，笑也是一天，为什么不让自己高兴一些呢？"我深知，妈妈的心里不是没有痛苦，而是不把痛苦表露在我面前，就算头上的天真的塌下来了，她也要在我面前显得泰然自若。我是妈妈的一块心病，也是妈妈的一个支柱，她为我忍受着身心上的双重重压，她也为我练就了沉稳的气度。不管遇到了什么，她最先想到的不是自己，而是我的感受；不管承受着什么，她都是站得最稳、最能沉得住气的人，她用自己的坚强撑起了我头顶的一片天，一片永远没有委屈、永远阳光灿烂的天！

与命相搏 70 昼夜

持续低烧使我在医院急诊室打了三天点滴，但是病情却未见好转。医生建议我住院接受进一步的检查和治疗。我心里嘀咕："发点烧就让住院，这也太小题大做了吧？"

万没有料到，我在入院的第二天中午便突然陷入了深度昏迷，在家人的千呼万唤声中，我面部的肌肉微微动了动，但很快就又陷入了昏沉沉的状态。当天下午，医生给我下了病危通知。看看摆在面前的单子，再看看病床上双目紧闭的我，妈妈哭得肝肠寸断。

"医生，你可一定要想办法救救这孩子呀！这孩子以前可聪明、可机灵了，自学了心理学课程和语音电脑的操作，常常写些文章发表在报纸杂志上，还写了好几年的博客和微博呢。""写这写那就甭想了，即便能死里逃生地活下来，以后能进行简单的言语交流就算不错了。"躺在病床上的我像是听见了而且听懂了医生的话，挥拳朝医生狠狠地打去，同时嘴里还在含混不清地嚷着："写，写，我要写。"我的举动令妈妈愣了一阵，继而想到按住我的双手，可没想到我却是力大无比，竟然按不住。"这孩子真的是不对劲儿了，以前她说句话都是柔声细气的，怎么会去打人呢？"医生则面露喜色："这是好现象，说明她的大脑并没有完全麻痹。以后，你们可以多给她念一念她过去写的文章，多跟她聊一聊她感兴趣的话题。我想，这种精神疗法比药物治疗对她更有效。"

一个月过去了，尽管妈妈每天都说得声音嘶哑，都念得口干舌燥，但我依然是不分白天不分黑夜地昏睡着。

有一天，妈妈一边给我按摩着胳膊一边说："刚才我从家来的时候天气还是好好的呢，没想到我走到半路上竟然下起了瓢泼大雨，我身上全都被淋湿了，一进门就连打了三个大喷嚏，你听到了吗？"妈妈顿了顿，又接着说："家里的电表该查了，煤气费该交了，以前，哪一天该干什么都是你在提醒着我，但是现在，家里家外的事情都要靠我一个人了。前两天，下水管道堵了，我准备给物业打电话报修，却不记得电话号码，我当时就在想，这些电话号码你早就装在脑子里了，我要是一问你，你一定张嘴就来，可是现在，你没在身边，我就得戴上老花眼镜，打开通讯录一一查找。这段时间我觉得特别累，不只是身体累，心里更累，我真怕有一天自己就要支撑不住承受不了了。"说到这里，妈妈突然发现我的嘴唇动了动，咕哝了一句。妈妈赶紧俯下身，把耳朵贴在我的嘴上，大声说："你要说什么？我在听着呢，你说吧。"但我又没了反应。

还有一次，妈妈拿来了一份刊物放在我手里，假装生气地说："这期刊物上怎么没有你写的文章？你是不是就甘心这么躺在医院里，从早到晚蒙头大睡，不再做任何事情，不再付出任何努力，让小时候的作家梦从此破灭了呢？"妈妈的话令我皱起了眉头，并且吃力而又用力地摇了摇脑袋。我的这个小动作被妈妈看在了眼里，她发现，说些刺激性的话容易使我有所反应，于是在这以后，妈妈不再给我念我写的文章了，而是常常给我念别人写的文章，末了还会说："这段景物描写得多好呀，要是你，肯定写不出来。""这篇散文虽然短小，但语句优美，思维开阔，你哪儿比得了呀。"

有一天，妈妈从外面走进病房，突然看到我侧着脑袋，大睁着眼睛，两只手紧紧地握在一起。妈妈见状，惊喜地叫了起来："你醒了，你终于醒过来了，太好了，太好了！"我的表情依然是木呆呆的，过了好半天，我才断断续续地说："我要打电脑，我要写文章。"妈妈摸了摸我的脸颊，又晃了晃我的肩膀，说："那你就得快快好起来，你好了，咱们才能出院回家。咱们两人在家里像以前一样，我做家务，你打电脑，咱们两人各干各的。能各干各的，这样的生活对咱们来说可真是莫大的幸福啊，因为这说明咱们两人都是平平安安的。"此后一连几天，我一直在反复念叨着："我要打电脑，我要写文章。"

几天以后，医生把妈妈叫到了办公室，说："这孩子的病情还很不稳定，应该再留院观察治疗，但看她是那么渴望打电脑写文章，而语音电脑又没法抱到医院里来，所以我建议，暂时先让她出院回家，让她在熟悉的环境里，做些自己喜欢的事情，看看这样的效果会不会好些。"

我出院的时候，医生送给我一个魔方，说："把它放在你的床头，经常拿出来转转，坚持下去，可以锻炼你双手的力量以及大脑与双手的协调能力。"说着，医生又拿出两盒巧克力。"你不是很喜欢贝壳吗？这两盒贝壳造型的巧克力，是我的一位朋友从德国带来的，我想让你吃完了再来跟我施展拳法。"

刚一回到家，我就迫不及待地打开了电脑。然而，我的手指按键盘已经全然不是以前的样子了。我的右手在键盘上不受控制地颤抖不止，左手则根本不听从大脑的指挥。比如，脑子里想按 a 键，手指却错按了 b 键，脑子里想按 b 键，手指却按下了 d 键。我忙活半天，竟没有能打出一个像样的文字。

我的心情坏到了极点，觉得周围什么都不顺眼，还总是为一点小事就发脾气。妈妈就安慰我说："你不要总是想自己以前能怎么怎么样，现在却不行了，越是这么想你越是会感到心里不平衡。要多往好的方面想，你能清醒过来，而且神智思维并没有受到严重损伤，这已经堪称是奇迹了。至于接下来的康复，得循序渐进，心急不得。"

我气哼哼地说："当初为什么要抢救我？为什么不放弃？那样不就能一了百了了吗？"我的话令妈妈有些动怒："你这么说该多伤人心呀。你住院的时候，你大姐每天下班后都给你送去热好的牛奶，双休日更是寸步不离地守在你身边；二姐没放暑假的时候天天打来电话询问你的情况，一放假，她就急三火四地从厦门回到北京，有一天夜里，她困得实在受不了，躺在凳子上睡着了，结果从凳子上掉到了地上；于阿姨来看你的时候，把煲好的鸡汤装在保温桶里带来喂你喝。你出院以后，残联的老师特意从百忙中抽出时间，顶着炎炎烈日来到咱家，给你送来一个防长褥疮的充气床垫；邻居赵阿姨隔三岔五到咱家来，要么是给你洗头，要么是给你更换被褥；你大姐的同事彤姐介绍了一个调节神经系统的中药方子；你二姐的同学小张下班以后到家来给你的电脑重新安装了软件。我们这么做是为了什么？还不是为了要让你好起来，为了你能快快恢复过来吗？难道是想看到你整天垂头丧气，想看到你动不动地就跟自己较劲儿而且也跟别人找碴儿，对吗？"

我的泪水不由得夺眶而出："人常说，大难不死必有后福。以前我对这种说法也是心存幻想的，可是现在想想，这话纯粹是骗人的。就像先把酸葡萄吃了，剩下的就都是甜的了吗？未必，很可能就都是烂的了。就我这样重残加重病的身体，过了一灾又是一难的，越是大难不死，就越是会大难临头。每天过日子都是战战兢兢的，哪儿还有什么福不福的？"

妈妈温和地说："人的福不一定是表现在某种形式上的，也不一定是看得见摸得着的。你从小到大，周围的人没有谁冷落歧视你，大家对你都非常友善非常关心。能生活在这样的真情暖意中，难道不是你的福气吗？对了，你出院的时候医生不是送了你一个魔方吗？不是让你常常拿出来转转吗？"我苦笑了一下，说："小时候我转魔方，三下五除二就能将六面全都给转好，速度之快令周围人瞠目结舌。没想到现在我又在转魔方了，其目的就仅仅是在一个'转'字上，而我想做的事情却做不了，就只能拿这种无聊的玩意儿来打发时间了。"妈妈鼓励地说："这怎么是无聊的玩意儿，坚持下去，你双手的力量以及大脑与双手的协调能力肯定要比现在好，你可一定要有信心啊！"

在一个秋风送爽的日子里，我在电脑上写下了这个题目《与命相搏70昼夜》，那一刻，我不禁感到既心酸又欣慰。心酸的是，在这两个多月里我吃了那么多苦受了那么多罪，欣慰的是，在吃了那么多苦受了那么多罪的同时，生活，依然将一件最宝贵的东西留给了我，那就是希望。

变着花样吃馒头

小时候，我每天的早餐都是一个馒头。同样是馒头，其吃法可以一个星期不重样。下油锅煎之前，蘸上一层蛋液，香；蘸上一层盐水，脆；抹上麻酱白糖或者枣泥红糖，甜而不腻；抹辣酱、果酱、甜面酱，其口感各有千秋。如果在馒头中间夹上香肠或者酱牛肉，那就算得上是挺高级的吃法了。

我最喜欢在馒头中抹上红豆沙。这红豆沙不是从食品店里买来的，而是姥姥亲手做的。姥姥先将清洗干净的红小豆放到锅里煮，煮熟了以后，再焖一会儿，使红小豆更为软烂，然后拿一把大铁勺，将锅里的红小豆碾碎成糊状，接下来还要再把豆皮从豆沙中过滤出来，最后在豆沙里加入红糖搅拌均匀。不过，我还是更喜欢吃没有经过过滤的红豆，觉得有皮有豆还有沙才更有嚼头。

后来，我上了北京盲校，需要住校。每次离家返校时，姥姥都会用玻璃瓶装些红豆沙让我带走。一次在班车上，坐在我旁边的同学半开玩笑地说："你书包里的玻璃瓶互相碰撞，乒乒乓乓响个不停，这哪儿叫上学，简直跟逃难似的。"回到家，我把同学的话告诉姥姥，让她以后别再给我用玻璃瓶带红豆沙了。姥姥听后，从柜子里找出些绒布，给玻璃瓶做了个套子，我哭笑不得，姥姥却一脸认真地说："这样一来，玻璃瓶怎么碰都不会响了。"

有一段时间我的肠胃不好，只能吃些软乎的、好消化的食物，由此我自创了一种馒头的新吃法：先将馒头掰碎，浸泡在热牛奶里，然后再撒上一些炒熟了的黑芝麻，不加糖，为的就是要品尝到黑芝麻特有的醇厚香味儿。当年事已高的姥姥牙齿脱落并且又患上了糖尿病以后，这种吃法成了姥姥每天早餐的首选。普普通通的馒头如同平平常常的生活，只要有一颗激情四溢的心，就会发现，普通的日子也可以过得兴味盎然，平常的事情也会带来无穷乐趣。

记忆中的冬储大白菜

小时候每到初冬时节，家家户户就该为冬储大白菜忙乎了。当时，卖冬储大白菜的是副食店，为了能买到大白菜，大家伙儿半夜就得从热被窝里爬起来到副食店门口排队。大白菜是分等级卖的，一般是两三分钱一斤，因为大白菜是冬天的当家菜，所以，每家都得买上二三百斤乃至七八百斤。

大白菜买回来以后，首先要风干晾晒，以去除表面的部分水分。白天，要将大白菜逐一抱到院子的空地上，平摊开；傍晚，要将晾晒在院子里的大白菜再逐一抱到墙角屋檐下，菜根朝里，码放整齐。放学以后，我就会和两个姐姐一起到院子里搬大白菜。两个姐姐一趟能搬两三棵，而我只能搬一棵，我的心里老大不服气，也要照着样子往多了搬。因为力气小，常常会有一棵白菜掉在了半路上，于是又得俯下身，把掉到地上的白菜重新抱起来，再摇摇晃晃地往前走。一路上自己嘻嘻哈哈的，倒觉得挺有趣。

有一次，我搬白菜的时候忘了戴上棉手套，结果手指被冻裂了。爸爸见了，严肃地对我和两个姐姐说："如果现在不好好学习，将来考不上高中，你们就是到副食店去搬白菜扛白面都没人要，力气小又娇里娇气得吃不了苦，能干得了什么？"

白菜的吃法很多，可以腌成酸菜或者泡菜，可以剁馅或者熬菜粥，可以做成醋熘白菜、凉拌白菜，还可以熬白菜汤，这都是最家常的吃法，有的人家在熬白菜汤时会放些粉丝或者豆腐，有的人家则会放些海米或者虾仁，而我家熬白菜汤却是除了白菜什么也不放，这样吃起来会感觉到白菜本身的丝丝甜味。

现在，没有人再为购买冬储大白菜半夜就去排队了，要买，顶多也就买个三五十斤。现在的餐桌上，冬天照样可以吃到夏天的美味，北方同样可以见到南方的特产。冬储大白菜已经成了历史，成为一个时代的记忆。

美味，乐趣，人情味

妈妈从超市买回一袋酥糖。

这袋酥糖，不期然地唤起了我儿时关于吃的记忆。

我清楚地记得，有一次妈妈到南方出差，回来时买了斤酥糖，说这是当地的特产。包着金灿灿玻璃糖纸的酥糖，宛如童话故事里身着华丽晚礼服的公主，我剥开糖纸，看到里面的酥糖呈乳白色，扁扁的，形如小枕头。我伸出舌尖，舔一下，又舔一下，咂巴着嘴，觉得味道甜甜的——不是腻乎乎的甜，而是带有奶油味儿的香甜。我将酥糖放进嘴里，舍不得咬，只是含在口中，小心、细心、耐心地感觉着它由硬变软，渐渐地融化。

在那个物质匮乏的年月，吃东西——特别是吃到不常见不常有的好东西，不仅仅是解馋，还有许多乐趣在其中。

吃果酱面包的时候，我总是先把面包咬开一个小孔，把里面的果酱像挤牙膏似的从小孔里挤出来，抹在馒头上吃，这样，面包是甜的，馒头也是甜的了；吃山楂糖葫芦的时候，我不是规规矩矩地从上往下吃，而是一会儿横过来一会儿侧过去的，先吃裹在外面的一层冰糖，等冰糖吃完了，我的脸和头发甚至眉毛和睫毛上都被蹭得黏糊糊的；吃雪人冰棍的时候，我要么是先将雪人头上戴着的帽子吃掉，要么是先把雪人的下巴舔得不见了；炸虾片应该是我最早吃到的膨化食品，买回来的虾片又干又硬，呈半透明状，用热油炸一下，它就会迅速膨胀成小白胖子。虾片得趁热吃才香脆可口，凉了，就会像面疙瘩似的皮了……

吃完酥糖，我还要鼓捣起花里胡哨的包装纸、包装袋。或是将上面的图案剪下来，夹在本子里、贴在书页上；或是精心地拼接组合一番，做成漂亮的针线盒、杂物袋。

就说小糖纸吧，也是有大文章可做。先把剥下来的糖纸用清水浸泡平整，然后，再一张张地夹进书里。积攒的糖纸多了，我就发现，别看糖纸只有巴掌大，上面的图案却很是生动。有的画着亭子寺庙，有的画着花鸟虫鱼，还有的写着字。最有意思的是画着小人儿的，男的穿着裙子梳着辫子，像小丑似的；女的脑袋上不是顶着个大盘子就是扣着个大罐子，像演杂技似的。

记得有一种包酒心巧克力的糖纸，在黑暗中可以隐隐发出亮光，且颜色可以随着角度的变换而变化。为此，几个小伙伴晚上常常在不开灯的屋子里，拿着这种会发光的糖纸，摆弄来摆弄去，叽叽喳喳、嘻嘻哈哈，玩儿得兴高采烈。

有一次过年，家里来了好多客人。我像个小大人似的，打开糖果盒，起劲儿地说："叔叔阿姨，吃糖吧。"客人们夸我乖巧懂事，而我呢，拿起糖纸，一溜烟地跑开了。我把这些糖纸泡在脸盆里。一位大姐姐见了，告诉我说，她会用糖纸叠跳舞的小人儿。我便拿出积攒的糖纸，让大姐姐教我。大姐姐一边示范一边讲解，我很快就学会了，并且越叠越有兴致，工夫不大，桌子上就变成了"小人儿国"。直到晚上临睡前，该洗脸了，我才猛然想起泡在脸盆里的糖纸，一看，它们已经变成了一盆纸糨糊。

在买块豆腐得排几个小时长队、买条不要票的带鱼得搭人情走后门、吃点花生瓜子得等到过年的日子里，吃，不仅是品尝美味，从中还能感受到人情味。

每年春天，当院子里高大的香椿树抽出了嫩芽，妈妈就会用粗铁丝做成一个钩子，绑在竹竿的顶端，把枝权上的香椿钩下来。香椿炒鸡蛋、香椿拌豆腐，这可是餐桌上诱人的美味。除了自己家里吃，妈妈还把香椿送给左邻右舍，而左邻右舍要么是这家送来一碗自己腌的酱黄瓜、做的菜团子，要么是那家送来几个自己蒸的糖花卷、烙的糖火烧，做好了的吃食，通常都是大人让家里的孩子送去的，所以那时候的孩子嘴都特别甜，叔叔阿姨叫得勤，哥哥姐姐叫得亲。

有一次，妈妈见隔壁小弟弟只一个人在家，到了吃饭的时候，她便让我把小弟弟叫过来一起吃，还特意做了南方的炸酥鱼。我们正吃到一半，隔壁的阿姨回来了。阿姨把从单位食堂买的酱肘子放到了饭桌上，继而转身回了自己的家，工夫不大，阿姨就跟变戏法似的，端来了一大碗白菜炒粉条和几张热气腾腾的烙饼。"快趁热吃，不然一会儿就该凉了。"见我愣着不动，阿姨笑着说："我忘了你们家是南方人，可能不知道这种北方的吃法。"只见阿姨往烙饼上夹了些白菜炒粉条，又夹了几块酱肘子，然后将烙饼卷起来，递到我手上。我咬了一口，有面有菜又有肉，好香啊！阿姨见我爱吃，就又给我卷了一个。小弟弟看到我这副吃相，说："瞧你这么能吃，怎么身上就不长肉呢？"我脑袋瓜子当时也不知怎么竟然转得那么快，张嘴就回了句："天天爬树翻墙头，你也能吃肉不长肉。"几个人哄堂大笑。随后，阿姨问妈妈，怎么炸鱼才能使表皮焦而不煳。妈妈也请教阿姨，怎么和面才能使烙出来的饼又薄又软。我和小弟弟则津津有味地谈论着各自班上的趣事乐事。

邻里之间乐融融的亲近劲儿，今天想来仍是历历在目。

雪　趣

今年冬天的第一场雪下得特别早。纷纷扬扬的雪花牵动着我的思绪，一起在空中飘荡着、旋转着。

记忆中也有这样的一场雪。

当时，我和二姐都在读小学，只是，二姐的学校离家很近，我的学校则离家很远，每个星期只有到了星期六下午才能回家。因为父母都要上班，于是这整整一个下午俨然就成了我和二姐的二人世界。

那是临近年底的一天，我刚从学校回来，二姐便兴冲冲地对我说："听说五道口商场新进了一批贺年卡，咱们下午去看看好不好？"我挠挠头，迟疑着说："可是天气预报说今天傍晚有雪，而且还会下得挺大的呢。"二姐说："天气预报不一定准，再说了，咱们去看看就回来，耽误不了多长时间。"

于是，我们把屋门一锁，房门一撞，钥匙往脖子上一挂，便手拉手往车站走，坐了两站，来到了五道口商场。

商场里人挤人人挨人，瘦小的我们在人缝里钻来挤去的。这边有上了发条后就会响起《祝你生日快乐》歌的八音盒，会举起照相机拍照的小狗熊；那边有蝴蝶造型的发卡和带香味的橡皮，柜台上放着各种颜色的塑料花，货架里摆着穿花连衣裙、会眨眼睛的洋娃娃。我们瞧瞧这儿，看看那儿，觉得什么都很新鲜很有趣。"你快看。"我顺着二姐手指的方向抬眼望去，只见空中吊着一串米黄色的草箩箩。三个草箩箩之间用草绳穿在一起，最下面的草箩箩有盛菜的盘子那么大，最上面的则像烟灰缸那么小，形如宝塔一般。"咱们买回去可以挂在门口，用来装杂物不是挺好的吗？"二姐提议。"你的主意听起来倒挺不错，但是能放什么呢？要是放太大太重的东西，只怕要不了三天就会被压散架了。"我对这个"样子货"并没有多大兴趣。"钥匙、钢镚儿、姥姥的老花镜、爸爸的手表、妈妈的针线，还有，咱们的转笔刀、三角板、圆规，不是都可以放在里面吗？这样找起来也更方便。"二姐的理由倒很充分。最终，我们花一毛五买下了一串草箩箩。

再往前走，五颜六色、形状各异的贺年卡简直让我和二姐目不暇接。

有画着各种花卉鸟兽和卡通造型的，有嵌着镂空图案和镶着立体花边的，还有带香味儿和会闪光的。我和二姐商量着，是买这个好呢还是买那个划算呢？

等我们买完了也逛够了，走出商场大门才发现，天色已经完全黑了下来，开始下雪了，地面已经全白了。车站上的人里三层外三层的，可见车已经很长时间都没有来了。我心急地嚷着："等车的人这么多，车就是来了咱们也挤不上去呀。"二姐故作轻松地说："怕什么？不就两站地吗？大不了咱们就走着回去。""走着回去？那得走到什么时候呀？""总比在这儿傻站着傻等着傻冻着好吧？"二姐说着，拉起我的手往家的方向走去。

雪越下越大，地面的雪越积越厚，我和二姐深一脚浅一脚地走在雪地里。我穿的棉鞋底是塑料的，特别容易打滑，我一摔倒，连带着也会把二姐拽趴下，于是，我们两人一边说着笑着一边你拉我我搀你地往起站。在路边的瓦棚里有个卖烤白薯的，二姐提议我们一人买一个烤白薯来填填肚子。经二姐这么一说，我才感到已是饥肠辘辘。可是，二姐口袋里的钱不够买两个的，于是便买了一个大点的让我自己吃。我吃的时候，二姐就站在旁边看着我吃，我把咬了两口的烤白薯递到她嘴边，让她一起吃，但二姐又将烤白薯推回到我面前，说："我不吃，你自己吃吧。"我又重新把烤白薯送到她嘴边："这么大，我一个人怎么吃得完呢。"就这么你推我让的，一不留神，烤白薯掉到了地上。我和二姐看着地上还在冒着热气的烤白薯，继而又互相对望着，突然不约而同地哈哈大笑了起来。"咱们谁也甭吃了，这下都踏实了。"说笑之间，我们也就不觉得天冷夜黑路远道难走了。

现在，五道口商场早已经不复存在，取而代之的是豪华气派的写字楼，我也早已经告别了无忧无虑的年龄，但是，那段雪中趣事却并没有随时光远走，而是被牢牢定格在了记忆深处。

每当下雪的日子，我就会不由得想起那个星期六的下午，想起商场里琳琅满目的小物件，想起花了一毛五买下来的草篓篓，想起走在黑夜雪地里的情景，还想起那个掉在地上冒着热气的烤白薯。

夏天的一场盛宴

今年夏天刚一放暑假，二姐便带着儿子仲羽从厦门回到北京，在假期即将结束时，又匆匆回到厦门。在这来来往往中，最炎热的日子已经悄然过去。

就在二姐到家后，妈妈去医院查体，结果却发现左肾上长有一个囊肿，医生建议立即手术切除，并且将手术日期安排在了第三天下午。

做手术的那一天，我甚是忐忑，不禁想起我小时候做阑尾炎手术的情景。那时，医院不许家属陪护，当麻醉药的药效过去以后，我一阵紧似一阵地恶心想吐。我便急忙按动床头的呼叫铃，尽管护士在听到了铃声以后就三步并作两步地赶过来，就在护士站到我床边的同时，我嘴一张，哇一声大吐特吐了起来，直吐得身上、床上、枕头上、被子上全是，差不多连胆汁也一起吐了出来。护士打来热水，为我擦干净手和脸，更换了衣服和被褥，随后，护士还给我端来了一碗热乎乎的面片汤。我虚弱地闭着眼睛，无力地摇摇头。此时此刻，我想喝的是爸爸亲手熬的胡萝卜青菜粥，爸爸会在粥里放一点盐，滴上几滴香油，闻着就有食欲。我不停地想，妈妈做完手术后会有什么不适之感呢？是不是也虚弱得连说句话的力气都没有呢？会不会也恶心想吐呢？

妈妈手术后的第二天中午，大姐从医院回到家，她和二姐一边说着话一边走到我面前。"妈妈现在怎么样?"我急急地问大姐。"你快吃饭,然后去隔壁屋里睡一会儿,我来跟她说。"二姐对大姐说罢,又转向我:"医生说妈妈的手术非常成功。手术后,妈妈须平躺六个小时,然后才可以翻身。大姐在医院里陪了一天一夜,等一会儿我去医院照顾妈妈。我让仲羽在你的屋里一边写作业一边陪你。"

每天,大姐和二姐都轮流到医院里照顾陪伴妈妈。她们回来后的第一件事就是向我汇报妈妈的最新情况。"妈妈今天可以在床上坐一会儿了,只是总觉得头晕,医生就给她服用了一片乘晕宁。""妈妈今天可以下床在病房里走一走了。""妈妈今天不用打点滴了,她还走到了大厅里去看了一会儿电视。"

虽然两个姐姐把我照顾得很好,虽然茱茱和仲羽经常会跟我聊天,但我的心总是牵挂着妈妈,我深知,妈妈也在时刻牵挂着我。手术后的第四天,妈妈给我打来电话,握着电话听筒,听着妈妈熟悉而又亲切的声音,我心里格外激动。只听妈妈说:"我走的时候你有些咳嗽,没厉害起来吧?你的头这几天有没有疼?昨天夜里下了点小雨,今天你是不是感觉凉快些了呢?你每天争取要打一会儿电脑,让自己有点事情做,但也不要太累了,知道吗?"

一个星期以后,妈妈出院了。

妈妈到家的时候已临近中午。仲羽迎上来,快言快语地说:"阿婆,你好了我真高兴,这半年可把我们给急坏了。"茱茱突然怪叫了两声,仲羽像是想起了什么,走到我身边,摸着我的耳朵,说:"三姨,你听到我刚才说的话了吗?你没有听到是不是?"然而,听力有障碍的我却是一字不差地听到了仲羽刚才说的话。我不解地问:"半年?怎么是半年呢?不是刚检查出来的吗?"屋里的人都沉默不语。还是妈妈先开了口:"我的肾囊肿其实是半年前查体时就发现了,当时医生说可以手术,也可以先采取保守治疗。你的两个姐姐一商量,觉得早做早好,我也觉得随着年龄越来越大，体能越来越差，风险也越来越大，所以，还是早做为好。只是当时家里没有人照顾你，临时找个人来，彼此都不熟悉，我实在是不放心。所以，我让你二姐放了暑假就回来，有她照顾你我也放心。"我又问："你住院的前两天出去了一次，说是去查体，那到底是去哪儿了？"妈妈说："我到超市里给你们买了一个星期的食物。"妈妈想得如此周到，我的眼泪禁不住夺眶而出，哽咽着说："你们机关算尽，敢情就瞒了我一个人呀！要不是仲羽说漏了嘴，我到现在还被蒙在鼓里呢。真不知道是你们的保密工作做得太好了还是我太傻了，这半年我竟没有发现一点点不对劲儿的地方。"妈妈拭去了我的泪，说："你的身体本来就很糟糕，告诉了你，你除了干着急也没别的办法，万一你急病了，咱们俩都躺在医院里，大家是先顾着谁好呢？"

到了午餐的时间，大家都去吃饭了，我一个人躺在床上，突然想起了很多年前读过的林语堂先生的作品《人生的盛宴》。是的，人生就像一场盛宴啊，酸甜苦辣咸，我们都得一一品尝；凉拌热炒、素菜荤腥，我们都得一一咀嚼。有的时候，我们对不喜欢的菜肴可以避而不尝；但更多的时候，我们吃到了不喜欢的味道也只得下咽。

经过这场夏天的盛宴，我们还从一道浓汤里感受到了亲友间的深情。在妈妈出院前的一个傍晚，一位与我们全家人都很熟悉的朋友打来电话，关切地向二姐问了一堆问题，诸如"你妈妈现在的状况怎样？什么时候能出院？谁在照顾她？"妈妈出院的那天下午，还有几位她过去一起工作的同事到家中看望她。一位阿姨拉着我的手说："我们知道你一直生活得很痛苦，也知道你一直都很坚强，正是你的坚强让你妈妈感到特别欣慰。"在妈妈出院后的第三天，表嫂特意从绍兴老家过来帮忙。表嫂很勤快还细心，不仅天天变着花样给妈妈做可口的饭菜，夜里还起来好几次给我翻身，发现我热得满头大汗，就会为我扇扇子。

这场盛宴后，我们一家人的心贴得更紧了，与亲友间的心离得更近了。

妈妈蒸包子

妈妈是南方人，不太会做北方的面食，大姐的儿子茱茱小的时候想吃包子了，妈妈就会到超市里去买一袋速冻包子。

茱茱刚上小学的时候非常顽皮，听讲、写作业总是心不在焉。有一次，妈妈看到茱茱数学小测验的试卷上错误百出，恼火地斥责道："你是怎么搞的？"茱茱瞪着眼睛，理直气壮地嚷道："你凭什么问我是怎么搞的？我还想问问你是怎么搞的呢。蒸包子多简单呀，可你怎么就不会呢？不会也不学，就知道买现成的来打发。"茱茱的顶撞令妈妈啼笑皆非。妈妈缓和了语气，说："你批评得没错，我自己不以身作则却来教训你，你当然是不服气的了。"

第二天，茱茱放学刚一进家门，便惊喜地叫道："好香啊！"他快步走到厨房，说："我闻着怎么像是蒸包子的香味呢？"妈妈关掉了煤气炉的火，说："邻居王奶奶是老北京，我让她教了我怎么蒸包子，回来试试。你不是最爱吃我腌的咸肉吗？我就把咸肉和白菜一起剁成馅包包子，也不知道蒸得好不好。"茱茱迫不及待地掀开锅盖，看着锅里的包子，坏笑着说："阿婆，你蒸的是什么包子？是受气包吧？要不怎么一个个全都蔫头瘪脑的？"茱茱拿起一个包子咬了一口，欣喜地叫了起来："虽然样子不好看，但味道却是好极了！"妈妈一脸困惑地嘟囔道："下锅蒸以前都是又白又软的，怎么蒸完就变成这个样子了呢？"茱茱说："反正又不是拿出去卖，样子不好看没关系，只要味道好就行。"妈妈说："等一会儿我再去问问王奶奶，我哪里做得不对。如果蒸出的包子既好看又好吃，那不是更好吗？"顿了顿，妈妈又意味深长地说："不管做什么事情都不能凑合，都要尽力而为地做好。"茱茱没有说话，但是那天晚上，他没有看动画片，写完作业后，还把第二天要讲的功课预习了一遍。

十年以后，茱茱考上了自己喜欢的大学、喜欢的专业。妈妈蒸包子的手艺也早已练就得炉火纯青，韭菜猪肉、胡萝卜鸡蛋、羊肉茴香等等各种馅的包子，其中最有特色也最受欢迎的，当属咸肉白菜馅，这种配料是妈妈自创的，这种味道是世上独一无二的。

我摸到了春天

又到了花开草长的春天。春天，在别人是看到的，而对双目失明且又完全卧床的我来说，则是摸到的。妈妈从院子里回来，时不时地就会带给我一些春的讯息。先是形如小星星的迎春花，然后是一小朵一小朵的二月兰，跟着又是花瓣的层次感分明的蔷薇花和像一串儿小铃铛似的藤萝花。

有一天，妈妈在我手上放了一棵刚刚破土而出的南瓜秧。我用手指轻轻触摸着，感到这棵南瓜秧的根须短而稀疏，刚长出来的叶子只有指甲盖一般大，枝茎又软又细。然而，就是这么一棵小小的、嫩嫩的南瓜秧，几个月之后就会结出许多椭圆形的南瓜，大的有十斤左右，小的也有两三斤。

还有一天，妈妈兴奋地告诉我："院子里的杏树去年一年都是光秃秃的，我以为死了，就想把它砍掉，可是你说，那棵杏树是姥姥在世的时候种下的，还是留着吧。幸亏当时没砍掉，现在，它居然又抽出了新的芽，长出了新的叶，显出了生机勃勃的样子。"

生命，真的是好神奇！

我一直记得很多年以前见到的一幕。

那正是螃蟹大量上市的时候，妈妈买回来几只。煤气炉上的水烧开以后，螃蟹被放到了锅里。也许是水的温度激起了螃蟹反抗的本能，它们一个个在锅里狂蹦乱跳，搅得开水四溅。盖上锅盖以后，依然可以感觉到它们在里面拼命挣扎。突然，"咣当"一声响，锅盖被掀翻在地，一只螃蟹卷着腾腾热气从沸水锅里一跃而出。都已经被放在火上的热水锅里煮了，没想到它却不屈服，仍在做奋力一搏！可这奋力一搏使它最终还是没能逃脱被放进沸水里的命运！随着它的挣扎，锅盖在断断续续地震动，只是越来越轻、越来越弱。

整整一个冬天，那只从沸水锅里一跃而出的螃蟹常常从我的记忆里跳出来。我觉得自己就是一只螃蟹，生命力顽强，有不服输、不妥协的个性，也意味着我要承受更大更多更深的痛苦，而痛苦又是一把双刃的剑，难受在我的身上，难过在妈妈的心里。妈妈常常在做完家务后来给我敲敲背、揉揉腿，我说："你刚干完活儿，休息休息吧。"可妈妈却说："如果我这么做能让你身上感觉舒服些，那我心里也会感觉舒服些。"

妈妈总是尽己所能地想把我照顾得好一些，为此，妈妈不仅在我身上倾注了爱心，而且还有耐心、细心和良苦用心。

每到天气晴朗时，妈妈就会把我的棉被拿到院子里去晾晒。自从我完全卧床以后，妈妈就给我做了两床冬天盖的棉被，轮流把它们拿到太阳下去接受日光浴，以使我盖上去香喷喷、暖烘烘的。每天晚上临睡以前，妈妈会在我腿上盖上一个小被子，然后，像对婴儿一样，一只手轻轻拍拍我的后背，另一只手放在我的眼睛上，缓缓揉动。妈妈的手厚实温暖，我就在这轻拍轻揉中感到心里非常安稳踏实。

有一次，妈妈在一档电视购物节目里看到，有一种洗头盆，盆底有一根下水管，洗头的时候，将盆搁在脑袋下面，废水就会从下水管流到下面接着的桶里。这种洗头盆特别适合只能躺着无法坐起的病人使用。妈妈当即就拨打了节目里留下的购物电话，给我买回了一个。洗头盆虽然只十几块钱，却解决了我的一个大难题。以前我洗头的时候，得等到大姐回来，一个人把我的身子侧过来，用手托着我的肩膀，使我的头悬在床外，另一个人往我头上冲洗揉搓，稍微一不留心，就会把我的衣服和床单弄湿，有时大姐出差，我就十天半个月洗不了头。自从有了这个洗头盆以后，妈妈自己就可以给我洗头了，而且我的衣服和床单也不会再被弄湿。

还有一次，我身上的一块褥疮大半年了也不愈合，虽然药水药粉用了不下二三十种，却无济于事。急救中心的一位医生说，龙珠软膏对治疗褥疮效果不错。妈妈立即就到药店去买。那一天，白天的气温也只有零下五六摄氏度，我让妈妈等天气暖和些了再去，妈妈却说："我早买来你就能早用上。"在买回龙珠软膏的同时，妈妈还买回了一瓶用来给疮口消毒的双氧水。妈妈先用棉签蘸了双氧水，小心地擦拭疮口，然后将龙珠软膏均匀地涂抹在疮口上，再包上一层纱布，一天一换。过了二十多天，疮口果然愈合了。可是没有想到，表面上虽然是长好了，里面却并没有好，一个星期以后，又有脓水从里面渗了出来。想到只是空欢喜了一场，再想到每次换药时我都会被疼出一身大汗，我不免心绪烦乱，妈妈于是安慰我说："现在已经不像原来那么深了，而且面积也缩小了，咱们再坚持一段时间，胜利一定会是属于咱们的！"就这样好好坏坏、坏坏好好地反复了几次，疮口总算是愈合了，而且到目前为止没有再犯。

不知不觉间，春天的暖风驱散了冬日的彻骨寒意。在花开草长的春天里，我相信，我摸到的比任何人看到的都更加生动，更有朝气。因为我摸到的不仅仅是春天的花春天的草，更是一份深深的、浓浓的慈母之爱！正是这份爱，溶解了我心头的冰霜，正是这份爱，让我从触摸到的鲜花绿草中感受到了生命的神奇与精彩！

童年记忆

在我 7 岁时，爸爸连续几个月都在加班加点忙工作难得休息。一个春天的周末，爸爸的兴致特别好，提议和妈妈一起带我去爬香山"鬼见愁"。

我们出了家门，先坐 375 路到北宫门，然后再换 333 路在香山下车。下车以后，我们往前走了一会儿，爸爸抬手一指，说："前面的那座山就是'鬼见愁'。"我顺着爸爸手指的方向看过去，说："好像并不高呀？可为什么连鬼见了都会发愁呢？"

当时的"鬼见愁"既没有通索道，也没有修建石阶山路。山脚下的路还算平缓，我连蹦带跳地跑在前面，还不时地回过身向后面的父母挥动手臂，催促他们快赶上来。然而越往上走，山路越陡越难走。脚下经常有嶙峋的石块和纵横的枝杈阻挡着，根本就找不到路。于是我便手脚并用，妈妈见了我的狼狈相儿，忍不住哈哈大笑起来："你这副样子可真是名副其实的爬山了。"

到了半山腰，我一屁股坐在一块石头上，大口大口喘息着。妈妈见状，说："别再往上爬了，你休息好了咱们就下去吧。"我正犹豫着，听见爸爸说："都说无限风光在险峰，咱们一定要爬上去，看看山顶上有什么！"旁边一个从山顶下来的人插话道："山上除了一个小亭子之外，什么都没有。"我听了有些失望，但爸爸却仍是坚定地说："咱们可不能半途而废。鬼见了愁，咱们才不会发愁呢。"

说着，爸爸把我从石头上拉了起来，再一次向着山顶迈开步子。

不知道什么时候爸爸已经走到了我前面，他时而踢开脚下的怪石，时而挡住旁边的荆棘，时而回过身来拉我一把。我感觉自己把整个身体的重量全都压在他的两臂上，由刚上山时的连蹦带跳变成被爸爸连拖带拽地一步一挪。汗水顺着我的头发往下淌，毛衣里的衬衫也早已是汗湿一片，被山风一吹，说不清是热还是冷。

当我又一次停下脚步喘息时，妈妈将水壶盖子打开，递到我手上，我一仰头，咕咚咚地把壶里的水全都喝光了。只听爸爸兴奋地说："我已经可以看到山顶上的亭子，咱们胜利在望了！"我一听，顿时又来了精神。

到了！终于到了！

站在山顶上极目远眺，城市的景象尽收眼底。宽阔的马路如一条条弯弯曲曲的细线，疾驰的汽车如一只只向前蠕动的硬壳虫，拔地而起的高楼大厦如一个个线条简单的火柴盒。蓝莹莹的天空似乎显得更高了，金灿灿的太阳则似乎离得更近了。远处，依稀可见连绵起伏的山脉。我突然意识到，"无限风光在险峰"的说法一点也没有错，所谓的"风光"，其实指的并不仅仅是具体的实物，还包括内心涌起的只可意会却难以言说的感觉。

山顶上有个为游人拍快照的摊点，我们三人合了张影。照片当即就出来了，爸爸和几个负责照相的人说了几句什么，随后，走过来将照片拿给我看。我细细端详着，只见照片的上方写着"'鬼见愁'山顶留念"几个字。"我让照相的在照片的背面也写了几个字。"爸爸把照片翻了过来，"有志者事竟成。"我念道。爸爸望着我，语重心长地说："爬山是这样，做任何一件事情也都是这样，只要有志气，有不达目的不罢休的决心，就一定能成功！"

　　现在想来，爸爸在我年少的时候似乎就已经预料到，我未来的道路将会是沟壑万千、坎坷无数，所以才会让我通过登山切身领悟到有志者事竟成的道理，才会在山顶上拍一张很特别、很有意义的照片吧？爸爸去世之后，我常常拿出照片，看着照片上的爸爸，照片上的爸爸也在看着我。我相信，天堂里的爸爸始终在密切关注着我的一颦一笑、一举一动。看到我取得了一点点成绩，爸爸会比我更开心，看到我病情急剧加重，爸爸会比我还难过。爸爸在世的时候虽然没有留下物质财富，却留给了我一段刻骨铭心的童年记忆，让我懂得了一个简单而又深刻的道理——有志者事竟成！

心是一只雪候鸟

第三编

青春隧道

如何建立自信

自信是一盏明灯，指引着我面对生活里种种难题和挑战，奔赴人生理想；是一艘渡船，能够使我们漂浮在人生的泥沼中，不致陷污。因此，对于不甘命运摆布的人，自信是命运的主宰。正如一位哲人所说："人生最大的损失，莫过于失掉自信。"

人在生活中常常会遇到意想不到的束缚与羁绊，遭受晴天霹雳般的挫败与打击，听到冷言冷语的嘲讽与奚落，这些都易使人陷入灰心失望，变得悲伤抑郁、自暴自弃、自叹自怜。

那么，人在生活中该如何建立自信呢？

首先，要客观、正确地评价自己，认识自己，相信自己。

如果总是想着自己的短处，总是为自己的缺陷懊恼，就容易使人情绪低落，缺乏自信。其实，我们无须为自己的不足而整天自责，我们应该学会做自己的伯乐，善于发现自己的优点，及时肯定自己。

曾听过这样一个小故事：父亲见女儿总在羡慕别人，便将她带到厨房，烧了三壶水，第一壶里放了根胡萝卜，第二壶里放了个鸡蛋，第三壶里放了把咖啡豆。水开后，父亲让女儿看看这三样东西有什么变化。女儿说："被开水一煮，胡萝卜由硬变软了；鸡蛋里怕摔打挤压的蛋液凝固成形，即便没有了外壳的保护，也不会再四溢横流；咖啡豆将自己融入水里，就成了一杯香浓可口的咖啡。"父亲点点头，说："这三样东西遇到的同样都是开水，但是，它们的反应却各不相同。胡萝卜不能变成咖啡，鸡蛋也变不成胡萝卜。同样的道理，我们每个人在生活中都有自己的角色和位置，我们不能取代别人，别人也无法取代我们。"

这位父亲的话告诉我们：每个人都是独一无二的个体，我们所应该做的不是羡慕别人，而是应该扬长避短，发挥自己的优势。

其次，不要做怠惰的俘虏，要做行动的主人。

对成功的体验最能激发起人的自信，而要想获得成功，势必要付出艰辛的努力。

有些人，他们的想法很好，抱负很远大，但缺乏积极的行动力。他们总是把要做的事情一拖再拖、一推再推，并且还总在为自己的怠惰找借口。"今天来不及了，明天再做吧。""现在时间不够了，一会儿再说吧。"一个不懂得把握今天、把握现在的人，又怎么能抓住面前的机会，怎么能开创出未来的辉煌呢？倘若沦为怠惰的俘虏，那就只能一事无成，在庸庸碌碌中虚度时日。这样的结果，又反过来打击了他们的自信，更觉得自己无能、无用，做事更加畏惧不前。

怎样才能克服怠惰，做行动的主人，并在持之以恒的行动中增强自信呢？

首先，我们不妨问自己一些能引起痛苦的问题：

1. "如果我不立即行动，得付出什么样的代价？"

很多人只想到有所行动要付出的代价，却很少想到无所行动得付出什么样的代价。

2."如果我不立即行动，会错失什么样的机会？会让我在身体、精神、金钱或情绪上有什么样的损失？"

让无所行动的痛苦成为你真正、强烈和直接的感受，使你不愿再拖延而有所行动。

3."如果我不立即行动，会给关心我以及我关心的人造成什么样的伤害？"

大部分人愿意为心爱的人付出的比为自己付出的更多，所以，好好想一想，如果自己不立即行动的话，会对亲友及身边的人造成多大的伤害。

当问完引起痛苦的问题以后，我们不妨再问自己一些能引起快乐的问题：

"如果我能有所行动，会有什么样的好处？会有什么样的前景？会做出什么样的成绩呢？我的家人和朋友会怎样看我？我会多么快乐呢？"

这些问题要想能产生效果，我们就得尽可能找出一大堆为什么一定要立即行动起来的理由，找出的理由越充分、越具体、越强烈，我们行动的效果就越好。当我们在行动中体验到了自己的价值，收获到了成功的喜悦，我们的自信心也就会随之增强。

再次，要勇于接受挑战，正确地看待失败。

有人因失败丧失斗志，失掉自信，有人则会被失败激发斗志，从而在不断的进取中获得更多的自信。这主要取决于我们对失败所抱的态度。

伟大发明家爱迪生，每项发明都要经过反复地试验。在试制电瓶时，有人问他："你一而再再而三地失败，为什么还要继续呢？"爱迪生风趣地回答说："我没有失败，现在，我知道了五万种不成功的方法！"他曾尝试用 1200 种不同的材料做白炽灯泡的灯丝，都没有成功。"你已经失败了 1200 次了。"有人这样对他说。可爱迪生却并不气馁，最终找到了最适宜做灯丝的材料。

由此可见，失败是通往成功的必由之路，只有敢于从失败的阴影中奋起，才能够获得最终的成功，也才能提高自信心。

有些人因为缺乏自信，在一件事情开始之前，便在主观上认定自己做不到或者做不好。如果内心经常存有失败的念头，便已经输掉了一大截。相反地，如果能够对自己充满信心，并具有主宰自我的意志，那么，即使面对逆境，也能泰然自若。这就是自信的力量。这种力量，是可以通过自我激励挖掘出来的。我们可以有意识地多给自己一些积极的心理暗示，即便失败，也要多寻找事物中美好的、有力的因素，并以此为契机，重整旗鼓，再次起航。

另外，培养自信，还要多从生活中的细节小事入手。

注意仪表，保持良好的精神风貌。要知道，一个漂亮的发型，一身得体的衣着，能使人心情舒畅、精神愉悦，特别是当自己的仪表得到别人夸赞时，自信心也会油然而生。

勇敢地展现自我，不要害怕被人注意。有些人，不愿当众落座，不爱在人前讲话，不敢与人对视，害怕在大庭广众下露面。而怕被人注意的原因，就是因为缺乏自信。因为不自信，所以总觉得别人会笑话、瞧不起自己。这个时候，不妨把注意力集中到事情本身，该说就说，该做就做，这样一次一次，循序渐进，自信就会不断增加。

善待他人，融洽人际关系。在日常生活中，不要只是强调别人对自己的关心帮助，在自己力所能及的前提下，也应该学会奉献爱心，主动地去关心和帮助别人。这样，不仅能赢得别人对我们的好感，而且也能增强我们的社会责任感，使自信心得到调动与升华。

让微笑成为习惯。微笑，是人际交往中的润滑剂，也是医治信心不足的良方。微笑能使自己的内心产生出自信的力量。因此有人说："要想建立自信，就要学会发自内心地微笑。"我们需要建立自信，而不是自负，更不是自傲。悦纳自己、善待他人、笑对生活，这才是我们真正欣赏并且提倡的。

青春隧道

孩子进入青春期以后，家长会觉得他不像以前那样听话了，经常跟家长作对。今天外面冷，你放学后就赶紧回家，别在外面冻感冒了；不要总是去吃小摊上的烤串，既没营养又不卫生；某某同学学习成绩不好，你少跟他在一块儿；马上就该期末考试了，你得多把心思放在功课上；别总是上网聊天，多耽误时间啊！

对于类似的提醒，家长的解释是："我怕孩子遇到坏人，走上弯路，这么说不都是为了他好吗？"可是，孩子非但不领情，反倒觉得家长唠唠叨叨的，干涉了他们的自由。

这就是所谓的逆反心理。

处于这一时期的孩子，自认为已经长大了，不需要父母再像以前一样跟在后面千叮咛万嘱咐，觉得被呵护是不成熟的表现。他们希望脱离父母的引力圈，希望在思想和行动上独立。其实，跟父母顶嘴的时候，他们也知道，父母说的都对都在理，只是叛逆心理在作祟。"为什么我总得听你的？为什么我自己的事情却不能自己做主？"父母在青春期孩子心目中的形象已由过去的权威者变成了普通人，他们渴望用自己的眼睛去观察世界，渴望用自己的头脑去分析问题，渴望用自己的心灵去感受酸甜苦辣，渴望展开翅膀飞向未来。

这个时候，如果家长不能引导孩子逐渐从依赖走向独立，而是加以阻挡，就难免会造成冲突，甚至会影响到孩子将来的发展。

毛泽东说，要想知道梨子的滋味，就得亲口尝一尝。在成长过程中，人的亲身体验至关重要。父母一再告诫孩子："应该这么做，不要那么干。"可孩子却根本听不进去。与其苦口婆心地说教，倒不如打开所有的门和窗，让孩子在疾风骤雨中去历练，在摸爬滚打中去感受，在成功与失败中去品味，在跌跌撞撞中学会走得更快更稳。即使错了，也能从中得到教训。

在这里，还想对身处青春期的朋友说，当你准备独立的时候，正确的方法不是用叛逆来显示自己的独立，而是应该先懂得如何保护自己。试想，如果你连换下来的脏衣服都不会自己清洗，肚子饿了自己连一顿饭都不会做，天热了自己却不会换上薄被子……这些生活琐事你都不懂不会，又怎么可能让父母放心？怎么可能在社会上打拼？自己的生活尚需要别人照顾，你又怎么可能去照顾别人？又怎么可能真正显示出自己的独立性呢？假如你处在父母现在的位置上，请你客观地思考一下，当你放学后迟迟不回家，当你上网聊天到深夜，当你每天都到街头小摊吃烧烤，当你总是抱怨零花钱不够，当你总是追逐名牌服装和新款手机，对于这些，你会怎么想？怎么说？做出什么反应呢？

将好心情最大化

我在微博上认识了一位昵称为"我是我的眼"的盲人按摩师。

一天，她在博文里讲述了自己遇到的一件非常窝火的事。"我到一位住在六楼的病人家里去做按摩。在乘电梯时，我很客气地让别人到了六楼以后告诉我，可对方不知是出于无心还是恶意，电梯刚到五楼就让我下去了。五楼的建筑结构和六楼不同，我转了半天也没找到门，还被石阶绊了一跤。后来是一位清洁工人把我领上了六楼。到了病人家，病人还直埋怨我不守信用，晚了四十分钟。唉，真是让我有苦难言啊。"

这之后的一个大雨倾盆的日子，她又在博文中写道：

"如果下班的时候雨还在下，我是打雨伞还是穿雨衣呢？打雨伞吧，一手拿伞一手拿盲杖，我就不能挽着同伴的手了，一个人在狂风暴雨里无依无靠的，这会让我心里很没有安全感；穿雨衣吧，戴上雨帽我就听不清楚周围的声音了，这样穿梭在车水马龙的路面上是非常危险的。真是愁煞我也！"

读罢她的这两则博文，我心里感到酸酸的。想要对她说点什么，于是便给她留言道："从你的昵称中我可以感觉出，你并不是一个悲悲戚戚的人，而是一个很自信、很有个性的人。对经历的烦事难事，也是能放得下、看得开，是这样吧？"她回复说："吃一堑长一智，人的智慧不是白白长出来的。我以后再到人家里去的时候，不乘坐电梯了，就把爬楼梯当成是有氧锻炼了。另外，我还对我雨衣的雨帽进行了个性化处理，就是在两个耳朵的位置各剪了个洞，这样，我既可以听到周围的声音，又可以使脑袋不被淋湿。现在，我特别盼望快下一场大雨，好有机会检验一下我的发明成果呢。"我由衷地赞叹道："我佩服你的聪明，更欣赏你的好心态。"她写了一句引人深思的话："路是人走出来的，办法是人想出来的，事情是人做出来的。"

她博文的内容非常宽泛，不仅写与病人之间的交流以及按摩推拿方面的心得体会，还写自己织的丝毛围巾、自己做的风铃花，写听过的音乐会，写去了潘家园，写自己床头摆放着的小蘑菇造型的存钱罐和带有狗熊头像的闹钟。她的描述非常细腻，一件稀松平常的小事、一个不起眼的小物件，她都会写得妙趣横生，由此也可以感觉到，她是一个非常富有生活情趣的人。

以前我一直以为，忙碌的上班族没时间自己做一日三餐，多是吃食堂或者叫外卖，偶尔自己开次火，也是下碗挂面或者煮包速冻饺子来对付。明眼人尚且如此，更何况是一位双目失明的盲人呢，还不得视刀叉为凶器，把火、热油锅视为天敌呀？但是让我没有想到的是，她居然把下厨掌勺当成是一大乐趣。"我从收音机里听到教做蒜泥白肉的，就想动手一试。不承想，肉没有被煮透，吃到嘴里发现里面竟还是生的。我起初感到非常扫兴，但突然又灵机一动，将一锅做砸了的肉与青蒜和红辣椒一起炒，结果，味道好极了！第二天，我将这道自创的菜如法炮制，请同事品尝，得到了大家的一致好评。"从字里行间可以感觉到，美食在她不只是吃，还在于动手的过程，在于将自己煎炸烧煮的成果与大家一起分享的乐趣。

读着她快乐且富有感染力的文字，再想到她此前经历过的烦事难事，我不由得想起了在心理学上有一个帮助人调节情绪的方法：每天把自己看到听到遇到经历到的快乐事情或者快乐感觉写在一张纸条上，写得越详细越好，写好了之后，将纸条折叠成一只仙鹤、一条小船或者是一个幸运星，然后装在一个大瓶子里。久而久之就会发现，虽然人生不如意十之八九，但如果我们能有意识地多关注快乐、留意快乐、珍藏快乐，就可以将好的心情最大化。

为奔跑喝彩

奔跑，是一种不舍不弃的追求；奔跑，是一种风雨兼程的执着；奔跑，是一种积极向上的生活态度。

还记得刘翔，当他站在 110 米跨栏跑道的起点上，听到发令枪响起的那一刻，他如一支离弦的箭，浑身的能量都化作了奔跑的力量。向着自身的极限，向着光荣与梦想，倾其全力，勇往直前！最终，他以 12 秒 88 的成绩摘得了金牌，并打破了这个项目的世界纪录！为中国人赢得了荣誉，令全世界为之震撼！

还记得在世界性的残疾人短跑比赛上，一位非洲选手突然一声惊叫，栽倒在地。原来，是戴在他小腿上的假肢松动了。他完全有理由退出比赛，但他却没有放弃，而是坐在地上，把假肢重新戴好，之后，他又站起身来，咬着牙，忍着疼，一瘸一拐地走到了终点！虽然他没有取得好成绩，但是他赢了！他所表现出的坚毅和顽强远远超出了比赛本身的意义！

漫漫人生，不就像一条长长的跑道吗？我们每个人每时每刻都在奔跑。刚踏上跑道的时候，我们都是热情高涨，都希望自己能有不俗的表现，但是到了最后才发现，能度过不平凡一生的，只是少数的人，而大多数人，都是平平静静地来，又平平凡凡地离开。有时，我们是和众人一起奔跑，前面的人可能会挡住后面人的视线，后面的人可能会把前面的人的鞋踩掉。当我们领先时，会被后面的人追赶，而落后时，要迈开大步朝前追赶。有时，我们要独自奔跑一程。就算不被别人注意，也没有陪伴，但是，我们却绝不能够停下奔跑的脚步。面对压力，我们会想到就此退出，投降认输；虽然面对困难，我们可能会手足无措，悲观绝望；虽然在奔跑过程中我们可能会跌倒，而且跌得鼻青脸肿、头破血流，但是，即便是跌倒了一百次，我们也依然要在第一百○一次站起来，忍住泪水，擦去汗水，洗净泥水，微笑着，继续奔跑下去，继续为自己奔跑着大声喝彩！

自信的人最美丽

一位女中学生形容自己的长相是：皮肤黝黑，一双如绿豆般的小眼睛，眼神游移不定、黯淡无光，塌鼻梁上还架着一副大近视眼镜。一口黄牙长得七扭八歪，又瘦又小的样子活像是豆芽菜。她觉得自己就是一只难看的丑小鸭，因为想要改变自己丑陋的容貌，所以就常常去留意报纸上刊登的整容广告，可又担心会发生新闻报道上披露的整容变毁容的后果，那岂不是得不偿失吗？因为长相难看，所以她平日里不愿意和同学们在一起说笑，不敢与人对视，上课时总是走神，看书时也是心不在焉，学习成绩出现了明显的下滑。

由这位女中学生的苦闷之情，我不由得想起了《人生哲理枕边书》里的一个小故事。年轻女孩玛丽总觉得自己不如同伴长得漂亮，身边没有人会喜欢自己，因此，玛丽总是一个人独来独往，走路的时候也总是低着头。有一次，玛丽走到一家商店，被橱窗里漂亮的彩色蝴蝶结吸引住了，玛丽非常想戴上蝴蝶结，但又觉得自己根本不配。正在这个时候，女售货员热情地迎了上来，说："你有一头迷人的金发、一双大大的眼睛，戴上绿色的蝴蝶结一定会更加迷人。"女售货员说着，把绿色蝴蝶结戴在了玛丽头上，由衷地赞叹道："我敢肯定，大家看到你昂着头、面露微笑的样子，一定都会非常喜欢你的。"玛丽戴着绿色蝴蝶结走出了商店，在门口，玛丽与迎面走来的一位顾客撞了个满怀。走在路上，玛丽发现大家真的都对自己表现出很好的样子，同伴还主动地走过来拥抱了自己。到家以后，玛丽迫不及待地来到镜子前，想看看自己头戴绿色蝴蝶結的樣子，卻驚訝地發現，自己的頭上什麼也沒有戴。瑪麗細細回想，覺得頭上的綠色蝴蝶結一定是在撞到顧客時掉了下來。也就是說，自己的容貌並沒有發生變化，只是在聽了女售貨員的讚美之後，擺脫了自卑，獲得了自信。

可見，自信的人最美麗！

已經有大量的科學研究表明，一個人的容貌主要是由先天的遺傳因素所決定的。我們不可能像挑選衣服的顏色和樣式一樣來挑選自己皮膚的顏色、眼睛的大小及身材的高矮胖瘦。對於自己與生俱來的體貌特徵，再高超的整容技術也難以令每個人改頭換面、脫胎換骨。

如果讓我們來形容別人的長相，我們會用到什麼樣的詞語呢？或許會說出單眼皮、蒜頭鼻、招風耳這一類詞語。之所以要這樣形容，我們其實並沒有嘲諷、不尊重的意思，而是抓住了對方最有特點的因素。如果我們能把自己身上那些不完美之處看成是自己不同於他人的個性，把皮膚黑看成是健康的表現，把戴著近視眼鏡看成是智慧的象徵，如此一來，我們的心情也就能隨著看法的轉變而發生改變。

不完美的容貌究竟能在多大程度上影響到人的情緒及日常的生活，其關鍵並不在於不完美本身，而在於人的心態。換句話來說，學習成績的下降，不願與人交往的孤僻性格，不敢與人對視的膽怯和懦弱，這些並非是源自自己的容貌，而是因為自己有一顆敏感而脆弱的心。

我們不妨把注意力從自己的外在容貌轉向對內心世界的反思和對自我的完善，努力提升自己的自信心。比如，發奮學習，使自己成為一個知識淵博的人；掌握一技之長，使自己成為一個有過硬的專業知識和嫻熟的實際操作能力的人；培養興趣愛好，使自己成為一個富有樂趣和情趣的人；樂於助人，使自己成為一個有愛心、有感恩心的人。

一旦我們把注意力從自身轉向了外界，就會發現，真正能影響到自己的，不是有著怎樣的容貌，而是有著怎樣的心靈。

把自强不息当作一件武器

《易经》里有一句话："天行健，君子以自强不息！"自强不息，是成功人士必备的品格，也是我们每一个人都应该具备的品格。

自强不息，就是要有"不达目的不罢休"的决心，有"事在人为"的信念，有"冬天已经来了，春天还会远吗？"的希冀，有"哪里跌倒，就从哪里站起来"的顽强，有"千里之行，始于足下"的行动力，有"即使第一百次被打倒，也要第一百〇一次站起来"的意志力，有"大雪压青松，青松挺且直"的昂扬斗志。

自强不息，就是要在艰难困苦中，不逃避不退缩，不轻易屈服于环境，也不过度地依赖于他人。人生在世，难免会遇到荆棘坎坷，遭到挫折打击，这个时候，我们需要得到别人的帮助，别人也的确可以帮助我们，但是，最基本的努力还是要靠我们自己。正如罗曼·罗兰所说："假如我们自己都站不起来了，别人是扶持不了我们多久的。"就算某个人愿意在某段时间某个特定场景下帮助我们做某件事情，那也只能是一时，不可能永远都有求必应。假如我们缺乏独立自主的意识，那就会自我迷失、沦丧，变得随波逐流。

自强不息，就是要有积极进取、奋发图强的精神，要在各个方面不断地提高、充实和完善自己。自己的技能水平、学识胆略、智能经验，只有经过长久的积累和储备，才能让自己的内心变得强大，从而使自己在社会上有更多的生存手段、立足资本，有更广阔的发展空间。

残疾人由于受到自身疾患的束缚,在生活中势必会遇到比常人多得多的险境难关。许多常人很容易办到做好的事情,残疾人却要经过千百次的尝试,付出千百倍的努力,要想干出一番事业、做出一番成就,付出的代价更是常人难以想象。一位哲人说过:"世界上能登上金字塔的生物有两种:一种是鹰,一种是蜗牛。"如果把残疾人视为自身条件欠佳的蜗牛,那么,看不到颜色的盲人,做出了美丽的手工;听不见声音的聋人,谱出了动人的乐章;行动不便的人,每天只能局限在狭小空间里,像一串水珠,只能反复在同一个点上滴答,日久天长,竟能把巨石洞穿!这些残疾人之所以能登上塔尖,靠的就是自强不息!他们把自强不息当作一件武器,在生活中搏击。他们将这件武器紧握在手里,并且常常擦拭,使之锋芒永在,常用常新!

把一切多往好处想

我认识这样一位盲人朋友,她从事按摩工作,平时非常繁忙,而到了休息日,用她自己的话来说:"我休息的时候比不休息的时候还要忙。"除了踊跃参加残联、街道和社区举办的各种活动之外,她还到军事博物馆听讲座,到中山公园音乐堂听交响乐,到首都图书馆借阅盲文书,到玉渊潭公园感受扑鼻的花香,跟年长的邻居学钩帽子围巾,跟年轻的邻居学上网录歌,跟从宁波来的同事学包芝麻汤圆……在她身上似乎总有旺盛的精力,总有孩童般的好奇心。她将每一次的参观券、入场券和景点门票都装在一个大纸盒子里,其中有两张入场券格外有意义,一张是北京残奥会比赛场馆的入场券,另一张是上海世博会的入场券。

她的盲杖上拴着一串佛珠，那是她去雍和宫时在寺庙里求来的。因为戴在手腕上做按摩觉得碍事，所以她灵机一动，将佛珠拴在了盲杖上，也想以此保佑自己走在路上平安无事。她感慨地说："残联、街道和社区常常为残疾人搞活动，而我们呢，就是应该走出去，走到人群中去，让自己动起来，让自己的生活动起来。"由此可知，她并不是在想："假如我能看得见，那我就可以去什么什么地方游玩，就可以做什么什么事情，我的生活就会是如何如何的。"她分明是在现有条件和能力下，最大限度地享受生活和快乐。

我问她："你出去的时候，遇到过不愉快的事、不友善的人吗？"她说："不愉快的事、不友善的人，我几乎天天都会遇到。比如，走错路坐错车买错东西，踩到了小狗狗的排泄物，找回的钱是假币，买水果时被坑了分量，到浴池洗澡错拿了别人的毛巾，在餐厅吃饭不小心碰洒了菜汤，有人讥笑着说："你也看不见，不老老实实在家里坐着，出来干什么？"有人甩出一句："你在这儿碍手碍脚的，给人添麻烦。"还有人不客气地说："这种地方是你该来的吗？"……我又问道："既然常会遇到种种不愉快，你为什么还那么愿意出去呢？"她答得非常简单："把一切多往好处想。"

把一切多往好处想，就是要学会在不幸中开创幸福。有道是"人生不如意十之八九"。现实中的不如意有些是我们不能改变的。比如，我们谁也不愿意身有残疾，但我们却不得不接受自己身有残疾的事实，不得不因残疾而抱憾终生。

面对不能改变的不如意，我们可以改变自己内心的想法和看法。不同的想法和看法会使人产生不同的心境和行为方式。比如，故事中那位为脚上的鞋子不合适而烦恼的妇人，当看到有个人坐在轮椅上，没有双脚，妇人这才感觉到自己是非常幸福的。其实，妇人所面对的事情前后并没有任何改变，同样是觉得脚上的鞋子不合适,之所以先前感到烦恼,后来觉得幸福，是因为先前是在以完美无缺的理想化来衡量现实，而后来，妇人意识到，和那个没有双脚坐在轮椅上的人比起来，自己腿脚正常，可以自由自在地站立和走动，这已经是很幸福了，为什么还要为鞋子不合适而烦恼呢？

史铁生在其作品《病隙碎笔》里写道："其实每时每刻我们都是幸运的，因为任何灾难的前面都可能再加一个'更'字。"这也就是说，我们每个人都生活在比上不足比下有余的层面。人们常说要珍惜当下，所谓珍惜当下，就是要在比上不足与比下有余的生活之间，不回避不逃离，脚踏实地，从身边的事情做起，把能做的事情做好。假如自己面前放着的是一盘青菜豆腐，那么就应该想着这一盘青菜豆腐怎样凉拌热炒才更可口，做汤做馅时放些什么调料才更美味。如果对能吃得到的青菜豆腐全然看不上眼，只是贪婪地盯着满汉全席流口水，那等到饿得慌的时候，吃不到满汉全席，而能吃得到的青菜豆腐却烂了馊了，不能再吃了。

把一切多往好处想，就是要学会与人为善，多做换位思考。有这样一个小故事：一只大白猫天天都会把一条鱼放到主人的卧室里，这使得主人天天都得擦拭地板上带着腥臭味儿的水迹。主人对此非常气恼。一天，主人比平日提早回到家，见大白猫正将一条鱼从厨房拖到卧室里，然后，大白猫俯下头，鼻子在鱼身上来回蹭着，眼光中流露出贪婪的神色。主人突然想起，鱼是大白猫最喜欢吃的食物。原来，大白猫是在把它认为最好的东西给了自己，可自己却错怪了它！这个小故事告诉我们：有时别人的言行，其本意和出发点是好的，但是表达方法可能不得当，所以事与愿违，没能收到好的效果，反而给我们带来了烦恼，造成了彼此间的误会。这个时候，我们若能使用一些幽默诙谐的言行，不仅可以化解尴尬，而且可以体现出自己的胸襟与气度。

就像中央电视台的一位女主持人，在一次演出现场，由于工作人员的疏忽，她在走上台时被机器绊倒了。见她狼狈地躺在地上，现场气氛一下子紧张起来。只见她从地上站起来，微笑着对台下的观众说："刚才我表演的节目是《狮子滚绣球》。"其实，生活中有许多类似的不愉快，并不是别人在故意刁难自己，在故意跟自己过不去，倘若总是对此耿耿于怀，就会越想越窝火，越想越生气，只是自己生了半天闷气，别人可能却还一无所知呢。退一步来说，就算是遭遇到了不友善的对待，也是给自己上了一课。就像我认识的那位盲人朋友，有一次病人付给她的钱是假币，当她事后发现找对方理论，对方非但不承认，反而还说了很难听的话。从那以后，她每次收钱总要当着对方的面一一清点清楚。她对此打趣说："吃一堑才能长一智，人的智慧不是白白长出来的，而是要付出代价的。"

把一切多往好处想，不是逃避困境，而是在困境之中多看人的优点，多看事情的亮点，从而以积极乐观的态度面对生活。

多一分努力就会多一点希望

一个星期六的下午，大姐回来时给我带回来一本书。"这是新东方创始人俞敏洪的自传《在绝望中寻找希望》。俞敏洪将书分为"写给自己""写给年轻人""写给生活"三大篇章，细数了自己50年心路历程，20载创业风云。"大姐边说着，边翻开书，逐字逐句地给我念。

在书的开头，俞敏洪毫不隐瞒地提到了自己"不光彩""没面子"之处。比如，出身贫困的农民家庭；考了三年才考上北京大学；在校期间，因为其貌不扬、成绩平平、不善言辞，所以，没有哪一个女孩子愿意理睬他；毕业分配的时候，也没能像大多数同学一样，被新华社、外交部这些好的单位录用，只能留校当一名英语老师。

念到这里，大姐合上书，一边给我揉搓着麻木的手指一边说："从刚才读到的章节可以看出，俞敏洪的起点非常低，外在的环境和条件也不尽人意，之所以能够闯出一片天地，是因为他在成长的每个阶段都抱有信念，并且始终努力坚持着信念。假如，他前两次高考失利后，没有坚持参加第三次高考，那他就不会实现知识改变命运的梦想；假如他在大学期间因为遭到别人的冷落而不再坚持做人谦虚低调、做事沉稳冷静的品质，那他在创办新东方的时候，就不会有同学愿意与他合作；假如他在留校当英语老师的时候没有坚持积累教学心得，那他就不可能创办起独具特色的英语培训学校。可见，一个人不管做什么事情，不管恪守什么信念，都一定要坚持，并且要相信，只要坚持就一定会有进步，就一定能有所收获。

说完了这番话，大姐给我盖好了被子，让我休息一会儿，自己则去忙别的了。

我闭上眼睛，看似是在休息，但是脑子里，各种各样的念头却在不停地盘旋萦绕。

记得我小时候，老师和家长常常对我说："无论处在怎样的境地，不管是在做什么事情，都要坚持信念，都要努力上进。"正是在这样的谆谆教导下，我始终坚持着心里的文学梦。在存有残余视力的时候，我常常扎在彩图铅字的书堆儿里读得全神贯注，常常用蓝钢笔在作文稿纸上写些"豆腐块"，我坚持每天读书，并且坚持把书里的好词好句抄写或者背诵下来，以便日后写作时引用借鉴；后来，我完全失明了，但仍如饥似渴地坚持阅读盲文书籍，并坚持每天坐到桌前，用盲用语音电脑写作；再后来，我躺在床上无法坐起来，我依然不甘心就此放弃写作，于是就把键盘放在身上，躺着打字。

记得最初躺着打字的时候，我特别不适应，每打一个字都格外吃力，每写三言两语就不得不停下来歇一阵儿，缓过点劲儿来再继续写的时候，又要重新构思，遣词造句。这样断断续续的，好不容易写完了一段文字，连我自己读着都觉得前言不搭后语，就像生拼硬凑起来的一样。我不禁问自己，为了写些零散的文字，我被累得筋疲力尽，这样的坚持真的值吗？我越是坚持，就越是会感到力不从心的绝望。既然如此，我又何必再自己跟自己较劲儿呢？何必再自己为难自己呢？于是我打起了退堂鼓，决定以后不再继续写了。然而，不再继续写作，我非但没有感到放松和轻松，反而因为心里没有了任何牵挂和惦念，没有了任何想头盼头，感到更加空虚孤单，感到时间更难以打发，让我陷入了更深的绝望！我清楚地意识到，假如我这个月不写，下个月也不写，那可能以后我就真的什么都写不了了，只能放弃。虽然我现在每次只能写三言两语，但是日积月累，不是就写成一篇文章了吗？而且，这种三言两语式的写作有一大好处，就是可以有更多的时间和机会来深思熟虑、反复推敲和修改。这样的想法，让我又鼓起了继续坚持的勇气。

记得有一次，大姐参加完同学聚会后回来告诉我说，有位同学对她说："你妹妹的书对我触动很大。我偶尔有个头昏脑涨、腰酸背疼的，都会觉得特别难受，可你妹妹天天都处在这样的状态中下，但从你妹妹的文字里却很少流露出悲伤的情绪。你妹妹天天只能接触到家里的几个人，只能躺在床上，不是这儿疼就是那儿难受的，这要是换了我，早就崩溃了，但你妹妹还总是开玩笑，还常常反过来安慰和开导别人。相比之下，我觉得我还有什么理由总是对这个不满意对那个不满足的呢？还有什么理由稍遇到点不顺心就发怨言发牢骚呢？我把你妹妹的书拿给我正上高中的女儿看，以此为榜样来教育她。现在，我和女儿都在关注你妹妹的博客和微博呢。"也就是在这一天，我欣喜地获知自己被《挚友》杂志评为了2014年挚友优秀通讯员。这两件事令我不禁感慨，虽然我不能在事业上出人头地，不能成为家庭里的顶梁柱，但我也有属于自己的光和热，也有温暖他人的能量，在世间的存在也是有意义有价值的。

此时此刻，由俞敏洪的书我联想到了自己的经历。我突然觉得，我的经历不也是对这本书书名的一种验证和诠释吗？在绝望中寻找希望，就算寻找到的希望只是一星半点，也要像抓住救命稻草一样，把这一星半点的希望牢牢抓在手心里，然后，将这一星半点的希望努力扩大，再扩大。

听到屋子里起了些微小的响动，我知道是大姐忙完了别的事情又走回到了我身边。我于是将手伸出被子，指了指电脑。大姐心领神会，帮我打开了主机和音箱。我新建了一个 Word 文档，写下了这个题目：多一分努力就会多一点希望。

海阔情深

我曾经四次见到大海。

我第一次见到大海是在初二的暑假，残联组织盲聋以及培智学校的学生代表到山东威海去参加夏令营。我们下了火车，到达旅馆以后，服务员告诉我们，从这儿走两三分钟就可以见到大海，我们一听，便迫不及待地让老师带着我们去海边。当时正值黄昏，残阳如血，天上涌动着金色，海里跳动着金色，礁石和沙滩上流动着金色，我整个人也被金色的光晕包围了。脚下是由亿万沙粒集成的海滩，眼前是由亿万水滴汇成的海洋，刚与柔，渺小与伟大，让我的心潮随着海潮一起在翻涌澎湃。

在看见大海以前，我怎么也想象不出来，浩瀚无垠是什么样子，海天相接是怎么回事，现在，我一下子明白了，那种景致是很难用语言描述出来的，只有用心用情用灵魂才可以体会得到。我也明白了，为什么有那么多人喜欢大海，因为面对宽广的大海，人的心灵也会变得豁然开朗。我时而学着头顶的海鸟叫，时而追着脚下的海浪跑，时而捡起一个贝壳，又随手丢掉，因为前面还有更大更好看的呢。我真想在海边造一间小木屋，永远居住在里面，永远能吹到海风，听到海潮，追逐海浪，永远都做一个心地纯净、生活平静的小女孩。

第二次见到大海是在一年以后，我和妈妈还有两个姐姐一起去了北戴河。我抱着租来的充气垫下到海里，平躺在上面，时而开心地笑着叫着，时而优哉游哉地微闭着眼睛，将双手枕在脑后。炙热的阳光晒在我身上，清凉的海水拍打在我身上，我尽情享受着炙热与清凉并存的感觉。突然，一个大浪打了过来，毫无防备的我一下子从充气垫上掉到了海里。我想奋力疾呼，可是刚一张嘴，便被又苦又咸的海水堵住了喉咙，我的双脚不停地乱踢乱蹬，终于踩到了海底的泥沙，我拼命地站直身子，将头伸出海面。我大口大口地喘息着，刚才喝下去的海水从我的鼻孔和嘴角流淌出来。两个姐姐看到我这副狼狈的样子，忍不住哈哈大笑起来，两人合力把我抱回到充气垫上。妈妈站在沙滩上用摄像机拍下了这一切，使之成了日后甜蜜的珍藏。

当南戴河旅游景区建成之后，大姐带着我和她两岁的儿子与两位同事一起前往。第三次见到大海，让我有更多触及心灵的感动。我的残疾朋友中，有些在家里受到冷落和歧视，家人不愿意让自己的同学和同事知道自己家里有个残疾人，每到有同学和同事要到家里来串门儿，就不让他们上桌一起吃饭，甚至会把他们关在小屋里不让出来。而大姐则是很自然地把我带到她的同事中间，让我和他们大大方方地交往。我们一起玩呼啦圈、打保龄球，还摆开象棋杀了两盘。大姐借此机会告诉我与人相处的道理。在逛海边夜市的时候，她让我把买来的好吃的和大家一起分享；在海鲜大排档吃饭的时候，叫我要懂得谦让；在去仙螺岛等旅游景点游玩的时候，两位同事见大姐既要抱着儿子又要照顾我，便一左一右拉着我的手，碰到门槛或者要上下台阶时，她们就提醒我留意脚下，以免跌倒。对此，大姐要我对她们说谢谢，而且说的时候要面带着微笑，注视着对方的眼睛。

马上就要到 2001 年的春节了，周围的年味儿越来越浓，可我和妈妈的情绪却非常低落。因为爸爸几个月前突然去世，我又因患上罕见的脊髓疾病而失去了行走的能力，这双重的打击使我和妈妈常常相对而泣。在厦门的二姐让我和妈妈到她那儿去过年，顺便也换换环境，调节一下心情。于是，我和妈妈来到了这座美丽的海滨城市。此时的北京正是三九隆冬，气温已降至零下十几摄氏度，而厦门却依然是暖意融融，绿意盎然。在环岛路附近，在白鹭洲旁边，在厦门大学校园内，在厦门高架大桥上，大海，让我看到的、感受到的却是不一样的气势。有的是从陡峭的悬崖上飞流直下，有的是朝着平缓的沙堤一浪接一浪地奔涌，有的是不可阻挡地肆意咆哮，有的是风高浪急的汹涌澎湃。

每当听到《鼓浪屿之波》这首歌的时候，我的心里总是会浮想联翩。我曾听说，厦门最著名的旅游景点是鼓浪屿。这回到此一游，让我切身感受到，鼓浪屿不仅风光秀丽、景色迷人，而且文化底蕴丰厚。岛上至今完整保留着过去的别墅区，它不仅记录了历史的沧桑，还体现出中国传统的建筑风格。鼓浪屿被称为"钢琴之岛"，岛上的钢琴博物馆里收藏着古今中外各具特色的钢琴。许多知名的钢琴家、声乐家和指挥家都生活在那里，我所喜欢的诗人舒婷也在那里生活。

二姐夫和二姐带着妈妈去攀登日光岩了，因为山道上有许多台阶，我的轮椅无法通行，因此，我一个人久久地静坐在鼓浪屿的大海边。天空阴沉沉的，时不时会有零星雨点落下，我不由得想起了第一次见到大海的那个残阳如血的黄昏。

在我的感觉里，海水本身是清澈透明、没有颜色的，海水所折射出来的是天空的颜色。彩霞满天时，海水就是金光璀璨的；阴云密布时，海水也会变得污浊暗淡。就好像我们的生活，很多时候，痛苦与甜蜜、幸福与不幸其实并没有明显的分界线和固定的衡量尺度，只是人的感受来自自己的内心，是每个人的心态决定了自己生活的状态。如果总想着自己的痛苦，心里就会被消极情绪吞噬，并且会让自己的消极情绪影响到别人。

当痛苦成为无法更改的事实时，人是应该有点苦中作乐、以苦为乐的找乐精神，当经历着不幸时，应该有意识地多想想自己幸福的一面，并且在接受现状的前提下，竭尽所能地在不幸中去开创幸福。海水看似柔弱，没有力度，但是，海水日复一日年复一年朝着同一个方向冲击，在同一个点上敲打，久而久之，可以让松散的沙粒成为坚实的崖壁，也可以将坚硬的岩石凿穿。就好像自己所能够做的事情虽然非常简单，简单得近乎枯燥，但如果能够将这点琐碎之事重复去做、认真地做、坚持着做，就一定会有所收获。

从厦门回来以后不久，让我没有想到，一场突如其来的高烧使我彻底告别了光明，我更没有想到，失明只是我不得不承受之痛的开始，从此后，我由能走到只能坐再到完全卧床，身体的疼痛感由轻微到剧烈再到挥之不去。虽然嘴上我什么也没有说，但是我心里明白，我再也不可能看见大海了。

有一年暑假，二姐从厦门回来以前，我让她到大海边去给我捡些贝壳，还要录下海潮涌动的声音。虽然在网上可以找到相关的音频，在商店里也可以买到漂亮的贝壳以及用贝壳制作成的工艺品，但我觉得，太过完美和精致的东西往往会掩盖其本来面目而变得不真实。二姐将捡来的贝壳放在我的床头，又将录下的海潮涌动的声音拷贝到我的电脑里。我常常一边摆弄着贝壳一边听着海的声音，恍然间就会觉得，我真的就是一个小小的贝壳，追逐着海鸥，簇拥着海浪，忽而在夏威夷，忽而又到了马尔代夫。自由自在的感觉是多么畅快，多么惬意啊！

握住自己快乐的钥匙

我们每个人都有一把开启快乐的钥匙，这把钥匙，就像家门钥匙一样，要随身携带，自己保管。但是，我们却常在慌乱间松开了属于自己的快乐的钥匙！

一位女士抱怨道："先生经常出差，家里的大事小事全靠我一个人操持，我被弄得身心俱疲。"——她把快乐的钥匙放在了先生手里。

一位妈妈诉苦说："我的孩子很不听话，常常惹我生气！"——她把快乐的钥匙交在了孩子手中。

公司职员可能会说："上司不赏识我，使我觉得特别压抑。"——他把快乐的钥匙塞在了老板手里。

刚参加工作的年轻人可能会说："我和同事之间总是会出现意见分歧，真郁闷。"——这把快乐的钥匙又被攥在了同事手中。

这些人都犯了相同的错误——让别人来主宰自己的心情！

当我们让别人来控制情绪时，我们便觉得自己是个受害者，对现状无能为力，抱怨与愤怒便成了我们唯一的选择。我们开始怪罪他人，并有意无意地表现出："我这样痛苦，都是你造成的，你要为我的痛苦负责！"要求别人使我们快乐，似乎是在暗示自己无法控制自己，只能可怜地任人摆布。正如**马卡连柯所说："一个不能控制自己的人就是一台被毁坏了的机器。"**这样的人使别人不喜欢接近，甚至望而生畏。

当我们能够掌握住自己快乐的钥匙时，就会发现，快乐的源泉来自自己的内心，不应该被他人和环境左右！我们是自己的主人。

一个不能握住自己快乐钥匙的人，在生活中定是一个缺乏自我、缺少主见的人，总是将所有的过错都归咎于他人。而一个能够握住自己快乐钥匙的人，在生活中必是一个极具责任心，善于从自身寻找和发现问题的人。

快乐的情绪也像良好的生活习惯一样，是可以培养的。

有心理学家建议，不妨坚持每天写一篇快乐日记。人总是会过多地留意和关注那些使自己感到纠结、不愉快的人和事，对美好愉悦的东西，却往往视而不见，听而不闻。大到买了新房，发了奖金，小到听见丛林间鸟儿清脆婉转的鸣叫，看见公园草坪上有只雪白的小狗在跟自己的影子玩耍，感受到被冬日太阳晒过的棉被盖在身上的蓬松温暖，发现了一个环境幽雅且收费合理的游泳场馆，闻到了正在厨房煤气灶上炖牛肉厚重浓郁的香味，找到了自己心仪已久的书籍或画册……把身边的这些快乐都一一记录下来吧！

尽管，这些发现很不起眼，琐碎细小，却可以使我们用欣赏的眼光来看待世界，时间久了，就会发现，虽然有这样或那样的不如意，但生活还是很美好的，自己还是挺幸福的。

如何克服自卑心理

自卑心理，是指由于不适当的自我评价和自我认识所引起的自我否定、自我拒绝的心理状态。自卑者往往看不到自己的价值，觉得自己样样都不如别人。他们非常敏感，别人不经意的一句话，都会在其内心掀起波澜。自卑者做事时非常谨慎，要到自认为万无一失以后才有所行动。事实上，无论考虑得如何周密，在实际行动中也还是会出现各种问题，这些问题会给自卑者带来更大的心理压力，行动更退缩。当他们受到不公正待遇时，往往会产生过激言行。甚至会用自残来表达自己的情绪。

自卑心理是人冲出逆境的绊脚石，是自己为自己设置的障碍，只有跨越这道门槛，自卑者才能集中精力和斗志，开启新的生活。

克服自卑心理可以尝试从以下几方面入手：

1. 多给自己积极的心理暗示。

在开始做一件事之前，或是在感到怯懦沮丧的时候，对自己说："我能行！"以此来鼓舞斗志，建立自信。为了能更好地看到自身的长处和优势，不妨找来一张白纸，在上面写下自己的优点，以后，随时补充，经常把这张纸拿出来看，并且对自己说："我是有着这些优点的人！"

2. 学会从积极的角度来思考问题。

有这样一个小故事：从前，有位老婆婆，她有两个女儿，大女儿是卖雨伞的，小女儿是卖冰棍的。天晴的时候，老婆婆发愁大女儿的雨伞卖不出去，下雨的时候，老婆婆又担心小女儿的冰棍没人买。后来，有人对老婆婆说："天晴的时候，你应该为小女儿高兴，因为她的冰棍卖得很多；下雨的时候，你应该为大女儿高兴，因为她的雨伞卖得很好。"

这则小故事给人的启示是不言而喻的。我们无法改变自身的状况，但是，我们却可以改变看待问题的角度。生活有多面性，假如从积极的方面来看问题，我们就能获得许多快乐，假如从消极的方面来看问题，我们就会平添许多痛苦。

3. 和自己做比较，不和别人做比较。

俗话说人无完人，每个人有优点也有缺点，如果总是拿自己的缺憾去跟别人的优势做比较，这种贬低自己的不正确方法很容易使人丧失自信。不妨转换一下比较的方式，把自己和别人的比较转换为自己的前一阶段和现阶段状态的比较。有了进步的时候，就更要肯定和鼓励自己。

就像世间没有两片相同的树叶一样，每个人的特点也是不尽相同。别人能做到的事情，我们未必能做到，但是，我们也有许多别人不具备的优势。正像日本残疾青年乙武洋匡所说："这世界上，有许多只有我能做，而别人做不了的事情。"

4. 待人宽容友善。

在与人交往时，有些人过分在意别人的言行。别人对他笑，他就认为是在讥讽自己；别人对他多瞧了几眼，他就认为是冒犯了自己；别人对他稍有疏忽，他就认为是轻视自己。其实很多时候，别人并无恶意，是自己想得太多，把原本简单的事情复杂化了。倘若对别人苛求太多，得到的就永远都是不满意，只有待人宽容友善，才能为自己赢得朋友。

俗话说"多一个朋友多一条路"。当遇到困难的时候，朋友的帮助无疑是雪中送炭，当心里不痛快的时候，向朋友倾诉一番，有助于排解烦恼，而朋友的意见和建议也能为自己指点迷津。

5. 勇于行动。

"就我这个样子，什么事情也做不了。"倘若总是抱着这样的想法，时间久了，就真的什么也做不了了。因为，一个人的行动决不会超出自信心的范围。与其哀叹自己的能力太小，不如有意识地从自己能力所及的事情做起。比如，体育运动，打理家务，学习知识技能等。我们可以根据自己的情况，制订一个行动目标。这个目标一定要切合实际，是通过自己的努力能够达到的，以使自己的生活充实丰富起来，并在行动中看到自身的价值。

有人因不幸而自卑，有人却因此变得坚强。只有将不幸转化为行进的动力，我们才能真正走出自卑的阴影，让自己的内心强大起来，不断进步，不断超越自我完善自我。

电脑老伙计

我现在使用的已经是第三台电脑了。

我使用的第一台电脑是在参加高教自考学习时，有一门课程是《计算机应用基础》，这门课程是需要理论联系实际的，而且操作性非常强，为了帮助我学好这门课程，大姐给我抱来了自己家里的联想电脑。当时是2003年初，专供盲人使用的阳光读屏软件刚刚研制成功，电脑装上此软件以后，可以自动地将文字文本信息转换成音频朗读出来，使盲人可以在语音的提示下操作电脑。

但是，能读出来的只有文字内容，而教材中所讲到的表格、图画及网页制作的内容，读屏软件无法识别。无奈之下，我只好先手拿放大镜看几页教材，把一些操作方法和步骤记在心里，然后，再凑近电脑显示器，左手拿起形如望远镜一样的注视器，右手握着鼠标，进行相关的操作练习。我的眼睛时而看着教材，时而盯着电脑显示器，手里时而拿着放大镜，时而举起注视器，样子特别吃力，所幸的是，力气没有白费，我顺利通过了这门课程的考试，取得了高自考心理学专业的毕业证书。

毕业后，我用电脑在心理学网站以及新浪网上开通了自己的博客和微博。随着储存内容的日渐增多，这用了三年的电脑，它的网速以及内存空间已经无法满足我的需要了。

于是，我置换了一台新电脑。

除了学以致用之外，我还将自己与众不同的成长经历写成了自传体小说。我将书名定为《与命相搏》。之所以给书起这个名字，是因为它不仅贴切地反映了我曲折坎坷的生活经历，而且，也是我战胜视力、听力、肢体多重残疾的困扰，对自我的一个激励和鞭策。值得欣慰的是，当这部 19 万字的小说刚刚完稿之时，《北京青年报》报道了我的经历，这篇报道恰被中国文联出版社的责任编辑看到，她给了我热情而及时的帮助。2005 年 5 月，《与命相搏》正式出版发行，同时，此书还被翻译成了盲文版。

接下来，我又一字一标点地用电脑敲打出了《人生多解方程式》一书。

2013 年 2 月，高烧又使我命悬一线。我心里一直有个梦想：希望能把自己这些年所写的文章结集出版。此刻，这个梦想变得更加强烈。北京市残联的领导在得知此事后，鼎力相助，5 月初，我的第三本书——《爱让我们彼此温暖》面世了。这本书，是爱心的见证，也是对我最有力的鞭策和鼓励。

2015 年春夏之交，我生了一场大病，三个月没有动电脑。当我的病情稍稍稳定了一些之后，我打开了电脑，却惊奇地发现，读屏软件失效了，光驱失灵了，排风扇的噪声响得就像拖拉机。难道这位陪伴我十年的老伙计病入膏肓了吗？我找来了一位懂电脑的朋友给老伙计"会诊"，朋友建议我换一台新电脑，因为十年前的电脑零配件现在已经无处可寻了。我虽然心里恋恋不舍，却也只得送走了这位寿终正寝的老伙计。

随即，我又迎来了我的第三台电脑，并装上了新版的阳光读屏软件，速度快了，功能多了，这自然令我满心欢喜。但是，新的电脑、新的软件、新的操作方法，这"三新"的三面夹击，让我一时间难以招架。以前，我收发邮件都非常顺利，但是现在，我的邮箱却怎么也打不开了，我又是更改密码又是验证个人身份，折腾半天还是不行，我只好再注册一个新邮箱。更糟糕的是，我使用了 13 年的输入法，新版的读屏软件却无法识别，我必须得学一种新的输入法。原来用惯了的输入法常常对新的输入法的学习产生干扰，在集中精力打字的时候，我忘了要写的内容，在聚精会神构思的时候，我的手上又不自觉地用起了原来的输入法，这一错，电脑就会死机，一死机，就不得不重新启动。几次下来，我不免灰心，却又不甘心。经过了一段时间的练习，我终于可以跟电脑和平共处了，不过，我仍是提心吊胆，生怕电脑再给我出难题，跟我过不去。

转眼已是盛夏，医生叮嘱我每个小时就得翻一次身，这也就是说，我每次操作电脑的时间不能超过一个小时。为了能使一个小时的效率最大化，我事先在脑子里把要写的语句构思好了，以便在打开电脑之后，立即将头脑中抽象的思绪落实到具体的文字上。躺着操作电脑的我，必须得把键盘放在肚子上，若是盖上棉被，会热得大汗淋漓，若不盖上棉被，硬邦邦的键盘会把我的肋骨压得生疼。我于是想出了一个办法，把毛巾对折两下，垫在肋骨和键盘之间，一个小时下来，干毛巾总是会变得汗湿一片。

电脑，是我最得力的老伙计，是我生命中难以割舍的一部分；电脑，不仅给我带来了许多欢乐，而且也让我以行动证明了：别人能够做到的事情，我只要付出加倍的努力，也照样可以做好！

第四编

悲欣交集

在最悲伤的地方收获快乐

六年前，我在网上认识了陈玲。陈玲是一个双目失明且高位截瘫的人。相似的遭遇使得我们之间有许多感同身受之处，因此，六年来，我们一直没有断了联系。

陈玲有着一个快乐的童年和一段美好的学生时代。性格开朗、活泼好动的她一直是班上的文体骨干。高中毕业以后，她考取了一所幼儿师范学校。

一天早晨起来，陈玲感到腰酸背疼，浑身乏力。当时她白天要到一所幼儿园实习，晚上又要赶回学校，排练元旦的舞蹈节目。因此，陈玲以为是自己这几天劳累所致，也就没太往心里去，直到有一天，她摔倒在排练场上，怎么也站不起来了。救护车将陈玲火速送到附近医院的急诊科，经检查，医生确诊她患的是脊髓瘤，必须马上手术，否则瘤体随时都可能会破裂，将会危及生命。

陈玲没能在元旦晚会上一展舞姿，而是一个人孤零零地躺在病床上，面对着"胸部以下高位截瘫"的诊断书号啕大哭，这意味着她今后再也站不起来了，再也离不开轮椅和尿不湿了，更为糟糕的是，医生在手术中发现瘤体已经压迫到了视神经，这意味着她将告别光明，从此生活在没有光没有色没有影的黑暗之中。

陈玲怎么也不相信，以前只是在电影小说里才会看到的事情居然会发生在自己身上，20岁，正值人生的妙龄，正是爱美的年龄，然而，她却只能像个巨婴一样，吃喝拉撒全要由他人照顾，否则，她自己只能直挺挺地躺在床上，无法翻身不能坐起，吃不上饭喝不着水，分不出衣服的前后与正反，拿不到想要的东西。

由于大小便失禁，陈玲一天24小时都要绑着尿不湿，稍不留神，大小便就会渗出来，这令她既难堪又难过。陈玲想，这样活着还有什么意思，还不如死了。她将自己反锁在屋子里，不吃不喝，不见任何人。由于没有视觉上的感知，她不知道此刻是白天还是黑夜，她哭累了就睡，睡醒了又接着哭。

求学就业都因这一场疾病戛然而止，生活的道路由此而转向了另一个方向。但是不管怎么样，路还是要一步步走下去，日子也还是要一天天过下去啊。动不了看不见、连生活自理都不行的陈玲，不知道自己还能够做些什么，无事可做，这令她觉得每天的日子特别漫长，也更容易胡思乱想。她觉得自己就像一只无头苍蝇，没有目标和方向，没有动力和希望。父母的年岁越来越大，总不能照顾自己一辈子吧？等父母再也抱不动自己，再也无力为自己做这做那的时候，自己又该如何生存？每每想到这些，陈玲忍不住黯然神伤。

就在陈玲倍感孤单、无助和迷茫的时候，残联的老师听说了陈玲的遭遇，给她送来了一台盲用语音电脑。这台"会说话"的电脑让陈玲看到了一线希望，但是她无法外出去参加残联为盲人举办的电脑学习班，电脑摆在面前却不会用，只能干着急。母亲最懂得女儿的心思，决定由自己去参加电脑学习班，把老师讲的内容用录音机录下来，回到家以后放给陈玲听。

在随后的一段时间里，母亲成了盲人电脑学习班里的特殊学生。每次上课，母亲就把磁带放进小录音机里，按下录音键。为了能使录音的效果清晰，母亲就将录音机放到老师的讲桌上，为了不遗漏所讲的内容，母亲每隔二三十分钟就走过去给磁带翻个面。晚上回到家以后，陈玲一遍遍地听着母亲带回来的磁带，一边听一边还打开电脑反复操作，遇到了不懂不会的问题，就让母亲记下来，第二天去问老师。起初，陈玲听磁带的时候得有母亲在旁边帮助，否则，她就无法准确地按到录音机上的播放键，无法分清楚磁带的 A 面、B 面，无法给磁带翻面。渐渐地，她发现，录音机第二个是播放键，磁带四个角有小洞的是 A 面，也学会了在给磁带翻面时双手配合着来掌握位置和间距。随着操作越来越熟练，陈玲的自信心也越来越足。

学会使用电脑后，陈玲首先学会的是在网上搜索喜欢的书来阅读。以前因为要忙于学业，很少有时间来读书，现在有了充裕的时间，她就可以从网上找来大部头的长篇读物静下心来一一阅读。

除了在网上阅读喜欢的图书，陈玲还希望能在网上找到一份工作。她先后做过文学网站的编辑、购物网店的代理，为出版商校对过文稿，为开发商设计过宣传画。在网上做事非常辛苦，为了赶时间赶进度，常常要在电脑前连续坐十四五个小时，就连吃饭喝水时都得留意听着电脑发出的提示音。不换姿势地坐一天，令她的双腿血液循环不畅，肿胀且酸疼，一按一个坑。

有一天，陈玲随手用塑料包装袋做了一朵风铃花，这是陈玲在上幼师期间跟老师学的。风铃花的做法非常简单，以前，她只需三五分钟就能做好，可是现在看不见，折叠翻卷全都要靠手的触觉，个把钟头才能做好。"这花儿可真漂亮，你做的？"母亲从陈玲手里拿过风铃花，又惊又喜又难以置信。母亲知道陈玲当时正在给一家购物网店当代理，于是就说："你不妨向网友描述下你做的风铃花，除了风铃花之外，你不是还会做好多手工艺品吗？可以在网上一一展示出来呀！"陈玲只是自嘲地笑笑。母亲似乎看穿了女儿的心思，说："人的潜力是非常巨大的，不要低估了自己的能力。还什么都没有做，你怎么就知道自己不行呢？再说了，你有与众不同之处，你卖的不仅仅是一朵风铃花、一个餐巾盒，而且还能让人感受到一种精神。"母亲的话令陈玲动了心，她决定开个网店试一试。

开店之初，纷至沓来的困难比想象中还要多。别人开网店，只是自己一个人忙，而陈玲却是父母齐上阵。母亲负责购买花布头、塑料绳、彩纸彩带彩珠等原材料；父亲负责给制作好的手工艺品拍照，然后再将照片一一上传到网上；陈玲既要进行文字说明和回答网友们的各种提问，又要制作成品。一家人忙乎了半天，有时非但不被理解反而还会受到挖苦。这使陈玲不免感到灰心和气馁。母亲开导陈玲说："随着你双手协调性和敏感性的提高，你做手工的速度快了，而且一个皱褶一个斜纹都做得非常精细。如果不特别说明，别人根本想不到这些手工艺品是出自一个盲人之手。你应该看到自己的进步，并且应该为自己的进步感到高兴。再说了，咱们全家各尽所能，共同想办法，一起出主意，这不就是人多力量大的优势吗？你要相信，困难只是暂时的，你不应该为就此放弃找理由，而是应该继续找方法。"

母亲的话使陈玲重振了信心，坚定了决心。

弹指一挥间，今年已经是陈玲开办网店的第五个年头了。除了忙于网店的生意，她每周都要到社区和街道的活动站去教残疾人以及老年人手工制作，定期还要到北京儿童福利院去教那里的孩子唱歌，给孩子讲故事，因此，陈玲招了两名下肢残疾的人来网店工作。

在听完了陈玲的故事以后，我问："从五年来经历的酸甜苦辣中，你最大的感触是什么呢？"陈玲说："在我读幼儿师范的同学中，有的当上了园长，被评为了标兵模范；有的中途转了行，在新的岗位上成为独当一面的佼佼者；还有的出国深造，在异国他乡闯出了一片海阔天空。我也在走着一条属于自己的路，也在尽己所能地做着一些事情。只是，我所走的路所做的事情，不要说别人，就连我自己都是以前做梦也想不到的，由此也证明了，每个人在世间的存在都是有意义有价值的，无论处于什么样的境地，都可以找到适合自己的生命轨迹。"

陈玲说："厄运不会因为你不喜欢它而知趣地躲开，它会不请自来。有些时候，人必须顺服命运的安排，顺服并不是屈服，而是要让自己接受现状，然后，以自己目前的状况为前提，尽己所能地做得好一点，脚踏实地地多做一点。我就是在这一点点做的过程中，慢慢地挺过了最为悲伤的日子，渐渐地收获到了欢乐。"

冰冻的身体火热的心

王甲在他的自传体小说——《人生没有假如——一个"渐冻人"的悟与行》里，写了自己29年的成长经历，特别是患"渐冻人症"5年来的所作所为、所思所感。尽管我以前曾经通过媒体报道得知了他的事迹，也曾通过他的"大甲天知"搜狐博客和"点亮生命"新浪微博里的文字，对他身心所经历的跌宕沉浮有所了解，但是，读了他的书后，我依然是思潮起伏、心潮澎湃。

时光倒退回十年以前，那时候的王甲，是东北师范大学视觉艺术学院平面设计专业的一名学生，意气风发，朝气蓬勃。他不仅学习成绩优异，而且兴趣爱好广泛，喜欢写书法、打篮球，喜欢唱歌、绘画。毕业之后，王甲来到北京寻求发展。虽然住着阴暗潮湿的地下室，吃的是馒头咸菜方便面，但是，生活的困窘并没有磨灭他的激情与斗志。2006 年，他凭借着自身的实力，在中国印刷总公司的一次招聘考试中，从 2000 多名应聘者中脱颖而出。在工作中，他出色地完成了许多重要设计，半年之后，他被提拔为设计部负责人，并拥有了北京籍户口。

2007 年，是他人生的转折点。那年夏天，王甲感觉身体有些不适。先是手脚无力，继而，唱歌时感到气短费劲儿，做俯卧撑时没有原来力气大，打球时弹跳高度差了许多，说话也开始含混不清。王甲的身体一向很好，没有抽烟喝酒等不良嗜好，在不久前单位举办的职工运动会上，他还以 12 秒 37 的百米成绩夺得了冠军。因此，他以为这是自己经常熬夜加班、劳累过度所致，休息几天就会好，也就没有太往心里去。然而，情况却越来越糟糕。走路时，双腿不听使唤；吃饭时，双手拿不动碗、握不住筷子。直到有一天，在乘地铁时，他竟然硬生生地摔倒在地。随着病情的迅速加重，他感到体内像是被抽空了似的，没有了一丝儿力气，原来强健的肌肉也开始萎缩。

2007 年 12 月 23 日，医院确诊王甲患的是"肌肉萎缩侧索硬化症"，俗称"渐冻人症"，它与艾滋病、癌症并称为世界三大绝症。幸运又残酷的是，"渐冻人症"患者的感觉神经并未受到损伤，依然保有智力、记忆力、心智思维。因此，"渐冻人症"患者们都是在极其清醒的状态下，眼睁睁看着自己的身体像是被冰冻住了一样，不能动，不能说话，不能吞咽，直到不能呼吸，最终沦为一具活生生的木乃伊。目前，医学界对此病尚无有效的治疗方法，换句话说，这种病根本没有好转的可能。

每当在镜子里看到自己佝偻变形的身体，王甲心里就禁不住悲愤莫名。他不明白，这种概率仅为万分之零点四的绝症怎么会落到自己头上呢？他刚刚 24 岁，人生的精彩才开始。他有蒸蒸日上的事业，有倾心相爱的女友，他正准备贷款购车买房，把操劳了大半辈子的父母从老家接到身边来尽孝，然而，这一切的一切全都被彻底地颠覆，疾病让他的人生从此走上另一条轨道。

深感绝望之时，王甲想到了霍金。这位和自己患有同样绝症的科学巨匠，在长期与病魔的抗争中，并没有被击败、被打倒，而始终是如一个勇士一样战斗着，不仅创造了生命的奇迹，还在事业上勇攀高峰，发表了许多有影响力的学术论著，成为宇宙研究领域的代表人物。王甲满怀敬仰之情，给霍金发了一封电子邮件。在电子邮件里，王甲说明了自己的身心状况，希望能与其成为忘年交。很快，霍金给王甲回信了："王甲先生，我对你的寄语是：将注意力放到残疾不能阻挡的事业之上，并且坚定地将它做下去！不要抱怨已经发生的问题，身体虽然残障了，但不要在精神上残障。无论如何，不幸的生活有其相似性，但总有事情你能去做，并且你也能做得很好！只要有生命，就不该放弃希望！"王甲反复回味着霍金的话，仿佛看见霍金正坐在轮椅上慈祥地对着自己微笑。他暗下决心，要像霍金一样，以缺陷的身体活出精彩的人生，在事业上不懈努力、不断进取。

几年来，王甲设计出了100多幅公益广告作品。没人能想象得出那一幅幅画面是以怎样艰难的方式呈现在电脑屏幕上的——他将唯一可以稍稍活动的右手中指固定在鼠标按键上，缓慢而吃力地移动。王甲用一根手指继续着自己钟爱的设计事业，疾病使他的设计带有深刻的社会责任感。在为中国医师协会"融化渐冻的心"公益项目关爱"渐冻人"的活动设计的一幅招贴上，王甲写道："在我用一根手指艰难地完成这个招贴时，我获得的满足感是无与伦比的。这个小小的图片里包含着我大大的梦想，表达了我对生活的热爱。我不是为了自己，而是为了这个被人冷落的群体。"2008年汶川地震期间，王甲设计的两幅公益广告被一家杂志采用，他将3000元稿酬悉数捐给了灾区。此后，王甲累计捐款达数十万元。他希望以此方式来表达爱心，并且希望能将爱心传递，以使更多的人感受到爱的力量。自他患病之后，得到了许多好心人的帮助和鼓励。比如，中国医师协会的黄敏阿姨来家中看望王甲时，鼓励他说："这个病确实改变了你的道路，但也许，你在这条路上所做的事会比在原来那条路上更有影响力、更有意义。"博友莲姐请王甲为她主编的杂志设计封面；虹妈妈不仅精心地照顾王甲的饮食起居，并且还帮助他在电脑上完成设计图……这些帮助，使王甲在绝望中看到了希望，在患病之后重新找到了自己的人生价值。

就这样，王甲用一根手指继续着自己的设计事业。但随着病情的加重，这一根手指也变得越来越不听使唤了。他浑身唯一可以活动的，只有双眼。但对王甲来说，比不能动弹更令他感到痛苦的，是不能用言语与人交流。比如，设计时与别人切磋自己的创意构想、见解理念。平时生活中，告诉别人，自己要拿什么或者想要什么，身上感觉是冷是热是饱是饿，面前东西摆放的位置或角度是否合适。这些，他说不出，别人得像猜谜语一样，猜来猜去却怎么也猜不懂。那种滋味，谁又能够体会得到呢！特别是在设计画面的时候，别人勾勒出的线条不是他想要的那个样子，别人描绘出的图案没有他希望达到的那种效果。于是，他不得不反复地修改磨合，累加上心急，每次他都是大汗淋漓，疲惫异常。

在好心人的资助下，王甲用上了国内先进的"全眼选控"系统——电脑屏幕上是一排虚拟的键盘，上面有 26 个英文字母和 10 个阿拉伯数字。比如，他要输入数字 30，就先盯住数字 3，然后再将视线转向数字 0。他就是靠着双眼，在电脑上"画"图、"写"字。

花了一年多时间，王甲将自己的故事写成了一本书《人生没有假如——一个"渐冻人"的悟与行》。他希望人们能从书中感受到生命的力量，珍惜自己的幸福，也希望人们了解、关心"渐冻人"这个群体。著名作家周国平在给这本书的序言中写道："我要对王甲说：'你的确是天空之水，而天空之水是不会冻结的，我分明看见你的生命依然奔腾在灿烂的阳光里。'"

王甲最大的心愿是能成立中国"渐冻人症"病人专项基金，使国内20多万"渐冻人"的医治条件和生活环境得到改善。虽然家里为了给他治病已是债台高筑，但王甲却坚持将售书所得作为"渐冻人症"专项基金的第一笔捐赠。或许，王甲正是被上天选中，来替这个群体承担重要使命的，他精彩的生命经历已经照亮了许多人。因为，在他冰冻一般的身体里，跳动着的是一颗火热的、激情四溢的心！

何老的新生活

何老其实正值中年，一点也不老的他之所以总被人一口一个"何老"地叫着，是因为起初大家都叫他"何老师"，他觉得挺不好意思的，让大家别这么叫，于是大家就去掉了后面的一个字。之所以大家都称他为何老师，是因为自己就是盲人的他，常常教身边的盲人朋友如何使用语音智能手机，之所以他要费心费力地教育盲人朋友学习使用语音智能手机，是因为他切身感受到了使用语音智能手机的甜头。

作为一个盲人，在生活和工作中何老有许多非常具体的困难。比如，上医院看病找不到挂号处；厨房里的抽油烟机坏了不知道到哪儿去修；在寒风凛冽的街头等了半个多小时却打不到出租车；家里没有人的时候自己就得饿着肚子；特别是外出去陌生的地方，对何老简直就是挑战，要么让同事陪着，要么让家人拉着，遇到门槛或者台阶，常常会被绊着磕着。类似的这些事情虽然不是什么大问题,却使何老觉得心里很不舒服,总感觉自己是需要被人特别照顾的。

2012 年,何老开始使用语音智能手机,他的生活由此发生了很大的转变,变得有些难以置信,有点不可思议,但又确确实实发生在他的身上。

以前,每个周末去购物对何老来说都是一大难题。要么是买回了快要到期或者已经过期的牛奶面包,要么是买回的水果蔬菜缺斤短两,要么是把护发素错当成洗发液买了回来,要么是找回来的零钱是假钞。这让何老觉得啼笑皆非却又无可奈何。因此,何老首先学会的是用语音智能手机在网上购买自己喜欢和需要的物品,他网购的第一件物品是一包麻辣花生。此后,大到家具电器,小到饼干茶叶,重到米面粮油,轻到餐巾纸、蚊香片,何老都是用语音智能手机在网上购买。打那以后,他就也不必为外出购物而尴尬了,也再不会为双手提着重重的物品而受累了。网购的物品都是由快递员直接送到家门口,既方便又安全。接下来,何老发现网购的好处还有许多,比如,可以买到市场上买不到的物品,像某种调味品、某些清洁剂;又比如,可以买到外地甚至外国的物品,像江西景德镇的陶瓷杯、比利时的巧克力、澳大利亚的羊毛围巾;再比如,可以买到有特殊功能的物品,像能自动报号的电话机、带有语音提示的温度表、血压计。一次,何老给儿子网购了一套儿童漫画书,儿子对这套书爱不释手,何老禁不住心生感慨,以前自己连书店在哪儿都不知道,就更别提挑选适合儿子阅读的图书了。虽然他有固定的收入,但长期以来,钱在他的心目中只是抽象的数字,因为钱很少由他亲手花出去。现在,他觉得自己也能尽到一份为人夫为人父的责任,也能实实在在地为家人做一些事情了。

之后,何老又学会了用语音智能手机在网上预约挂号;找到厂家的售后服务电话并报修;出门之前先用“滴滴出行”,约好了出租车,并且通过手机得知司机到楼下了再从容下楼;用手机找到自己喜欢的餐食,不久就会有专人把热气腾腾的饭菜送上门。

有一次，何老乘地铁去北京联大开会。车到站后从 B 口出来沿着马路往前走五分钟就可以到达联大门口。这条路线何老以前走过很多次，可谓是轻车熟路。可是这天出现了一个意外。就在走出地铁车厢的时候，何老的手机突然响了起来。他边接电话边随着人流往前走。由于接电话分了心，他被人群簇拥着从另外一个出口出来了。出来之后他按照既定路线沿着马路向前走。走了两分钟，他觉得周围的环境有点不对。于是，便拿出手机，打开地图。先定位，发现自己是走错了方向。他用指南针，先分清了东南西北。然后用地图重新规划了步行路线，最终在地图的导航指引下从另外一条路顺利到达目的地。

还有一次，何老的一位朋友从外地到北京旅游。何老事先用语音智能手机在网上买了两张故宫门票，并且查到故宫对外开放的时间是在早晨八点。朋友来后的第二天一大早，何老就带着朋友来到故宫。此时，现场售票的窗口前的队伍排得很长很长，而预定取票处的窗口前却没有人。两人当即拿出身份证取到票进入故宫。因为游人都还在外面排队买票，所以里面游人稀少。两人一起不紧不慢地走着，兴高采烈地说笑着。每到一处，何老就把从网上查到的有关此景点的历史渊源、文物的背景来历向朋友一一讲解。当游人如潮水一般从大门口进来的时候，两人已经逛了一圈，准备走了。朋友离开北京的那天，何老又用语音智能手机查到朋友所乘坐的航班因故障检修要晚点四个小时，于是，他便利用这四个小时带着朋友去逛了王府井步行一条街，还请朋友吃了一顿全聚德烤鸭。

何老常常对身边的盲人朋友说："如今早已经进入信息时代，盲人不该被挡在信息世界的大门之外，而是应该借助信息技术提供的多种高效便捷的服务，最大限度消除因为视觉缺失带来的困难，使自己的生活开启新篇章。"

那一缕馨香

我对花的喜爱是受了母亲的影响。母亲爱花，窗外的小院被她打点得宛如一个百花园。小时候，母亲侍弄着小院里的花，我总爱跟在一旁，听她絮叨着："这边的花不喜欢潮湿，那边的花爱见阳光，这株花特别娇气，不好养活，那株花刚被害虫伤了，得留心查看。"我常常学着母亲的样子，或是用小喷壶给这一处花浇浇水，或是拿小铲子为那一处花松松土。当然也有帮倒忙的时候，比如，把花秧当成了杂草连根拔起。久而久之，我对小院里的花生出了喜爱之情。

那时候没有数码相机，否则我一定会将花的美丽瞬间定格，好在日后细细欣赏，慢慢品味。现在，我真的是将花的美丽瞬间定格成了永恒，但不是定格在数码相机里，而是定格在我的记忆里。

小院里的花依旧美丽，可我却看不见了，也就无心再到小院里去。于是，母亲就把小院里的一株花挖出来栽种到花盆里，再将花盆搁置在房间里一个我不会磕碰到的角落。房间里的空气因此而有了花的芬芳。

半个月之后，盆里的花凋谢了，枝叶枯萎了。母亲见状，懊悔不已。"我怎么就忘记了，房间里的通风和光照条件都不是很好，我怎么早几天就没想到看看它呢？要是我早几天看看它，那它就不会死的。"

母亲坚信，虽然盆中的花已凋谢，枝叶已枯萎，但是，其根须还植于泥土之中，还可以吸纳水分，还会有起死回生的转机。于是，母亲将这盆花从角落里搬到窗台上，以使它接受太阳光的照射，并且每天清晨给它浇些水。

　　如母亲所愿，几天之后，盆中的花重新抽出了小小的嫩嫩的叶芽，渐渐地又显出了生机勃勃的姿色。

　　对此情景，我禁不住心生感触。难道我不也应该做这样的一盆花吗？虽然身陷逆境、遭受磨难，但是，既然存在于世间，既然扎根于泥土，就应该努力地吐露芬芳、绽放美丽，就应该努力地证明自己的存在的意义。

　　一天，我在微博上收到了博友恋莲发来的私信。"玉花姐姐，你童年时代的梦想是什么？"我回复道："我小时候想长大了当个卖水果罐头的，这样，我随时都可以吃到水果罐头。后来，水果罐头不再生产了，我的梦想也就随之破灭了。"我的调侃打消了彼此间的生疏。恋莲在私信里对我说："我从小就立志要当一名教师，从一所师范大学本科毕业后，我又继续读了研究生，没想到却在求职的过程中屡屡碰壁。"在随后的私信里，恋莲告诉我说，她中意的几所学校都离家较远，离家近的几所学校，要么薪水太低，要么排名太落后，要么重用提拔的机会太渺茫。找了半天，工作仍没有着落，这使她心急不已。我对恋莲说了些安慰和鼓励的话，并且开导她说："梦想的实现不可能是一步到位，也不可能事事都称心如意。"我建议她先以自己最看重或者觉得最重要的两个条件为择业标准，比如，离家近和有深造的机会，待首要问题解决了之后，再分步骤地来解决其他问题。

　　过了一段时间，恋莲不断有好消息传来。"我在一所双语中学当了英语老师，当听到学生叫我老师的时候，我心里的自豪感油然而生。""校领导得知我离家较远，给我安排了一间宿舍。这等好事是我做梦也没有想到的。""我领到了第一个月的薪水，那感觉棒极了！"

　　初春的一天，恋莲发来私信说："玉花姐姐，我这个星期六要到中关村办些事情，离你家住的北大燕园只一站地，我想在下午时过去看看你，可以吗？"我好生纳闷："恋莲怎么会知道我家住在北大燕园呢？"这时，恋莲又发来了一条私信。"玉花姐姐，我是半年前在北京市残疾人宣讲活动中听到你的事迹后找到了你的微博，之所以之前没有提起，因为起初我不太相信真的有你这样的人，自己承受着痛苦却依然在帮助别人。和你交往让我获益匪浅，从你身上我知道了什么是坚强，什么是热爱生活。所以，我很想能当面对你说一声谢谢。"

恋莲来的时候带了一束花。我闻着馨香的气息，显出一副很享受的样子。恋莲见了，问："你最喜欢什么花？"我指指面前，回答说："就是这种红色康乃馨。"恋莲大为惊讶："你看不见，怎么会知道它是康乃馨？又怎么知道这康乃馨是红色的呢？"我笑着说："每一种花散发出的香气是不一样的，红色康乃馨的香气自然也独有特色。"恋莲更觉得奇怪了，"花的香味儿还有什么不同吗？我怎么就闻不出来呢？"我继续解释道："人体某一器官的功能丧失以后，其他器官会变得异常敏锐，这在医学上被称为人体器官的代偿功能。"恋莲沉默了片刻，认真地说："你的话让我想到了那一句话：上帝在关上一扇门的同时，又会打开一扇窗。"

想着恋莲提到的那句话，我不由得陷入了沉思。

众所周知，窗不像门那样敞亮，能够出入自如，但是，能有一扇窗，总比一扇窗都没有要好吧。珍惜、把握并且最大限度地利用好这一扇窗，生命之花就一定会飘散出那一缕馨香，让自己感到愉悦的同时，也能够让别人满心欢喜。

生命的能量

我住院的时候，认识了同病房的琳姐。

琳姐是大嗓门，说起话来快言快语的，从声音上就知道她是个性格直爽的人。与其他病人不同的是，琳姐只有一条左臂，七岁那年因触高压电而失去了她的右臂。琳姐至今仍清楚地记得，她的伤口还没有拆线，父母便将她的课本和铅笔带到医院里来，让她自学落下的功课，并练习用左手写字。这使琳姐心里老大不高兴，看看同病房的小朋友，哪一个不是被父母宠着哄着迁就着呀，可自己的父母怎么就那么狠心呢？

有一次，母亲让琳姐做 20 道口算题，琳姐生气地把课本和铅笔扔到地上，又用双脚使劲儿地在上面踩了几下。琳姐是个性情温顺的孩子，对父母的话向来都是言听计从的，因此，她突然大发脾气令母亲颇感惊讶。母亲从琳姐愤怒的眼神中似乎明白了一切，于是便严肃地说："你没有了右胳膊，这已成事实，爸爸妈妈现在可以照顾你，可以为你做这做那，但是，我们会一天天地老去，不可能永远在你身边，你迟早要走上社会独自生活，如果你没点自理自立的能力，将来能靠什么来谋生养活自己呢？爸爸妈妈这么做看似是委屈了你，实际上是在锻炼你。"

在医院里，琳姐的左胳膊天天都插着输液针头，但是像拿筷子吃饭、拿杯子喝水这类事情，她用双脚都能干，而且动作娴熟麻利，这与当年父母"狠心"的做法是分不开的。虽然琳姐并不需要别人照料，但我还是对从没有人前来看望她感到奇怪。对我的疑问，琳姐朗声笑道："我爱人天天晚上都来，那个时候你早就睡得像小猪一样了，当然不会知道。"我打破砂锅问到底地追问："你爱人为什么天天那么晚才来？"琳姐说："他因为小时候患过小儿麻痹症，走起路来腿脚不利落。我们共同经营着一个煎饼摊，每天都要忙到晚上八九点钟才收摊，再加上他走路慢，所以赶到医院里来就十点多了。我说：'你不用天天都来，反正我这儿也没什么事。'可他却说：'不来看看，我这心里不踏实。'他不来的时候我盼着他来，可是他来了，我又叫他赶紧走。因为回到家以后，他还要做饭吃饭，第二天又得起个大早，进货备料。我这一住院，原来两个人干的事情，现在全靠他一个人忙了。"

提起煎饼摊，琳姐的话更是滔滔不绝。

在经营煎饼摊以前，为了生存，琳姐和丈夫思鸣卖过报纸饮料、围巾鞋帽。附近的过街天桥上，地下通道里，十字路口，都留下过两人或是提着帆布袋或是扛着纸箱子的身影。琳姐和思鸣都是残疾人，重体力的活儿干不了，可是这种小本生意又能挣到几个钱呢？

一个夏日的傍晚，两人刚拿了晚报从邮局出来，天空中突然乌云密布，豆大的雨点霎时间便落了下来。两人一个拿不多，一个走不快，结果报纸全都被淋湿了。琳姐眼中的泪也像雨点一样潸潸而下，因为报纸没有卖出去，两个人连吃晚饭的钱都没有，第二天早上，还得饿着肚子去卖晨报。还有一次在电影院附近，两人在卖批发来的装饰表，表卖得很好。琳姐高兴地说："等把手头的这几块装饰表卖完了，咱们也去看场电影吧，我都已经好几年没进过电影院了。"说笑间，突然有几个穿便衣的工商人员站到了他们面前，不但没收了剩余的装饰表，还让他们交了罚金。

琳姐和思鸣当然也曾想过租个固定摊位，办个营业执照，这样就不用东躲西藏、东奔西跑了。

思鸣说："我会摊煎饼，咱们就租个摊位卖煎饼吧。"他们于是便开始打听哪儿有摊位要出租，可在繁华地段的摊位租金太高，靠摊煎饼挣来的钱根本不够交租金的。恰在这个时候，两人听说有一所学校门口的摊位准备转租，就赶紧过去看，他俩非常满意。工商人员看两个人都身有残疾，说："摊位费得半年一交，另外，还有营业执照费、健康证费、水电费，如果再把店面装修一下，花费就更多了，你们能行吗？"琳姐笑着说："不让我们试一试，怎么就知道我们不行呢？"工商人员却振振有词地说："商场如战场，没有试一试这么一说。"思鸣带着乞求的口吻说："你们高抬贵手，就把这个摊位租给我们吧。我们马上就把该交的钱交上来。"工商人员还是连连摇头："就算你们这一次把钱交上了，还有以后呢。如果以后你们既不交钱又不走人，那怎么办？"经过两个人的软磨硬泡、苦苦央求，工商人员总算答应了将摊位租给他们。他俩每天起早贪黑，格外珍惜这来之不易的机会。很快就凭着用料精、做工细而深得顾客欢迎。每天傍晚，煎饼摊前都会排起长队，顾客里有学校的师生、附近的居民，还有为吃这儿的煎饼而停下来的出租车司机。

琳姐笑呵呵地说："别瞧思明是个大老爷们儿，可心细呢。他干起活儿来非常麻利。递到顾客手里的煎饼总是热乎乎的，要是对方是幼童，他还会送上一张餐巾纸。他记住了常来买煎饼的回头客里，谁的口味重一些，谁的要多放些辣酱，谁的要放两个鸡蛋。最特别的是，他还会模仿很多方言，遇到乡音浓重的老者或是外地人，他就用家乡话聊上几句，使对方倍感亲切。等我出院了，我又可以给他打下手了，虽然每天过得辛苦忙碌但是很充实很快乐，这样的日子多好啊。"

琳姐比我出院早。我想，一心扑在煎饼摊上的她大概早就忘了我，但是，我却忘不了她爽朗的声和轻快的言语，特别是在我情绪低落的时候，琳姐的话就会一遍遍浮现在我的耳畔："天无绝人之路，这话是有道理的，不管一个人的生活多苦多难，都可以找到属于自己的位置。在属于自己的位置上，用心做好自己该做能做的事情，就可以从中体现出自己的光和热，在让自己有所收获的同时，也把这份能量传递给别人。"

梅花香自苦寒来

在一个心理论坛上，一名网名为"迷窦"的高三男生对我诉说了自己的苦恼。

"眼看着高考迫在眉睫，但我却每天总想着上网，上了网却又不知道该干什么才好，只是无目的地东游西逛。我的英语成绩不太好，为此，父母给我报了一对一的强化辅导，还给我买来了许多学习英语的光盘，督促我每天早晨起床以后学一个小时。我也想让自己加把劲儿赶上去，可不知是怎么的，每天早晨一想起要学英语的事，我就会感到无精打采，勉强抱起书本，也是什么也看不进去。每天早晨学一个小时的英语，这对别的同学是轻而易举的事，可对我怎么就那么难呢？"

迷窦虽然写得很短，但我的回复却不算短。

"你能找到这个心理论坛，说出自己郁结于心的苦恼，并且寻求帮助，这不就是上网的一大好处吗？如今，网络已经成为人们获取信息的重要途径。我的体会是，每天上网看看央视新闻和北京新闻，对一些热点话题，可以看看别的网友的评论，也可以谈谈自己的见解，这样可以拓宽自己的知识面，充实思想的内涵。

对于英语学习，你要求自己每天早晨学一个小时，之所以效果不太理想，说明一个小时的标准对你而言不太合适，你可以先把时间缩短一下，先从十几分钟或几十分钟入手，然后循序渐进地延长时间。另外，你还可以把"一个小时"这一整体的时间量分散成三部分，在每天的早、中、晚各读二十分钟。再有，你也可以抛开时间这个衡量标准，要求自己每天记多少英语单词、句型句式，熟读几篇课文等。只有找准了适合自己的学习方法，才可以提高学习效率。记得我在参加高教自考时，别的考生都去参加辅导班，并做大量的学习笔记，而我却只能靠自己自学。为了赶进度，我在上半年的考试刚刚结束后就开始准备下半年要考的课程。因为我阅读教材的速度比较慢，所以，我在学习的过程中从不做笔记，只是用红色钢笔把重点和难点用笔标注出来，以便看起来比较醒目。我计划一个月看完一本教材，上午和下午各看四五页。当觉得眼睛累了的时候，我就合上书，闭上眼睛休息，同时在脑子里回想刚才看过的内容。

等我再次打开书的时候，先把刚才没有记住弄懂的地方重读一遍，然后再继续学习新的内容。这样边学习新的边复习旧的，自我感觉效果不错。我想通过自己的经历告诉你的是：学习方法因人而异，适合自己的才是最好的。"

第二天，我收到了迷窦的回复。

"非常感谢你对我的指点。我之所以会找到你，是因为看到你在'咨询长项'一栏中填写的是'青少年心理咨询'，并且看到了别的网友对你的评价是：'很细心，很有耐心，很善于从对方的角度来分析问题。'你是唯一一个不反对我上网并且还说上网有许多好处的人。听你讲了参加高教自考的经历，我非常奇怪，为什么你不能去上辅导班？为什么你阅读教材的速度会比别人慢？于是我搜索了你的名字，找到了一些媒体对你的报道，看过之后，我更觉得奇怪，你的身体如此糟糕，怎么去设在不同地点的考场参加考试呢？你的考试和别的自考生一样吗？还有，你把出版的小说《与命相搏》捐赠给在北京监狱服刑的自考生，为什么要这样做呢？"

对迷窦连珠炮似的问题，我答复道："第一次参加考试的时候，我坐在轮椅上，由妈妈推着奔走于设在不同地点的考场。当时，轮椅推到了楼梯口，我手撑着楼梯扶手才可以勉勉强强地上到二楼、三楼，非常吃力。北京市自考办的老师将我的情况上报，在经过了严格的审批后，为我开设了一个家庭特殊考场。对家庭特殊考场的考生，每到统一考试的时间，自考办就要派出两名监考老师、一名司机和一辆汽车，并且要对试卷进行单独的密封处理，在人力和物力上的投入都非常大。当时，北京市包括我在内，只为三名重度残疾考生开设了家庭特殊考场。家庭特殊考场的考试程序和纪律与公共考场是一模一样的。老师们虽然提前来到了我家门口，但为了避免对我产生干扰，要到点了才进来，并且尽量不随意交谈。两位监考老师胸前佩戴着监考证，考试开始时，老师打开密封袋，从里面取出试卷递到我面前，考试结束后，再将我的试卷装到袋子里密封好。现在想来，如果没有家庭特殊考场，我根本不可能顺利完成学业。因为，半年后第二次考试时，我连站都站不起来了，更不要说上下楼了。你问我为什么要将自己的书捐赠给在北京监狱服刑的自考生，因为我觉得，能够得到别人的帮助，我很感动；能够帮助别人，我很自豪！"

再次得到迷窦的消息，是在暑假结束后。

"在高考中，尽管我的英语超水平发挥了，可还是只考上了一所名不见经传的大学。我觉得愧对爸妈，他们在我身上倾注了所有的希望，也花费了很多的钱。我家里的经济条件不好，我妈没有固定工作，我爸是在井下作业的煤矿工人，我觉得我花的每一分钱都是我爸用性命做赌注换来的。在大学里，有些家境好的同学，他们一次郊游或者一次聚会花的钱几乎就是我一个月的生活费，我有几位中学同学，成绩跟我差不多，甚至还不如我呢，但是因为家里有钱，所以就供他们去国外读书了。我现在觉得很迷茫，像我这样家里没钱也没权的，上的又是一所不太好的大学，毕业以后能有出路吗？"

我当即给迷窦回复道："一个人来到世界上，有两件事是自己不能选择的，一是家庭出身，一是身体状况，我们应该多把注意力放在能够改变的方面。我们的确应该放眼于未来，但更应该做好当下。大学时代是一个人从校园向社会过渡的阶段，你不妨利用大学的这几年充分发挥和挖掘自身的潜能。比如，参加辩论队、演讲队，培养自己的逻辑思维和言语表达能力，担任班级或者学生会干部，锻炼自己的组织管理能力，通过社会实践活动，积累自己的做事方法和与人沟通的技巧。"

在接下来的一段日子里，迷窦常常会告诉我自己的一些状况。"我参加了班里的辩论队，经过了初赛、复赛和决赛，最终取得了学院里的第一名。""我加入了学校的爱心社，为一位患骨癌的同学组织了募捐活动，并且无偿地献了血。""我获得了系里的奖学金，虽然只有几百块，却非常高兴。""我在假期里随'支援西部教育工程'去了新疆，在当地的一所小学校上了几节课。"

后来，我因为病情加重、体力不支，有近两年没再上心理论坛。

突然有一天，我意外地收到了迷窦发来的一封电子邮件。

"我在心理论坛上给你留了言，却迟迟没有得到你的回复。于是我查到了你填写的电子邮箱。我要告诉你一个好消息，今年暑假以后，我就要到美国的宾夕法尼亚大学留学了，我还申请到了部分奖学金。你一定也会为我高兴吧？"

我的确感到很高兴，但又止不住一阵难过。别人的生活都是越来越好，而我呢，却被病魔打倒在床上，连坐起来都不可能了。

我稳定了一下情绪，在给迷窦回复的邮件里，我只写了一句话："梅花香自苦寒来！"

我是在用这句话激励迷窦，更是在用这句话激励我自己。

每天进步一点点

黄花菜，南北方均可见，道旁院落皆能长。其生长遵循着一岁一枯荣的自然法则，到了一定的时节便会抽芽，到了相应的季节便会开花，自己能把自己经营得绿意盎然、生机勃勃。每年夏天会开出呈喇叭状的花朵，这些花朵不仅可供观赏，而且还是做汤、炖肉的绝妙佳配，并且具有健脑、降低胆固醇的功效。人们在认识了黄花菜的顽强生命力和独特食用价值以后，出于喜爱，为其取了一个富有浪漫诗意气息的别名：

忘忧草。

黄花菜别名的由来是残疾朋友伟亮告诉我的。"我觉得我就是一株黄花菜。"伟亮说着，向我讲述了自己的经历。

因为患先天性脑瘫，伟亮小时候身体软得就像面团一样，背部佝偻着，脑袋耷拉着，四肢蜷曲着。医生给伟亮下的结论是："以后不要说站起来，就连在轮椅上坐着都得要人扶着才行。"

随着一天天长大，别的孩子上学就业、娶妻生子，可是伟亮，一辈子的吃喝拉撒睡都得要靠其他人来照顾。想到这些，母亲便会泪流不止。母亲自幼生长在贫瘠的小山村，她的父母均是肢体有残疾的人。在念完初中以后，她以优异的成绩考上了当地的一所财会中专，可父母说什么也不让她继续念书了，而是让她到一家纺织厂打工挣钱。她哭着对父母说："如果再供我念书，你们只苦三年；但如果不让我再念书，我就得苦一辈子啊。"最终，父母拗不过她，又勒紧裤腰带供她念完了财会中专。

毕业之后，她不顾父母的阻拦，只身一人来到北京谋求发展，经过了层层考核，她如愿以偿地进入一家外企，凭着娴熟的业务和过硬的实力，被领导提升为技术主管。与此同时，她也收获了自己的爱情，她和一位品貌双全的小伙子结了婚。和大多数的城市青年一样，他们正准备贷款买房买车，将父母接到身边尽孝心。然而，正当夫妇俩踌躇满志地憧憬着未来的时候，伟亮的降生却给了他们当头一棒。看好的房子车子全都打了水漂儿，省吃俭用的积蓄花完了，还欠了一屁股的债。就在母亲肝肠寸断的时候，是丈夫的开导和鼓励给了她直面现实的勇气。

伟亮三岁时的一天，他的母亲走在路上，见几个园林工人正在用木板固定树木的断枝，他的母亲便从中受到了启发。回到家，她将旧衣服拼接成布条，用布条把伟亮从头到脚捆绑在一棵树上，她想通过这种残酷的训练使伟亮学会站立。伟亮疼得号啕大哭，引得路人纷纷驻足侧目。有人气愤地大吼："你怎么这么狠心？怎么就能下得了手呀？"有人不解地质疑："这孩子是你亲生的吗？！"还有人索性拨打110，叫来警察。

夜阑人静的时候，看着伟亮身上深深浅浅的勒痕，母亲忍不住心酸落泪，而随着日子一天天过去，伟亮的状况并没有大的起色。"如果能见效，那吃苦受罪倒也值得，可如果不见效，我这么天天把孩子像牲口似的捆绑着，孩子长大以后会不会怪我恨我？"母亲不禁打起了退堂鼓。此时，又是丈夫的开导和鼓励使她重新振作起来。

一次，单位里的一位同事在跟伟亮母亲聊天时，说自己的孩子总喜欢踢石头砖块，好好一双鞋，穿不了几天就被踢坏了。说者无意，听者有心。同事的抱怨令母亲心生一计。下了班后，她到商场买了几个大小不一的彩色皮球，每个球里都有铃铛，滚动起来会发出声响。回到家后，她用双手抱着伟亮的上身，让他在皮球上来回踢踏，以便锻炼他腿脚的力量。伟亮一下子就对这个游戏发生了兴趣，每当听到皮球发出的铃铛声响，他便会开怀大笑，并且踢得更加卖力。这使母亲惊喜地发现，伟亮对声响有着特别的敏感。为了培养伟亮的兴趣爱好，同时也为了锻炼他手指的灵活性，就给伟亮买来一架电子琴。

功夫不负有心人。经过两年多的康复锻炼，伟亮无须布条的束缚便可以倚树而立了，他还学会了自己用小勺吃饭，虽然掉到地上的米饭粒比吃到嘴里的米饭粒还要多，但母亲总是鼓励他表扬他，而当伟亮用电子琴弹出《祝你生日快乐》的曲调时，在妈妈听来，那就是天底下最美妙的乐章。

接下来，母亲对伟亮的康复锻炼由"捆绑式"变为了"支撑式"。她在两棵树之间钉上两根竹竿，想让伟亮扶着这个自制的双杠学习走路。可伟亮却怎么也迈不开步子。母亲于是就蹲下身来，将伟亮的腿一左一右地往前挪。时间久了，母亲累得大汗淋漓，站起身来，只觉得眼前发黑、头晕耳鸣，而伟亮的声声哭号又令她心如刀绞，但她知道，倘若自己这时候心慈手软停下来，那就等于前功尽弃，于是便又蹲下身来去挪动伟亮的双腿，同时，嘴里还"一二三、一二三"地喊着节拍。这样一天天地咬牙坚持着，终于，伟亮自己颤巍巍地迈出了第一步，停歇了一会儿，又斜斜地迈出第二步，这令母亲欣喜不已。然而，意想不到的事情发生了。由于伟亮将身体的全部重心都压在了竹竿上，致使竹竿突然断裂。伟亮的头磕在了水泥地上，血流不止，送到医院缝了三针。母亲又是懊悔又是自责，她觉得是自己的疏忽给伟亮造成了伤害。伟亮给母亲擦去眼泪，坚定地说："我还要继续练习走路，我还要学会自己上下楼梯，这样，我就可以和别的小朋友一样背着书包去上学。"

在伟亮八岁的那一年，他终于坐在了宽敞明亮的教室里。课间时分，常会有调皮的孩子一边学他走路的样子一边高声嚷着："一瘸一拐，瘸瘸拐拐。""青蛙蚂蚱，一蹦一跳。"伟亮回到家后将同学们的嘲笑告诉母亲，母亲听了，温和地对伟亮说："你刚出生的时候，医生认定你连坐都坐不稳，但是经过五六年的康复锻炼，你现在生活上已经基本可以自理了，虽然姿势有些怪异，但这对你来说可是个了不起的进步啊！"

在六年级的一次劳动课上，伟亮对烹饪发生了兴趣。于是初中毕业后，他打算报考一所烹饪职业高中。但当校领导了解到伟亮的情况后，说什么也不肯接收这样一个残疾学生。"打碎个盘子砸碎个碗倒是小事，但如果把人给摔着烫着，那责任算谁的？"任母亲一再央求，校领导的态度却是不为所动。"没事儿的时候怎么都好说，可万一要是有了点什么闪失，那就该扯皮了。"被校方拒之门外的伟亮终日闷闷不乐。母亲看在眼里急在心上。经过多方打听、四处奔走，终于，一所民办的技能培训学校的烹饪专业同意让伟亮来试一试，但要先签订一份"安全协议书"，并且在实际操作的时候，一定要有家里人在旁边监护。也就是说，伟亮一个人学，但得交两个人的学费。为了能使伟亮如愿，母亲接受了这些条件。

学成之后，眼看着别的同学因为掌握了一技之长，很快都找到了满意的工作，而自己却因为身体原因屡屡碰壁，伟亮心里很不是滋味。恰在这个时候，社区的温馨家园招收残疾人协管员，社区领导了解到伟亮的兴趣特长以后，为了能让他做自己喜欢的事情，就把他安排在温馨家园的老年餐桌打下手。对这个来之不易的机会，伟亮做得非常认真。一次，他发现有位大妈没有到老年餐桌吃饭，便到大妈家里去探望，发现大妈病了。伟亮就给大妈做了碗热汤面，待大妈吃完，他还将碗筷洗刷干净后方才离去。还有一次，一位无儿无女的老大爷过生日，伟亮用白萝卜给老大爷雕刻了一只仙鹤，老大爷激动地拉着伟亮的手，连声说："好孩子，你真是个好孩子。"听到夸赞，伟亮心里颇感自豪。

听完伟亮的经历，我明白了他为什么要跟我讲黄花菜别名的由来，为什么会把自己的成长比作黄花菜的生长。在他看来，黄花菜不仅只是一株植物，更是一种精神的象征。不因弱小而否定自己存在的意义，不因条件和处境不如人而放弃对美好前景的向往和追求，就在自己现有能力的基础上，每天都努力一点点，也就能每天都进步一点点，就在这样一天天一点点的累积中，自己的状况悄然改变了，别人对自己的看法也在随之发生改变。

要奋斗，也要享受

有篇对数学竞赛金奖获得者的报道里说，她并不是"两耳不闻窗外事，一心只读圣贤书"的人，她的兴趣爱好非常广泛，并且还经常忙里偷闲地做些"用不着的事"。比如，绣十字绣，编中国结。

"做用不着的事"，这对当今社会的人来说似乎已经成了一种奢望，因为，"做用得着的事"已经让人焦头烂额、应接不暇了。忙于参加辅导班、强化班，是为了取得好成绩；忙于学习乐器、参加比赛，是为了考试时获得特长生加分；忙于演算奥数、攻读英语，是为了考上重点学校的实验班；忙于加班加点工作、争分夺秒赶进度，是为了多拿奖金；忙于身兼数职、独当一面，是为了得到提拔重用；忙于觥筹交错、陪吃陪喝，是为了拉拢"用得着的人"给办"用得着的事"……

现在人人都说自己很忙，而且也确实很忙，忙得恨不能像孙悟空似的有七十二变分身术的本领，并认为忙碌必须本着"利益最大化"的原则，也就是要"做用得着的事"。所谓"用得着的事"，是要在某些方面的某种程度上对自己有利有益，要是耗时费神的去做对自己的成绩、升迁、财源无利无益的事，就是不求上进、不思进取的表现，就会被讥笑为是无药可救了，大脑进水了，神经出毛病了，没出息到家了。

如此现象，不知是因为"用得着的事"太多了，还是因为人的功利心太强了呢？

长期以来，"奋斗"被我们作为一种优秀的品质四处颂扬，它往往和艰辛坚忍、坚强顽强等褒义词联系在一起，褒扬着一个人的跋涉轨迹。

奋斗一定就意味着辛苦吗？一定就得像一只蚂蚁一样，把路上遇到的米粒和麦子死命地往自己洞里拽，就得跟贪得无厌的地主似的吗？

曾读到过这样一句话："你如果20岁不年轻，30岁不强壮，40岁不富有，50岁不睿智，那你这辈子就别想年轻、强壮、富有和睿智了。"持这种观点的大有人在，于是乎，人人都在狂奔，脑海中在疯狂旋转的念头是："快，快！不年轻就来不及了！不强壮就来不及了！不富有就来不及了！不睿智就来不及了！"

奋斗本身无可厚非，但不知止境、不知疲倦，就有些可悲了。奋斗的辛苦程度是与欲望的深浅程度紧密相连的。欲望有多深，"奋斗"的路途就有多辛苦。到头来，可能已经是功成名就、腰缠万贯了，却非但不会觉得快乐，反而总感到痛苦得难以自拔。

　　读过一篇文章：有一位美国人经过了多年的奋斗后，该有的东西都已经拥有了。就在最辉煌的时候，他来了个人间蒸发，在一个偏远小镇过起了悠然自得的生活，唯一陪伴他的是一把轻便折叠椅。每天他就在这张椅子上默然端坐，看着行色匆匆的人潮，感受着流云和微风。

　　这位美国人的做法可能有些极端，但所带来的启示是：生活是多姿多彩的，生活的节奏应该是有张有弛，人要学会奋斗，也要懂得享受。

第五编

微博小语

我的微博，我的心灵之音

2011 年夏天的一个周末，大姐夫对我说："你开个微博吧。写篇微博只要一百多个字就行，而且操作非常简便。"于是在大姐夫的建议下，我在新浪网上开通了微博，将自己对快乐和痛苦的体验，对幸福和苦难的认识，对使命和信念的感悟，对生命和死亡的理解，对灵魂和人性的思考写在了微博的文字之中。

开通微博之前，我已经写了一段时间的博客。那时候，我还能够坐在椅子上，还可以把电脑键盘放在桌子上打字。然而，一场高烧过后，我就只能一天到晚躺在床上，再也没有力气坐到桌前操作电脑了。身体上本来就不舒服，又少了电脑的陪伴，这使我愈发觉得寂寞，愈发觉得时间难熬。

在微博里，我对周遭的事物有了更多、更深入的了解。当很多博友得知我看不见又长年卧病在床，无法领略和感知自然界中的景致以后，他们都将视觉上的信息向我进行描述。比如，大片大片的油菜花，一闪一闪的霓虹灯，大排档里的腾腾热气，隆冬时节的皑皑白雪。曾有一位辽宁本溪的博友在给我的留言中写道："在我们这里，10月初是观赏红叶的最佳时期。那时候的红叶是有层次感的。树的最上面的叶子能够接受阳光的直射，因此最先变红。下面一层叶子是红中带黄的，再往下的一层是黄里透红的，最下面的叶子因为光照和通风条件都不好，所以还是绿色的呢。"虽然视觉上的感知很难用语言形容明白，而我仅凭想象也难以准确领悟到其中之美和奥妙，但博友们的真诚与善良、耐心与细心却是令我大为感动，同时也令我获益匪浅。

在微博里，曾有好几位博友问我："疾病使得你长年忍受着痛苦，足不能出户，怎么你竟然还总有的可写，而且还总是把生活看得非常美好呢？"我想，这在很大程度上得益于我上小学的时候老师就引导我多做阅读，与此同时，又在引导我捕捉身边的写作素材。比如，记录动植物的生长过程，观察放风筝、抖空竹、踢毽子人的神态和动作，由铅笔盒、贺年卡上的图案展开联想和想象。老师的引导不仅提高了我的写作水平，而且逐步建立起了我对美好事物的认识和感知能力，一点一滴地培育出了快乐心情。有什么样的心情就会过出什么样的生活。我从不这样想："别人提到的地方我连听都没听说过，谈到的事情也与我毫不相干，索性就不闻不问，少知道点心里就能少一些杂念。"我觉得，越是自己陌生的、无缘亲身体验到的事物，才越是有必要去了解，不指望也不可能样样精通，但常识性的粗浅认识还是应该有一些的。如果只拘泥在一个人的小圈子里，不关注身外之事，久而久之，势必会陷入与社会脱节、与他人脱离的自闭状态。如果一个人总是对这个也不感兴趣，对那个也提不起兴致，那他又怎么可能会对生活抱有热情和激情呢？

对我来说，2015年是个多事之年。年初时，我常常会有困乏和疲倦之感，只在上微博的时候才能勉强提起精神。到了5月底，我实在坚持不住了，只好离开了微博。也许是因为身体太过虚弱，也许是没有了精神上的支撑，我开始莫名其妙发低烧，神志也总是恍恍惚惚。命悬一线之时，我还在反复念叨着："我要打电脑，要写微博。"

经过两个半月的救治，我的病情终于稳定下来。

有一天，妈妈问我："你病重的时候都在念念不忘地要写微博，现在你的状况稳定了，怎么不再继续写了呢？"我神色黯然地说："博友们都说我坚强，但是又有谁知道，我现在不会翻身，不会拿杯子喝水，我只能躺在防长褥疮的充气床垫上，连一分钟也坐不起来。"妈妈温和地说："所以你才更应该坚持写下去呀！记得你以前告诉过我，有博友对你说：'每当情绪不好的时候读到你的文字，我的心情就会好许多。'还有博友对你说：'和你比起来，我觉得我实在没有什么可抱怨的了。'你的文字在感染着别人，而别人的鼓励也在鞭策着你，能保持这样的互动，不是挺有意义的吗？"

就这样，在妈妈的鼓励下，在停止写微博三个月后，从第909篇开始，我继续一字一标点地写了起来。

精神的力量是可以转化成身体的能量的。自从我重又写起了微博，重又回到了博友中间，我惊喜地感觉到，我的思维意识越来越有条理，身体上的疼痛也似乎有所减轻。我又经常面带微笑了，又喜欢开玩笑了。心情好了，我就开始练习扶着护理床栏杆自己翻身或者稍微变换一下姿势，也尝试自己用吸管喝水，这不仅在最大程度上提高了自己的生活质量，而且还可以为别人减轻一些负担。

生命在一天天延续，生活在一天天继续，我用写微博的这种方式记录着我的心灵之音，记录着我日常生活中的琐事细节，同时，也记录了我对生活发自内心的热爱与感激：感激生活，它施加给我的痛苦都是我所能承受的，它赐予我的幸福总是多得超出我的想象。

2013 年：幸福不是刻意的追寻

5月1日

今天是个晴朗的好天气。早晨，妈妈把我的被子拿到院子里去晾晒，晚上，我就又可以闻着阳光的味道入眠了。在这阳光的味道里，有我和大自然的间接接触，有一片深深浓浓的慈母之爱。

5月4日

人在快乐、在奔忙的时候，会觉得时间过得很快，转瞬即逝；对于忍受病痛、深感孤独的我，总觉得时间过得很慢，度日如年。每天的生活，我都是在重复着单一的节奏、单调的内容。不过，从另一个角度来讲，能够重复再重复地过日子也是好的，因为一旦有了变化，很可能就是我被抬上救护车直奔医院急救室。

5月8日

打开窗户，和暖的风迎面而来。我把头转向窗口，想象着小院里迷人的春景。是的，春景于我，不是看到的，而是想象出来的。缺乏视觉感知的人，其想象可能是空洞苍白的，但是我觉得，我想象中的春景比实际上的更美。因为在想象中，我体验到了在现实中所没有的畅快淋漓。

5月12日

早晨，妈妈站在镜子前，唏嘘着说："我的头发全都白了。"我说："那是智慧的象征。"妈妈笑道："你可真会给我吃'宽心丸儿'。"——今天是母亲节，祝愿我的妈妈快乐，祝愿全天下所有的妈妈快乐。

5月15日

在做过了"乐嘉性格色彩心理测试题"以后，我就总在想："安于现状，这到底是好还是不好呢？"一方面，安于现状的人欲望少且容易满足，心态平和；另一方面，安于现状易助长人的惰性，使人得过且过、不思进取。或许该这样来理解，无论哪种性格都不是完美的。怎样扬长避短，如何发挥优势，才是最重要的。

5月18日

大姐出差去了杭州。

杭州，我曾到此一游。我曾是那么欢蹦乱跳，那么爱说爱笑。幸好人不能再回到从前，否则，我不会坚持到今天，不会到了今天依然对生活心存感激：感激生活，感激生活，把我放在了一个特别的位置上，让我以一种特别的方式来感受幸福与不幸。

5月21日

人最快乐的时候，应该是在不知何为快乐的孩童时代。孩童之所以快乐，是因为需求少且容易满足。一点零食、一个玩具、一件新衣、一句赞美，都足以让他们笑上好一阵儿。笑，代表的是快乐，但人在刚一来到这个世界的时候，不是笑着来的，而是哭着来的。每个人的生命，都是在自己的泪水中开始的。

5月24日

我的个子太矮，我的眼睛太小，我的皮肤太黑，我的牙齿发黄，我的头发稀疏——为容貌不足苦恼的人，会让我联想到这样一个小故事：有位妇人因为买不到合适的鞋子终日闷闷不乐。一天，妇人看到有个人坐在轮椅上，没有双脚，妇人这才恍然发觉，原来自己竟是如此幸福！

5月27日

一位网友通过电子邮件给我发来了一个压缩文件。我解压后打开，发现是几十本下载好的小说。这样的精神帮助，因为是建立在了解基础上的，知道我渴求什么、缺少什么，所以，不会有帮倒忙的难堪，也不会有好心办了坏事的尴尬；这样的精神帮助，是酷爱阅读的我非常需要，并且非常乐于接受的。

5月31日

虽然在夜阑人静的时候，我很脆弱，也好绝望。但当新一天的黎明到来之时，我还是要微笑着跟太阳打招呼，还是要发自内心地感谢风儿、鸟儿、花儿。因为它们让我知道了，是风儿就该吹动，是鸟儿就该鸣叫，是花儿就该绽放。它们引发我不断地在思索：该以怎样的方式来证明自己的存在以及存在的意义。

6月3日

许多人企求着生活的美丽结局，殊不知，美丽的根本不在结局，而在追求的路上。在路上，美丽的风景不断地轮换变化着，我们欣赏着美景，并且努力让自己也成为一道美景。

6月6日

小的时候，三月盼着放风筝，四月盼着去春游，五月盼着歌咏比赛，六月盼着儿童节，七月盼着放暑假——有些成年人，之所以总觉得生活没意思，对什么都提不起兴致，就是因为在岁月的浸泡中，他们的期待像肥皂一样越来越小。少了想头念头盼头，对生活自然也就少了热情和激情。

6月9日

发现了一种对治疗褥疮比较有效的膏药，遂将药名告诉了一位同病相怜的网友。不料，却被对方怀疑是在行骗。为了一盒25元钱的药去行骗，难道我是穷疯了不成？歌里唱道："世界需要热心肠"，可这热心肠怎么还不如热香肠招人待见呢？！

6月13日

衣服破了可以补好，玻璃脏了可以擦干净，杯子丢了可以买个新的，而人生中的有些东西，一旦失去了就是永远地失去了，再也无法找回，再也不能重来。比如健康，比如光阴，比如缘分，比如与父母的相伴。还有，还有……

6月16日

身上疼得睡不好觉，睡不好觉更觉身上疼痛——如此恶性循环，令我身心俱疲。

听着戴娆演唱的《但愿人长久》，"我也会有失望的时候，抱怨生活对我不够好"。我觉得这两句歌词就好像是特意为我写的。我非圣人，也会有脆弱的一面，也常有烦闷的情绪，也会有钻牛角尖的时候。

6月20日

就算我们的生活非常贫困，生存环境非常恶劣，也依然要有知足的心，因为在我们活着的时候，有些人已经死了；在我们快乐的时候，有些人正遭受着磨难；在我们经历着不幸的时候，有些人比我们还要不幸。

6月22日

很多人都觉得奇怪，瘦小文弱的我怎么竟会喜欢武侠小说呢？也许，人越是缺少什么就越是看重什么吧，那些打打杀杀的场景让我觉得特别过瘾，主人公大气豪爽的性格，不达目的不罢休的劲头儿，也总是会让我想到高尔基的一句话："我来到这个世界上，就是为了不妥协！"

6月26日

一个在任何情况下都能保持快乐的人，不是因为没有烦恼，而是因为懂得如何用宽容去化解，用换位思考去感受，用积极的心态去对待。一个真正意义上的强者，也绝非是一个一帆风顺的幸运儿，而是懂得如何把各种考验和挑战当作冲锋号，把各种锤炼和磨砺当作垫脚石。

6月29日

在跟别人说话的时候，我习惯于面带微笑。虽然我看不见，却可以感觉得到，别人在跟我说话的时候，也同样是带着笑——人与人之间的交往是相互的，你希望别人怎样对待你，你就应该怎样去对待别人。所以，当你抱怨别人表情冷漠、态度冷淡的时候，不妨想一想，你对别人的表情如何？态度怎样？

7月3日

今天下午，大姐的儿子就该放暑假回来了。虽然他已经长成了一个身高一米八三的帅小伙，但是在我的心目中，他还是七八年以前我看得见的时候的那个样子。时间在悄然间滑过，很多在当时看来无法愈合的痛，都已经过去了；很多幸福与甜蜜，依然还在延续着。

7月6日

小狮子问母狮子："幸福在哪里呢？"母狮子说："幸福就在你的尾巴上。"小狮子听了，就不停地追着尾巴跑，但始终咬不到。母狮子笑道："幸福不是刻意地追寻，你只有昂首向前走，幸福才会一直跟随着你！"

7月9日

网购这种方式既快捷又方便，但我的语音电脑却无法识别购物网站上的照片。遗憾之中让我切身体会到了过去曾听过的一句话："真的朋友是那种愿意为你做一些事情的人。"——一位网友帮我网购了一个自制冰棍用的模具，另有一位网友帮我网购了一本图书。这两样东西对我来说，其意义远胜于本身的价值。

7月13日

上午，芮红姐姐打来电话，说下午要到我家里来。芮红姐姐是二姐的中学同学，在美国读完研究生后，便定居美国。芮红姐姐一家每年6月初回北京，7月底走，二姐则是在8月初回北京，虽然两人见不着面，却达成了一种默契，芮红姐姐每次回来时会到家里来看我和妈妈，二姐回来时也会去看望她的父母。

7月14日

昨天我和芮红姐姐聊得特别开心。芮红姐姐说："我的两个女儿因为是在美国出生长大的，所以对中国话，她们能听得懂，却不会说。"
我问芮红姐姐："她们两个每次回来，能吃得惯中国饭菜吗？"芮红姐
姐说："她们可喜欢吃中国的饭菜了，最爱吃的是韭菜馅饼。"

7月17日

不管在什么样的情况下，我们都要保持一颗积极向上的心以及对美
好事物的向往。这样，我们的人生才会充满阳光，生命，才会绽放精彩。
人生的不如意有很多种，无论经历着什么，我们都要相信，自己绝不是
最不幸的人，比自己更不幸的人，多着呢！

7月20日

走在人生路上，我们不妨适时地给自己一点掌声。给自己一点掌声，
使心灵抖落疲惫的风尘；给自己一点掌声，去战胜灵魂深处的怯懦；给
自己一点掌声，让前行的步伐从容矫健。给自己一点掌声吧，即便在无
人喝彩的时候，也要学着自己给自己打气鼓劲儿。

7月24日

在我存有微弱视力的时候，对面前的人，我看不清楚五官，只能看
到是否戴着眼镜。因此，自完全失明以后，我就落下了一个病根：与之
往来的人，我会按捺不住地冒出一句："你戴眼镜吗？"我这没头没脑
的问话常会使对方不由一愣。不过，我不认为我这是怪癖，或者说，我
是把怪癖当作了个性。

7月28日

高兴时就笑，难过了就哭，这是人知常态。笑不仅能让自己快乐，
也能使气氛轻松愉悦，使好心情感染给身边的人；哭虽不能冲刷掉面临
的苦痛伤悲，但偶尔脆弱一下也未尝不可，没有必要总是强颜欢笑，强
做坚不可摧。

7月31日

助人得根据对方的不同需求来区别对待。有人需要陪着外出购物，

有人需要帮着修鞋理发,有人需要教其弹奏乐器,有人需要给其读书念报,有人需要为其保养电器。很多助人之举虽只是举手之劳,但在事不关己的情况下,有人懒得举其之手,还有的人,虽承诺得天花乱坠,却迟迟不见举其之手。

8月3日

许多人是在用放大镜看待眼前的困难,但和困难拼搏一番之后就会发现,困难其实远不像想象的那么可怕。正如生命中的许多伤痛一样,其实并没有那么严重。如果不把它当回事,它是不会很痛的。

8月7日

上小学时,站在北大未名湖畔的斯诺墓前,我好奇地问:“这个人是谁?为什么葬在这里?”上中学后,我读了斯诺的《西行漫记》。站在斯诺墓前,对这位中国人民的美国朋友满怀敬仰。前些天,我又重读了《西行漫记》,不禁慨叹:经历、过往,它们有些随时光改变了面目,有些被时光定格为永恒。

8月11日

当杯子装满水,我们说这是水;当杯子装满茶,我们说这是茶;当杯子装满酒,我们说这是酒。只有当杯子什么也没有装,我们才说这是杯子——我们的心就像是杯子,里面装满了什么,显现出来的就是什么。若里面装满的是贪念和欲望,我们也就迷失了自己。

8月16日

电脑前些天罢工了。我在心急之余又在暗自庆幸:幸好它得的不是绝症,幸好这些天没有急需处理的文稿,幸好已经把下载的电子书装到了听书机里。我想,生活中的很多事情也是这样的,处在比上不足比下有余的层面。当为比上不足的方面懊恼时,不妨去想想比下有余的方面,就会略感释然,稍觉安慰。

8 月 20 日

我难以做到的事情，在别人是轻而易举的，不过，别人也有别人难以做到的事情。每个人处在自己特定的位置上，都会有相应的束缚与羁绊，或是来自身体，或是来自精神，或是来自内心，或是来自外界。因此，人不是神，不可能为所欲为，也不可能时时完美、事事称心。

8 月 23 日

把每一次的失败都归结为一次尝试，不去自卑；把每一次的成功都想象成一种幸运，不去自傲。人生就是一种承受，需要学会支撑：支撑事业，支撑家庭，乃至支撑起整个生命。有支撑就一定会有承受，支撑起多少重量，就要承受多大压力。

8 月 26 日

生和死是人之旅途的两个端点。生，不能自己选择；死，不能自己决定，但是在生死之间的这一段旅途中，刀山，却得自己上；火海，却得自己下，别人谁也不能代替。因为，或是在明里或是在暗处，别人也有别人该上的刀山和该下的火海。

8 月 30 日

有些人对自己所做的事情要求十全十美，甚至近乎苛刻，于是就会因为小小的瑕疵而产生出无能无用之感，自叹自责之情。要知道，人非圣贤，偶尔出错一下、糊涂一回，天也是塌不下来的。不必拿自己的错误来惩罚自己，也不必拿自己的错误去惩罚别人。

9 月 2 日

特别的日子唤起曾经的记忆——我上学那会儿，拿到新学期课本的第一件事是包书皮。用牛皮纸包的书皮结实耐磨，用挂历和画报包的书皮色彩艳丽。最有创意的书皮是用维生素面包的包装纸包的；最能体现个性的，是在用白纸包的书皮上贴几张不干胶贴画。

9月6日

俗话说："少壮不努力，老大徒伤悲。"到了伤悲的时候才醒悟：人生中没有后悔，只有后果；才懂得：生活中的许多事情，只要一心想做，就一定可以做到；遇到的困难，只要真心想克服，也就一定可以克服。

9月10日

上学住校的时候，我的宿舍对面恰好是一间老师办公室。要是我躺在床上看到从办公室窗口透出的灯光，就会在心里哼唱《每当我轻轻走过老师窗前》。这首抒情舒缓的歌，我唱着唱着，就睡着了。

9月12日

做人要简单，做事要勤奋。就像《士兵突击》里的许三多，看似木讷愚笨，好似心无大志，别人不屑一顾的事情，他都做得一丝不苟。就在他埋头做事的过程中，他的处境、他的价值、他留给别人的印象，都在一点点发生了转变。

9月15日

有些人总在抱怨工作不如意、生活不顺心。究其原因，是没有把自己的爱融入其中。心中没有爱，便会感到周遭一片冰冷。爱是一把神奇的钥匙，可以打开美好之门。只要心中有爱，才会精神饱满、热情焕发，苦的生活也会过得充满情趣，累的工作也会觉得充满激情。

9月19日

月——

岁岁年年照君心，缺缺圆圆皆风情；

春秋冬夏渡银河，阴晴冷暖望红尘。

聚散离合收眼底，酸甜苦辣均了然；

今宵难忘共欢颜，天长地久挂苍穹。

9月21日

这几天我总是梦见自己在急匆匆地走路。走完了大路走小路，走完了平路走山路。醒来之后，感到浑身疲惫。这几天也没碰到愁事难事麻烦事，怎么梦里却总是心急火燎的呢？梦境是现实的延续，梦境又有别于现实。和美的梦境与和美的现实，同样都是可遇不可求的。

9月26日

每个人都有生命，每个人都在生活。生活犹如多姿多彩的天空。从呱呱落地那一刻起，我们的每一段经历和每一次体验，或是形成彩虹，或是形成乌云。心中有了光亮，看到的就是一片灿烂；心中满是雾霾，即使站在太阳底下，看到的也是一团阴影。

9月29日

很多人喜欢假日出游，上班时经常出差的妈妈却在大唱反调："到哪儿玩儿也没有在家里舒服自在。出门在外，先不说别的，就说上厕所吧，交了费还得排大队，真是遭罪。"同一事物，有人当成是享乐，有人看成是遭罪，正是个体差异性的存在，世界才会呈现出多元化和多样性。

10月2日

我不喜欢过节。因为，过节的欢乐气氛更会加重我心里的失落感。我怕有人在短信里问起："你近来身体可好？"对此关心，我不知该如何作答。若答"好"，言不副实；若答"不好"，小命暂且能保，何必制造紧张。胡思乱想之间，短信提示音居然一声没响。看来，众人皆忙唯我独闲。

10月6日

生活为我们设下了很多天罗地网，同时，也布下了很多柳暗花明、苦尽甘来。所以，无论身陷怎样的险恶之中，我们都可以为自己找到不屈服的理由。人的一生就是一条泥泞和平坦交织的路。途中虽有数不完的坎坷，但也有看不完的美景，就看我们是否能有一颗坚强的心、一双智慧的眼。

10月10日

有位妙龄女孩，因自觉长得胖而采取饥饿减肥。一段时间后，女孩患上了神经性厌食症——人的外在是难改变的，能改变的是人的内心。真诚善良、正直豁达、乐观自信、谦虚博学，这些品行不仅能赋予人美丽，而且能赋予人魅力。还有，微笑，这是最有效且永远不会过期的化妆品。

10月13日

有位哲人说过："我总是在最深的绝望里，看到最绚丽的风景。"当感到面前已无路可走的时候，恰恰是挖掘和调动自身潜能的绝好时机。当新的热情和激情被唤醒并且被释放出来，重整旗鼓，昂然向前，定会开辟出一片芳草鲜美、繁花似锦的绚丽风景。

10月17日

接连遇到了几位这样的博友：在开博之初，一天发文数篇；一段时间之后，几天发文一篇；再接下来，就不见更新了。微博虽小，却能以小见大——做任何一件事情，容易的是三分钟热度，难的是坚持！

10月20日

以前，我总是把想做能做的事情尽可能地做细做好，现在，我却常有力不从心的感觉。这种感觉，不仅来自身体上，还来自精神上。北京残联的鼎力相助使我实现了心愿，我可以死而无憾了！但死神并没有把我带走，而是继续在对我实施着不死的惩罚！

10月24日

我们的人生如行驶在岁月长河中的一只小船，船前船后有不同的美景。往前看是乘风扬帆的豪迈；将经历的可能是浪尖也可能是波谷，会遇到的可能是细流也可能是暗礁；向后望有碧波在荡漾，宛如难忘的过往，在记忆中依稀泛着粼粼的波光。

10月31日

有了电视、电脑，少了睡眠，多了近视眼；有了榨汁机、粉碎机，少了咀嚼，多了虫牙坏牙；有了洗衣机、天然气，少了体力劳动，多了富贵病人群；有了电梯、汽车，少了徒步行走，多了腰腿疼痛；有了微博、微信，少了言语交流，多了心理疾患——享受要适度，否则，乐极会生悲。

11月3日

如果内心感受不到快乐，即便拥有得再多也是没有意义的。快乐，不仅是一种情绪，更是一种积极向上的生活态度；快乐，就像一只小鸟，当你紧紧追随着它的时候，它扑扇着翅膀飞走了，而当你不再关注它，转而投入地去做其他事情的时候，它会飞来，悄然落在你的肩头。

11月6日

听到别人说起吃喝玩乐之事，我心里不免觉得酸楚。我想，如果我没有病，我的生活也会和别人一样。为能消除因比较而产生的失落感，我安慰自己道：我虽然没有别人那般享乐，但我也有自己的小小甜蜜。比如，可以静下心来读书写作、听音乐，被全家人特别地宠爱着，有很多要好的网友。

11月10日

清晨，听着电台里播放的老歌。叶倩文的《真心真意过一生》、童安格的《把根留住》、王馨平的《别问我是谁》——我突然发现这几首老歌的共同点：二三十年前深受人喜爱，二三十年间少有人翻唱，二三十年后依然魅力无限。我总觉得，那时候的唱歌才像真的是在唱歌，字字句句，都是在用心用情。

11月13日

上苍不会让谁的生活只有所失没有所得。如果你总是想着自己失去的方面，那就会觉得自己永远是在失去，永远都是一副可怜相和一副落魄样；如果你觉得自己的生活是一团糟，那就真的只能是一团糟的，因为，一个人的生活状况绝不可能超出自己努力的范围。

11月16日

一位三岁孩子的母亲给我发来条短信："我知道你说话非常吃力。一会儿在电话里你不必开口，我只想让孩子能在电话里对你所给予的帮助道一声谢谢。"我想，这位母亲是要以此让孩子从小就懂得心怀感恩。善于引导、注重言传身教，这样的教子方法很值得称道。

11 月 20 日

落叶如梦纷飞。我年少时的那些梦啊，有的已经实现，比如，躺在暖和的被窝里吃巧克力；有的早已经跑到了爪哇国，比如，当一名大画家。虽然不切实际的梦终将会像落叶般枯萎，但依然还是要在冬天里憧憬，在春天里抽芽，在夏天里繁茂，依然还是要无怨无悔地梦一场！

11 月 24 日

没有人愿意经历挫败，但挫败却是在所难免。挫败之于人生就像水之于舟，水可载舟亦可覆舟，可能成为动力也可能成为阻力，就看我们以怎样的状态去面对。受挫不言败，及时地发现问题、寻求对策，并从中练就百折不挠的勇气，这是积极的生活态度，也是成功必备的要素。

11 月 27 日

我一边在喝着加了蜂蜜的热牛奶，一边在听着妈妈给我讲电视。这几天，妈妈在看电视连续剧《老有所依》，头天晚上看了，第二天会跟我念叨起，我们还时常就某段剧情各谈感想。妈妈打趣着说："这样可以锻炼我的记忆和表达能力，不会得脑萎缩。"

12 月 1 日

生活有时真的很累，身不由己的感觉只有亲身经历了才会知道。都说"人往高处走，水往低处流"，那我们就往高处走吧。无论是什么时候都让自己眼往前看，心往前想，并相信什么痛苦磨难都只是暂时的，什么不如意的事情都会过去的。

12 月 4 日

面对病痛，我想，如果我能坦然平和一些，也就能让别人心里放松一点。虽然明知道是这样，但有时我还是会陷入莫名的坏情绪之中。为能去除心灵的污垢，我便将坏情绪诉诸文字，写完之后，我依然在微笑，每一天的日子，依然在爱与痛的交织中继续。

12月12日

生活就像一枚橄榄，含在嘴里慢品细嚼，会有诸多滋味在舌尖蔓延。也甜，也酸，也苦，也涩。漫漫旅途中，或许感到疲惫，也许有些沉重，但只要有一份美丽心情，就会在辛苦疲惫中咀嚼出甘甜芬芳的滋味。

12月15日

龙应台在其作品《野火集》中称，当今的教育制度把学生扭曲成了缺少个性的应试机器人。我正在读这本书的时候，收到了大姐的儿子写的一篇回顾大一生活的日志，其中没有谈到学习，谈到的都是参加篮球赛和辩论赛的事情。字里行间流露着的是真情实感，是没有受到污染的真实。

12月18日

有两只蚕蛹。一只蚕蛹整天躺在茧中睡大觉，结果睡死了过去；另一只蚕蛹在咬包裹着自己的茧，虽然艰难，却一直在努力。终于，茧被咬破了一个洞，蚕蛹奋力爬出洞口，飞了起来，变成了一只美丽的蝴蝶——不同的态度和行为，开启了不一样的生活。

12月21日

"对饭对菜挑剔，在生活中对人对事也会是很挑剔的。"妈妈常这样说。不过，不挑食不等于不喜欢美食。

前些天家里来了客人。饭桌上，客人对妈妈做的东坡肉赞不绝口。东坡肉的做法起初是我在收音机里听到的，随后告诉给了妈妈，妈妈照着做了。现在，东坡肉已经成了妈妈的一道招牌菜。

12月25日

幸福就如穿在身上的衣服。盲目地去追随时装潮流，会觉得自己总是跟在别人后面跑，由此生出失落感和不满足感。华丽昂贵的衣服未必适合自己。喜欢的衣服上破了个洞，不必叹息沮丧，在漏洞处绣只蝴蝶或镶道花边，不仅能弥补漏洞，而且能增添情趣。

12月29日

羊奶的营养价值比牛奶高，但市面上却很少见。大姐跑了好几家超市才终于给我买到。大姐把羊奶放到微波炉里热了，然后拿给我，说："闻着有股膻味儿，这味道也正是你喜欢的。"我很高兴，因为羊奶很好喝；大姐也很高兴，因为看到了我很高兴。

2014年：相信爱，相信我是我的传奇

1月1日

晨昏交替，日月轮回。时间看似是重复再重复，但人生中的过往却没有机会再次重复。又一次站在了三百六十五里路的起点。想做的事情就要赶紧做，不要总以为来日方长，不要总认为现在的时机和条件不够成熟，想等以后安排好、准备好再去做。也许真到了万事俱备的时候，一切都已不再是当初的样子了。

1月5日

有一句话说得好："懂得避开问题的人永远比善于解决问题的人有效率。"有时候因为过于执着，即便达到了目标也是伤痕累累，撞到了南墙再回头可能已为时过晚。有时候最短的路途中坎坷万千、荆棘无数，绕弯的路看远实近，可以避开硬碰硬的冲突，从侧面走向成功。

1月8日

这几天读了刘恒的一部旧作——《贫嘴张大民的幸福生活》。小说的结尾处有这样一句话："有时候觉得活着没意思，可刚觉得没意思又觉得特别有意思了。"这话让我联想到了此前听过的一句话，同样乍听像是绕口令细想又颇具回味。"有的人活着是为了吃饭，有的人吃饭是为了活着。"

1月12日

一档电台节目在和听众互动一个话题："我为治理大气污染支一着。"我以手机短信参与到讨论之中。"马上颁布一条禁放烟花爆竹的命令，并且声明，对燃放者处以特别重量级的惩罚。"主持人念了我的短信，并且引申道："如果处罚力度足够大的话，很多不良风气也都可以得到有效遏止。"

1月19日

大姐给我念了一个描写饭局的段子，其中有这么几句："饭菜还没摆上桌，都在低头玩手机，鸡鸭鱼肉端上来，大家一起站起来，不是敬酒，而是拍照。"笑过了之后我在想："高科技电子产品的介入，让人们的生活是变得充实了还是单调了？是爱显摆炫耀了还是容易迷失自我了？

1月22日

妈妈从超市回来，一进家门就气恼地说："在公共汽车上，我站着，旁边小姑娘小伙子坐着，谁也不说站起来给我让个座。"我笑嘻嘻地说："证明你身手敏捷，腿脚麻利，一点不显得老呀！"妈妈被我的话逗乐了，说："你这嘴巴真甜，证明巧克力没白吃。"

1月25日

鸟妈妈每天都到外面给小鸟找食物。小鸟们也想出去。鸟妈妈说："外面的风景虽好，生活虽美，但你们首先要学会飞，只有能飞得足够高足够远，外面的生活才会真正属于你！"——要先武装自己，才能去征服外界。只有给梦想插上飞翔的翅膀，才能徜徉于理想的天空。

1月29日

我常戏称自己是"天不怕地不怕，就怕生病了上医院"。一旦上医院，别的暂且不说，就说抽血吧，得经受扎进去拔出来以及按压揉搓捏挤的连环苦肉计。那一滴滴鲜红的血，我得喝多少杯牛奶，吃多少块巧克力才能补回来啊！

相信爱，相信我是我的传奇！

2月2日

过去买年货，半夜去排队，现在买年货，精挑加细选；

过去照全家福，得上照相馆，现在照全家福，在家随手拍；

过去吃野菜，因为鸡鸭鱼肉吃不着，现在吃野菜，因为鸡鸭鱼肉吃腻了；

过去冬天一到家，先往炉子里加煤，现在冬天一到家，先换轻便休闲装。

——小变化大发展，明天生活会更好！

2月6日

人是在一天天变老，今天的自己永远比明天的自己年轻。消极的人总是哀叹时光如流水，日渐苍老却一事无成；积极的人则把今天当成一个全新的起点，以一种年轻的心态去迎接生活的挑战。

2月9日

天气真奇妙。三九时节暖意融融，立春之后雪花飘飘。冷风就像一个淘气的孩子，趁着开门关门的瞬间溜进屋子。那凉凉润润爽爽的气息，勾起了我关于雪的童年记忆。除了堆雪人、打雪仗，还有，穿着塑料底的棉鞋滑雪，踏雪在上学的路上连摔了好几跤，站在风雪中等了两个多小时才见公共汽车姗姗而来……

2月12日

网上有则报道：一位母亲查找到多所大学师资教学、优势特色的资料，分门别类进行整理，制作成精美的图册，送给了读高三的儿子。没想到，儿子竟连看也没看，就把图册撕得粉碎。家长也许不该帮倒忙、瞎操心，但是，一个遇事冲动粗暴，不懂得谦虚、尊重、感恩的孩子，今后怎能融入社会、与人相处呢？

2月15日

秋收过后，田地里常可见到这样的景象：田鼠忙碌地把粮食一粒粒地运回洞穴存储起来，使这些食物可以维持一个冬天——为了不会在未来的某一天陷入绝境，我们就要不断加强自身的积累和储备，而不能抱着高枕无忧的想法满足现状、安心享受。

2月19日

"交管部门称：随着学校开学，接送学生的车辆大增，致使路面上出现了拥堵状况。"这则新闻报道让我想起了自己上学那会儿，家庭住地邻近的同学排成路队一起走。路队有严格的纪律，并有路队长监督。有这样的路队，孩子途中安全，家长省力省心。

2月22日

想对正在求职择业的朋友说：长大后从事的职业与童年时代的理想相吻合，这当然最好，但是，理想的实现不仅要靠个人的努力与坚持，还有赖于外在因素。世间之事，不是自己想做什么就一定能做什么的。当理想与现实发生偏差时，尽力把能做的事情做好，脚下的路才可能会越走越宽。

2月26日

即便身陷痛苦之中，人也是要有点找乐精神的，不要被痛苦所左右，不要让内心背叛自己，成为痛苦的帮凶。人总是在经受过磨难之后才会发现，生命的承受能力远远超过自己的想象。所以，只要自己一心想要快乐，就一定可以在生活中寻找到使自己快乐的理由。

3月2日

大姐给了我一个"周末大礼包"——从网上下载的68本电子书。这样的"大礼包"是我特别喜欢的，也是我特别想要的。我从小就爱读书，就像我从小就爱吃巧克力一样。吃着香甜的巧克力，读着引人入胜的书，我的幸福感竟然可以来得如此容易！

3月6日

一月里，欣喜中怀有期待；二月里，忙碌中夹杂着喜庆；时光的车轮驶进了温暖的三月，枯萎的小草又重新抽芽，凋谢的花朵又重新绽放，冬眠的昆虫又重新蠕动，冰冻的河水又重新流淌，大自然的春景春意是一幅生机勃勃的画卷，显现着生命的精彩与神奇。

3月10日

砖头和棋子，同样都是被搬来搬去的，但其意义却不同。一枚棋子，即便是留到了最后，也依然逃不过棋终子散的结局；一块砖头却可以与千千万万块砖头一起，支撑起一堵高大的墙。在这一堵墙里，每一块砖头都是不可或缺、不能替代的，每一块砖头都有属于自己的位置和价值。

3月13日

朋友讲了一件趣事：她在电视里看到教做蒜泥白肉的，想动手一试。不承想，肉没有被煮透，切开后发现里面竟还是生的。她突然灵机一动，将一锅做砸了的肉与青蒜和红辣椒一起炒，结果，味道好极了！朋友对此感叹道："如能对失败巧做处理，就会有意想不到的惊喜。"

3月20日

不要因为云雾的阻挡而放弃了努力，放弃了心中的希望和梦想，找到自己独特的优势，并且找到发挥优势的机会，一点点地储备能量，做一个有准备的人。相信云开雾散之际，就是自己发光放热之时。

3月23日

大姐到北京广播电台帮我领回了获奖征文的证书和奖金。大姐告诉我，电台的工作人员对她说："你妹妹身体状况那么糟，文字里倒看不出忧怨的情绪呀！"闻听此言，我瞬间的感受是：曾经高不可攀的梦想，我如今已经实现了；本该与生俱来的拥有，对我竟然难于上青天！

3月27日

在疾病、灾难、飞来横祸面前，人的生命显得是如此渺小、脆弱、不堪一击。然而，也正是在危难当前、危险降临的时候，人的生命才会显得是那么神圣凝重，那么有分量；人的心灵，也才变得那么简单纯净，那么容易感到幸福。

3月31日

高科技难住了老年人。打车，招手叫停变成了通过打车软件订车，可老年人却连打车软件是怎么一回事都还没弄明白；交费，人工服务变成了自动刷卡，可老年人却连刷卡机的冷面孔都还不认识；打维修电话，照语音提示按了一连串的键，听筒里却传出："对方线路忙，请您稍后再拨。"

4月3日

有这样一种人：你常常主动关心他，他却从来没有主动关心过你，倒好像你该他欠他或者是在巴结他似的。这让你觉得心里挺不舒服。

有这样一种现象：美食美景固然美，但如果反复地、动不动地、没完没了地提起，难免就招人厌惹人烦了。

4月7日

如果把跑在自己前面的人当作敌人，从背后给他设置麻烦，自己也许会超过他，但这只能是超过一时。因为自己的速度并没有真正加快。只有把跑在自己前面的人当成交流学习经验的老师，当成切磋心得的朋友，才能使自己受益，才能真正地快起来，才能靠自己的能力走得稳，走得远！

4月11日

什么事情也不做，我觉得特别无聊，做一点喜欢的事情，我又会感到很累，如此的矛盾真叫我不知该怎样才好。不过，每次听到电脑开机的音乐声，我心里还是会感到无比的快乐。我很珍惜也很享受还能够做一点点事情的快乐，真希望这种快乐能在我生命中多停留一会儿，再多停留一会儿。

4月15日

在生活的大海中，每个人都是海里的一朵浪花。失去了一朵浪花，大海依然是浩瀚的、波澜壮阔的。因此，不要太过自以为是，觉得自己高人一等、与众不同。其实，自己也和身边的人一样，是平平凡凡、普普通通的，并没有什么了不起。

4月19日

《春光美》，我以前听到的这首歌都是女声演唱的，前些天第一次听到了男声演唱。女声演唱的清纯甜美，男声演唱的风格却是迥然不同，透着些许的沧桑，让我从中感受到，美丽的春光中，也有忧伤同在，也有辛酸共存。

4月22日

上学那会儿，在春夏之交的这段时日里，忙着且乐着。除了参加学校组织的春游、运动会、歌咏比赛，还摘槐花来吃，用柳条编草帽，给蚕宝宝采桑叶，做风筝、放风筝——时光，像飘在空中的风筝一样从我们身边飘过，当经过成为过往，憧憬变成回忆，我们也就在悄然之间长大了。

4月26日

生活犹如一匹斑马，有黑道也有白道。如果总盯着黑道，就会觉得每个人都是坏人，只是有一些优点，觉得世界丑陋无比；如果常欣赏白道，就会觉得每个人都是好人，只是有一些缺点，觉得世界充满了希望，充满了温情暖意。

4月29日

外面的世界虽然很精彩，但有的人却是什么也看不到，什么也听不到，什么也感受不到。所以，当你尽情地徜徉在自然景色中，尽兴地饱览着自然风光时，如果还不觉得自己是幸福的，那就证明你吃的苦受的罪经历的磨难还不够多。

5月3日

古人云："读万卷书，行万里路。"现如今的人，说吃说穿，说小猫说大狗，说电视剧说假日游，能说得眉飞色舞、乐不可支，但是，能静下心来抱着本大部头的书读且又能读得全神贯注的，有几人呢？

5月7日

心有多大，世界就有多大。如果你的心能像蓝天大海一样宽阔深远，你就能包容整个世界；而当你的心总为蝇头小利烦恼时，你的世界就会被束缚于方寸之间，举步维艰。

5月11日

今天是母亲节，很多儿女会给妈妈买衣服、买首饰、买吃的喝的、买保健品。在送给妈妈这些物质礼物表达孝心的同时，别忘了也要送给妈妈精神礼物。比如，少给妈妈出难题，多给妈妈好脸色、好心情。

5月14日

前天我给大姐的儿子发短信，祝福他二字打头的第一个生日。他说，买了根冰棍正在吃。随后，他给我回了条不算短的短信。"我刚上一年级的时候，有一天，你用刚收到的稿费给我买了根冰棍。我把这根冰棍棍放在了铅笔盒里，几天以后被我爸看见了，他也没问明缘由就数落我说，怪不得我口算总出错呢，原来一心在惦记着吃呀！"

5月18日

生活若如画，每个人都是自己的神笔马良；生活若似花，每个人都是自己的心情园丁；生活若像书，每个人都是自己的作者，在记述着当下的故事，每个人也都是自己的读者，在翻阅着过去的篇章；生活若是路，不同的品格与气度使每个人有了不一样的追求，不一样的追求让每个人有了不同的行为与作为。

5月21日

她出生在农民家庭，嫁了个有钱的丈夫之后，就再没有下地干活了。当上了阔太太、过起了养尊处优生活的她，嫌自己的兄弟姐妹穷，不让他们到家里来，就连过年的时候也不让他们进家门——听了发生在别人身上的这个故事，我不禁庆幸：只有铜臭味没有人情味的姐姐，幸亏没让我遇上。

5月24日

坚强，不是强忍眼泪，不是强作笑脸，不是装作刀枪不入、天不怕地不怕；坚强，是发自内心地对美好生活的向往和热爱，是不把逆境视为绝境的气度，是能心平气和应万变的胸襟，是能在不幸中开创出幸福的能力，是能从苦难中寻找到乐趣和情趣的品格。

5月28日

妈妈包的南方肉粽，家里人爱吃，亲朋好友也都爱吃。去年包完粽子，可能是站久了的缘故，妈妈直说腿疼。于是今年，我建议妈妈包粽子的时候坐着。妈妈说："站得时间长了就会腿疼，我难道真老了吗？"我说："不服老，说明心态不老，太不服老，那就成老顽固了。"

6月1日

在外的人常会想念妈妈做的饭菜。妈妈做的饭菜里，飘出的是家的味道，面前饭碗菜盘里，盛着的是家的气息。出门在外，就算吃的是山珍海味，也没有家的味道；就算住的是豪华套房，也没有家的气息。不管一个人走得多远多久，家永远都是心底最温暖、最放不下的牵挂。

6月5日

近来的身体状况不太好，来微博的时间越来越少。身上难受，就会觉得时间难熬，而少了电脑的陪伴，更是寂寞。正直人生大好年华的我，却被病魔囚禁于斗室，忍受着日复一日的痛苦煎熬。特别要感谢几位常常发来手机短信开导和鼓励我的好友。能将手机号告诉陌生人，这信任本身就是一种精神力量。

6月8日

前几天，大姐和大姐夫到浙江绍兴去看望大姨一家。喜好摄影的大姐夫给大姨一家人拍了许多照片，回来后精心挑选整理，制作成电子相册拿给妈妈。这份精神礼物格外有意义。看着照片，妈妈时而自言自语地嘟囔几句，时而径自发笑，还笑出声来了呢！

6月11日

世界上最远而又最近的就是梦想。如果你朝着梦想不停地奔走，那它就一直都会在你的生命中；如果你只是沉溺于幻想，那它就永远都是遥不可及的；如果你现在不知道梦想的方向，那么，就从身边的事情做起，把能做的事情做好。也许就在你埋头做事的过程中，心中的梦想就会一点点明朗起来！

6月15日

我结交微博好友，遵循"两个不要"的原则：不以原创为主的，不要！不注重相互来往的，不要！虽然我不能像好友们常常来看我一样常常去看好友们，但是我自认为，我给好友们的评论都写得非常认真。非常认真地写，这并不是我巧克力吃多了，有劲儿没地方使去了的缘故！

6月19日

二姐夫从厦门到北京来出差的前一天，二姐发短信问我想要什么。我回复说："到海边给我拣些贝壳来吧。"二姐夫觉得二姐潜到海底拣来的贝壳太小，也不够漂亮，就又去买了些做工精细的。把玩着这些贝壳，我脑子里冒出了个怪问题：厦门的贝壳和夏威夷的贝壳，外观上有什么不同吗？

6月22日

如果没有考上第一志愿，那就想："在第二志愿的学校里能学一个前景大好的专业。"如果每天骑着自行车上下班，那就想："这是最好的有氧运动方式。"如果节假日还要加班，那就想："我这个小螺丝帽在社会这台大机器里可还挺重要的呢！"——把一切多往好处想，为心情做快乐的导航！

6月25日

曾有好友问我："玉花是你的真名字吗？"是的。这俗不可耐的名字是在我还没有出生的时候，两个姐姐给私定的。想来好笑，当时两人的年龄加起来也还不到12岁，怎么居然就那么人小主意大呢？更难得的是，父母居然也就让两人"我参与我快乐"地过了把瘾。

6月30日

有位中年女性，虽然体检一切正常，但她却今天怀疑血压升高，明天觉得心跳过速，后天又唯恐营养不均衡。她平日没什么爱好，也不喜欢主动与人交往。于是，过度自我关注使得她过分地紧张焦虑，而长期对外界的排斥、抵触和戒备，又使她陷入了自我封闭状态。

7月3日

有很多人只知道整日奔波劳碌，渐渐地，就会被生活的泥土所埋没，而且越埋越深。最初的热情与激情早已消磨殆尽，剩下的只是日复一日机械而麻木地运转，为生而活，拼命赚钱攒钱，那也许是生存的正道，却也是生命的歧途。最可悲的不是被埋没多深多久，而是甘心被埋没。

7月5日

身上本就不舒服，偏偏天气又特别闷热。白天，我苦苦地盼望着黑夜的降临；夜晚，我眼巴巴地等待着黎明的到来。还好，我没有被摧残成一个心理变态加脑子进水的人。我还能而且还爱开玩笑。还好，总算还好！

7月9日

超市促销，送了一辆购物车。由这辆购物车，我不禁想起小时候家里买东西时用的一个布兜，用不着时把它叠起来，是一个人造革面的钱包；要用时把它打开，则是一个很大很实用的布兜。我常贪婪地想：要是能把商店里的水果罐头全都装到布兜里带回家去吃个够，那该有多好啊！

7月13日

生活对每个人都是平等的，有时你的坎坷不断，那只不过是生活在磨砺你的心志。人的心就好比是一粒种子，只要种子还活着，就要不断地向上。只有不断地向上，才能有出头之日，才不会在平凡平淡的生活中随波逐流、迷失自我！

7月16日

有档节目里介绍了几位老寿星，他们有人常年吃素，有人天天吃荤，有人满腹经纶，有人目不识丁，有人滴酒不沾，有人喜欢小酌，有人惯于早睡早起，有人总是晚睡晚起。他们的人生经历和生活方式虽然各不相同，但其共同点是：心胸豁达、与人为善、勤于动脑动手。

7月20日

今天是二姐儿子13岁生日。他每次从厦门回来的时候，都会让我摸他的脑袋和肚子。我是摸着他的脑袋由小长大，摸着他肚子上的肉由少增多。他学习成绩好，兴趣爱好也非常广泛，特别是钢琴、航模和机器人编程，多次在大赛中夺魁。在今后的人生路上，相信成功总是属于有准备的人!

7月23日

不管昨天晚上怎样哭着面对月亮,今天早上都要笑着迎接太阳。不要总是抱怨已经发生的不幸,就算受了伤,就算伤口很疼,也要带着伤忍着痛往前走。相信,只要有生命,就会有希望;只要有希望,生活就会在微笑中继续!相信,每一个今天都是最美好的一天!

7月27日

有个自幼生活不能自理的人,母亲每天要照顾她的吃喝拉撒,还要耕种几亩田地。可她却丝毫也不体谅母亲的辛劳。吃饭的时候,常常对油放多了、肉太肥了而挑剔,令母亲受累之后还得再受气——本着"近朱者赤,近墨者黑"的原则,对不明事理的人,我得躲远点。

7月28日

小时候的夏天,父母每天会给二姐一块钱,让她给我们俩各买一根五毛钱的冰棍。但二姐每次都是只给我买一根一块钱的紫雪糕,她站在旁边看着我吃。时光荏苒,当年一块钱一根的紫雪糕现在已经买不到了,当年站在我身边的二姐现在已经成了厦门大学的老师。只有记忆还在,唯有真情依旧。

8月2日

传说在人降生的时候,上帝给每个人都带上了一个盒子,盒子里装着斑斓的梦想。同时,上帝又给了每个人一把打开梦想的钥匙,有的是勇敢、真诚,有的是拼搏、进取,还有的是勤奋、坚持。我们时刻都要守护住梦想的盒子,每天用钥匙打开一点点,日积月累,定有所获!

8月5日

老天爷实在很不公平,也实在很会捉弄人。会让年富力强的人突然撒手人寰,却让顽疾重病中的我,熬过了一天又一天,一年又一年。今生,唯有死亡才能将我从病痛之苦中解脱,来世,我希望能做海里的一朵浪花,可以走向天涯去往海角，无拘无束，自由自在，多好！

8月10日

有的孩子似乎生来就很乖很听话，不吵不闹，让干什么就干什么，使大人乐得省心。但随着日渐长大，问题也随之显现出来：怯懦、不合群、抗挫折能力差——看了微信上的这条消息，大姐的儿子嬉笑着说："别瞧我小时候特别淘气，但是现在，我自认为我很有人缘，很好相处。"

8月13日

谁都不愿意过苦日子，但是如果把物质财富的多少当作衡量成功与否的唯一标准，那物质越是丰富，人的心就越是会感到不满足，如果不能守护住内心的淡定与安宁，享受多了，心里的幸福感倒反而少了。

8月16日

我至今依然保留着二姐夫曾经给我翻录的歌曲磁带，至今依然记得我们曾经在一起下象棋和围棋的情景。以前，在北京很难买到南方的食物，为此，二姐夫从厦门来北京时，不是用水桶装来几只螃蟹就是用竹篮带来几斤枇杷。今天是二姐夫的生日，希望他以后能像爱家里的每一个人一样爱自己、关心自己！

8月20日

我们常常鼓励自己："无论前方有多少艰难险阻，也要坚持着走下去。"但如果倾其全力依然力不从心，我们就该有勇气转过身，去选择另一条路、寻找另一个目标。最好的不一定是最适合自己的，最适合自己的才是最好的。找准了自己的位置，相信我们每个人都能成为放光发热的珍宝！

8月23日

三表姐的儿子从浙江绍兴考到了清华大学工程力学专业。今天就要报到，从此就要开始新的生活了。希望他在大学期间，努力学习的同时要踊跃参加课外活动，从而增进人际交往、积累处世经验，以使自己成为一个既有渊博学识又有卓越胆识的优秀人才。

8月30日

前段时间，妈妈头上长了疱疹，致使脑袋剧痛、食欲大减。为了不让两个姐姐担心，妈妈对此只字没有提，每天强撑着自己到医院里去打针。后来两个姐姐知道了，妈妈则轻描淡写地说："没事的，已经好多了。"妈妈太要强了，也太会为别人着想了。想到这些，我直想哭。

9月3日

飞机失事、地震滑坡、瓦斯爆炸、洪涝灾害——天灾人祸最能引发人对生命、对幸福和快乐的感叹与感慨，最能让人意识到该珍惜自己当下的生活。人生在世，不如意十之八九，但如果我们能常想一二，就可以将自己的好心情最大化。

9月6日

有些时候，不愉快的事情都已经过去很久了，可我们还老是在想："他怎么能这么无情无义呢？""这么倒霉的事情，怎么竟会让我遇上呢？"像这样，动不动就把发生过的不愉快重新翻出来回想，每回想一次就会牵动一次痛感神经，致使心灵旧疤未平又添新伤。

9月10日

万没料到，二姐居然当了老师。我记得上小学时，数学作业得了"2鸭子"。心里本来就挺难受的，偏偏二姐还把我训一顿，吓得我动也不敢动，哭又不敢哭，那样子好可怜！不过，正因为有了这所谓的挫折教育，使我日后在写作之路上，愣是用小脑袋把南墙撞出了个小洞洞。

9月11日

昨天是二姐的生日。二姐在重庆读的大学，之后又到厦门大学执教。因此，昨天是二姐18岁之后在家过的第一个生日。一大家人在一起的气氛很温馨。可是，二姐的假期结束了，今天一早回了厦门，并于中午平安抵达。现在，回想着我们分别时的情景，我心里仍是酸酸的。

9月14日

我们看待别人生活的时候，总喜欢放大其幸福，忽略其不幸，所以我们会觉得别人生活得很幸福。而我们看待自己生活的时候，总喜欢缩小幸福，放大不幸，所以我们对自己的生活总有太多的不满、太多的怨气怨言。

9月17日

有些家长常会命令孩子说："不要再看动画片了，不要再玩游戏了，赶紧去写作业吧。"说这话的时候，家长自己却对着电脑、拿着手机，头也不抬。家长自己不能以身作则，却要求孩子言听计从，这能让孩子心里服气吗？也许家长会振振有词地说："我是在忙正事。"扪心自问，真是这样吗？

9月18日

我收到了一封盲人杂志社编辑转寄来的读者来信。我不禁想起上学的时候，我给喜欢的作家写了信却石沉大海，我感到非常失望，当时就想，如果有一天我也能收到读者来信，我一定回。为能写回信，我侧躺着，将盲文板放在床头的桌子上，一个点一个点的，右手扎左手摸，一页纸的信，我用了一天才终于写完。

9月21日

二姐给我网购了一个天使小摆件。这个天使，身着精致的纱裙，张着轻盈的翅膀，面带着甜美的微笑。我在想：在天使甜美微笑的背后，是否隐匿着不为人知的苦与泪、忧伤与绝望呢？要经过多少锤炼与磨砺，才可以拥有如此处事不惊、遇事不乱的甜美微笑呢？

9月24日

简单的事情想得多了，就变复杂了；复杂的事情看得淡了，也就简单了。我们在生活中遇到的事情是简单还是复杂，要看我们有着怎样的心胸。倘若心胸狭隘，简单的小题也值得大做；倘若心胸豁达，复杂的大事也可以化小。

9月28日

今天下午3点，小区广场有"迎国庆"的文艺演出。妈妈出去观看演出，我则在家里上网。由于我的精力和体力越来越差，很多感兴趣的事情，即便舍不得放下，却也不得不放下。这使得我能做的事情越来越少，生活的圈子也越来越小。因此，我现在特别珍惜能上网的每一分钟。

10月2日

我对妈妈说："你去买些喜欢吃的糕点，就当是我送给你的重阳节礼物吧。让你自己掏钱跑腿，买来后倒算是我送的，我这是够搞笑的吧？"妈妈说："你有这份心意，我掏钱跑腿也高兴。"妈妈这一代的人节俭惯了，要让他们改善和享受一下，同时又不让他们心里添堵，得动点心思呢！

10月5日

当大姐的儿子得知他爸妈十一外出不在家时，便说："那我把专业课的作业带上，十一回家去陪着阿婆和三姨吧。"我逗他说："你十一回来陪我们，把你女朋友冷落了，她还不得生气呀？"他挺认真地说："要是我以后找那么不明事理的人当女朋友，我也实在太没眼光了吧？"

10月9日

一个穷人看见富人的时候，心里会想："他们什么都有，真让人羡慕。"一个富人看见穷人的时候，心里会想："他虽然什么都没有，却又那么快乐。"扪心自问，我们是不是经常会成为那个对自己生活不满意的穷人或富人呢？

10月11日

今年北京冷得比往年早，家里的电暖气已经提前上岗了，我也不用再把每天洗脸看成是在给蚊子洗菜了。妈妈刚才到屋外的小院里去转悠了一圈，回来后喜滋滋地告诉我说："小院里的南瓜可是结了不少呢。"我调侃道："这些南瓜，你一三五蒸着吃，二四六炒着吃，星期天摊饼吃。"

10 月 13 日

每个人都是在被动地接受死亡。倘若阎王爷点到了自己的名字，无论正处于怎样的年龄，有着怎样的身份地位，都必须抬起屁股马上走。倘若还没有被阎王爷点到名字，想找机会加个塞儿先走一步，阎王爷就会冷冷地说道："还没有轮到你呢，老实到后面排着去！"

10 月 17 日

家附近的早市要拆了，妈妈这两天准备去一趟那儿，买些早市上才有的针线、松紧带之类的小物件。这些小物件虽然不起眼，也不值几个钱，但要用的时候找不着还真着急呢。每次到早市或超市去以前，妈妈总是把要买的东西写在一张纸上，以免有所遗漏。这次自然也不例外。要不然，可就真是过了这村没这店了。

10 月 21 日

"不想当将军的士兵不是好士兵。"有雄心壮志固然是好事，但在朝最好的方向做出努力的同时，也要做好最坏的心理准备。这样，一旦事情的结果没有达到预期时，不至于因为难以接受而使心理失衡失重。

10 月 24 日

好几个人都曾经问过我："疾病迫使你长年忍受着痛苦，足不出户，怎么你竟然还总有的可写，而且还总是那么幽默呢？"我想，除了平时多阅读、多观察思考之外，还要有"五心"：对生活有热爱之心，对自己有悦纳之心，对他人有感恩之心，对苦难有看开之心，对幸福有常想之心。

10 月 28 日

把下厨掌勺视为一大乐趣的大有人在。但妈妈却常自嘲地说："别人都说我炒的菜好吃，不过，要是可以选择，我宁愿擦地板、洗衣服，也不愿意下厨掌勺。"可见，无论在学习工作中还是在日常生活中，人的喜好和能力都是存在着个体化差异的，正所谓，人各有志，也各有其过法和活法。

10月31日

长久以来，写微博并与微博好友互动是缠绵于病榻的我的一大乐趣和一种情感寄托。但是，有些事不是仅靠坚强就可以坚持下去的。特别要感谢常常以言语来安慰我、鼓励我的好友。如此的精神财富对我来说比一个金灿灿的大金元宝更有意义。有你们带给我欢乐，给予我力量，真好！

11月3日

有些人不乏雄心壮志，可到头来却一事无成，就是因为缺乏脚踏实地的勤奋与坚持，一心总想着做大事，而对身边的事情则不屑一顾，觉得身边的事情太小、太琐碎、太不起眼。其实，所谓的大事不都是由一连串的小事构成的吗？不做小事，又怎能成就一番轰轰烈烈的大事呢？

11月7日

《在绝望中寻找希望》，这是新东方创始人俞敏洪的自传。书中的一句话对我深有触动：青春其实跟三个"想"有关——理想、梦想和思想。我们能够坚持自己的理想，追随自己的梦想，并且探索自己独立的思想，我们的青春就开始成熟了。当我们坚持自己的理想，你就会有永不放弃的精神。

11月11日

双十一，购物一窝蜂。这情景让我不禁想起了几年以前，一窝蜂抢购洋奶粉、抢购食盐，一窝蜂相信绿豆汤能治百病。不可否认，人是有从众心理的，但要是像灌下了迷魂汤似的完全丧失了理智和分析辨别的能力，那脑袋瓜子岂不就等同于咸鸭蛋了吗？

11 月 14 日

充实而强大的内心要有这些品格："不达目的不罢休"的决心，"冬天已经来了，春天还会远吗"的信念，"哪里跌倒，就从哪里站起来"的顽强，"千里之行，始于足下"的行动力，"即使第一百次被打倒，也要第一百〇一次站起来"的意志力，"大雪压青松，青松挺且直"的昂扬斗志。

11 月 18 日

有些人，脑子里也没缺根筋也没少根弦的，可怎么就是那么呆板木讷呢？怎么就一点人情世故都不懂呢？不过话说回来了，这些人心里肯定也是深感苦恼的。因为他们想不明白，他们那么守规矩、那么老实巴交的，为什么总是会免费充当别人的笑料呢？总是会收到别人慷慨送来的白眼呢？

11 月 21 日

"天下没有不散的宴席。"几天前，躺在医院急诊室的病床上，我心里在想："如果到了我不得不离开微博的时候，我该用怎样的言辞跟大家告别呢？"希望留在大家记忆里的，是我性格中乐观开朗的一面，是我开过的玩笑、想出的歪招、写下的文字、喜欢的书和音乐。

11 月 24 日

打点滴之前，我半开玩笑地对护士说："可不要给我买一送一呀！"护士不明其意。我笑着解释说："我只交了一针点滴的钱，如果一扎不中，就得再扎第二针，这不就成买一送一了吗？"如我所愿，护士在我的左手背上每次都是一扎到位，这使得我右手可以挠痒痒。

11 月 28 日

随遇而安，这四个字人人都会说，但真正能做到的又有几人呢？人的很多烦恼就是因为对所遇而身不安、心不甘，对生活现状、对身边的人和事有太多的不满，总想将生活改变成自己所希望的样子，总想让身边的人和事都按照自己想象的轨迹发展下去。

12月1日

中午，我听着听着收音机就睡着了，且这一觉还睡得很香很沉。醒来之后，我对妈妈说："看来老天爷对我还真不赖呢，总是会在我就要扛不住的时候放我一马。"妈妈学着我的口头禅，也学着我的口气，说："我是谁呀！"

12月6日

又到星期六了，大姐和大姐夫下午就该回来了，我真高兴！大姐和大姐夫每次回来，总会买些吃的，但为了少给妈妈添麻烦，却都不留下来吃饭。想到我们在一块儿的热乎劲儿，我不禁感叹：上苍给每个人的苦与乐都是按比例分配的，虽然我一直病着，但家里从没有缺少过欢声笑语。

12月9日

爱，不像桌子椅子有形状，不像面包饼干有味道，不像树叶花朵有颜色，爱的感觉就像空气一样，虽然看不见也摸不着，却能让心灵互相温暖、彼此感染。被别人爱，是一种幸福，去爱别人，又何尝不是一种快乐呢？当得到爱时，你不会感觉到存在的意义，只有在付出爱时，你才能感受到自己的价值。

12月13日

季羡林在《牛棚杂记》里写道："再苦的日子里也会有欢乐。"正因为欢乐的存在，人在吃苦受罪的时候，才会有承受和忍受的勇气，才会在心里保有些念想和盼头，才会对人世间有所牵挂与依恋，才会相信，虽然自己很不幸，但有人比自己更加不幸。

12月17日

我一直是相信，好人会有好报。这不，好事来了，而且是一件接着一件。让我最高兴的是，妈妈常规体检的几十项指标，只有两项稍稍偏高，其余的指标全都正常！我深知，妈妈的健康就是我最大的幸福！

12月25日

也许是临近年终岁末的缘故吧，我这几天常常回想起小时候的事情。值得庆幸的是，在还能看得见、还能一步三跳的时候，我坐过火车飞机，见过大江大海，爬过长城到过鼓浪屿，赏过冰灯玩过碰碰车。看来，人该享受时就要享受，要不怎么会觉得"来日方长，及时行乐"这句话可是有些道理呢。

12月29日

收音机里，访谈节目的嘉宾在起劲儿地聊着自己的欧洲自驾游，但在接下来的新闻节目里却讲述了一对贫病交加的夫妇，由于他们7岁的孩子没能得到好的照顾和教育，身体和学习均落后于人。听了这两档节目，我不禁想起小品里的一句话：人与人之间的差距怎么就这么大呢？

2015年：做好最坏的心理准备，朝着最好的方向去努力

1月2日

昨天，妈妈做了道红烧狮子头。在装盘时，妈妈学着从美食节目里看来的样子，把几个狮子头摆成象征吉祥的造型，随后，又兴冲冲地拿起手机，给盘中之作拍了照。嘿嘿，我可亲可爱的妈妈，虽然没有能将好身体遗传给我，却一直在以好心态影响和感染着我，使我也比较善于从平凡平淡之中感受美好与欢乐。

1月5日

无论昨天怎样哭着送别月亮，今天都要笑着迎接太阳。无论目前的处境有多么糟糕，都要相信，人的潜力是被逼出来的。一旦被逼到了绝路上，也就豁出去闯了，这一闯，可能就会闯出来一条路。只是，有的人闯出的是光明大道，有的人闯进了歪门邪道。

1月9日

我隐约听到苍穹之间传来爸爸用口琴吹奏的《打靶归来》。曾当过空军飞行员的爸爸，飒爽英姿一如当年。在爸爸的影响下，我们从小就养成了有规律的生活作息，即便是节假日，早晨也是照常起来；即便是作业还没有写完，晚上也是得到点就寝。这使得我们日后无论做什么事情都是抱着早做完了早踏实的想法。

1月12日

邻居阿姨送给妈妈一碗自己做的水晶肉皮冻，感慨着说："生活真的是越过越好了，很多以前过年的时候都见不到的好吃的，现在却早早地就做上吃上了。"妈妈接话道："这也就是现在咱们还做得动，等过几年咱们做不动了，估计这些吃的也就绝迹了。"

1月16日

以苦为乐，在苦中寻乐找乐，这可以说是出于无奈，也可以说是出于责任。因为唯有如此，才能让自己的情绪好一些，而自己的情绪好一些，周围人也就能少一些担心。人的情绪是会互相影响的，所以，不能由着性子，想怎么样就怎么样，而是要将心比心，要设身处地想想别人的感受。

1月20日

多年以前，也是三九隆冬，二姐带着儿子到未名湖去滑冰，回来以后，小家伙举着串山楂冰糖葫芦跑到我面前，说："三姨，这是给你的，我的走在路上就吃完了。"现如今，小家伙已经长成了小伙子，兴趣也从到未名湖滑冰转向了到鸟巢滑雪,那串山楂冰糖葫芦,他大概早就忘了,可我还记得呢!

1月24日

可恨的可怜之人,要么不思进取,要么自私自利,要么忘恩负义,要么奸诈贪婪。可见,"可怜之人必有可恨之处",这话不是没有依据。不过,这话也未免太过绝对。有人说我可怜,却从没有人说我可恨。倒常有人让我别总是那么懂事,否则让人看了更觉心酸。

1月28日

当我们因遭遇冷落而沮丧时,当我们感到自己的先天条件不如人时,当我们哀叹心中的梦想总是会被现实碾得粉碎时,我们不妨学做一株植物,不去抱怨埋怨。也许,当我们把苦苦地设计目标、追求前途,变为用心地过好当下的每分钟,用心地做好身边的每件事时,我们的前景就会渐渐地明朗起来。

2月1日

能够坚持到现在实在堪称奇迹!也许正是因为有奇迹,不屈的抗争才会显得格外有意义;正是因为忍受忍耐,忍其不能忍,生命,才会在一个"忍"字中,让我的罪还没有受完,也让我的福还没有享尽!

2月5日

谁的钱也不是被大风刮来的,可偏偏就有人总在打着不劳而获的如意算盘。养了儿就一定能体谅父母的辛劳了吗?就一定会有挣钱养家的责任感了吗?未必!只苦了那些已过古稀的老人,被第二代啃着还不够,还得再被第三代来啃着。可悲!可叹!所以说,人在年轻时吃苦不算苦,到了年老时吃苦才算是真的苦呢!

2月11日

妈妈在收拾房间时,竟然翻出了多年前的记账本。在这记账本里,不要说几毛钱,就连几分钱都如实上记;由这记账本中,可以看出,妈妈是非常善于持家过日子的。现在，不必再为块八毛钱掂量来掂量去了，但妈妈常挂在嘴边上的一句话依然是：“吃不穷喝不穷，算计不到一世穷。”

2月16日

每年春节我都会给两个姐姐的孩子压岁钱，今年自然也不例外。每次我给压岁钱时，两个姐姐都会一再强调说：“这钱可是三姨挣来的稿费。”我知道，两个姐姐之所以这样说，一来是为了鼓舞和激励孩子，二来呢，也会让我心里美滋滋的，觉得很有成就感。

2月21日

年夜饭，可谓是全家总动员，每个人都做了几道拿手菜，这样不仅不会让某一个人太忙太累，又使得餐桌上热气腾腾且喜气洋洋。妈妈做的南方风味的菜是老传统，大姐的儿子做的色香味俱佳的菜是新亮点。过年，过的不就是这种家的情意与暖意吗？

2月27日

昨天中午，二姐一家返回了厦门；明天下午，大姐的儿子也即将回到大学校园。来来往往之间，一个年就这么过完了。接下来的日子里，我要告诉自己：坚强快乐每一天！

3月4日

二姐回到厦门后的当天晚上就打来电话说：“明天得赶紧去给儿子买衣服，以前的衣服全都又瘦又小了。”妈妈则在对着亲戚寄来的虾干和鱼干发愁。“这么咸，怎么吃呀。”我说：“不行就别吃了，不然盐分过高，吃出个血压高可就太不上算了。”嘿嘿，这些也都是假日综合征的表现吧。

3月8日

妈妈把几件衣物捐到了居委会，正赶上居委会的老年活动站在搞庆祝“三八”的活动。妈妈在活动中得了块香皂。在回来的路上，妈妈把这块香皂给了遇到的一位小区物业维修工。到家后跟我说起时，妈妈把双手伸到我鼻子下面，笑着说："我手上还留着点香皂味儿吧？这就叫手留余香。"

3月12日

我自认为善良，不过，我的善良是有底线的，否则，好心眼儿就成了缺心眼儿。我所认同的善良，是在给予别人的同时也能使自己感到快乐。如果自己非但不觉得快乐，反而使心里觉得不舒服或者不痛快，那最多也只能算是建立在善良基础上的自作多情之举，抑或是不得已才为之。

3月17日

我的一位博友给妈妈寄来了江苏宜兴紫砂茶具。妈妈很喜欢，我也很高兴。谢谢知我懂我的博友，做了我有心为却无力为妈妈做的事情。这里，我也很想对博友病中的母亲说，当疾病与生命同在，并且同样不可抗拒的时候，自己的情绪和精神状态对病情的影响是不可忽视的。

3月21日

有些家长，不知道是太爱显摆了还是太没的可显摆了。孩子画了个大鸭梨，赶紧拍张照片发到微博上去；孩子吃了个大鸭蛋，马上又拍张照片发到微信上去。"青出于蓝而胜于蓝。"只怕若干年之后，长大了的孩子会比现如今的家长更爱显摆，抑或说是更没的可显摆。

3月26日

如果冰棍没有了中间的棍的支撑，它就失去了轮廓和模样，化成一摊糊糊。而这根棍也就好比是人的信念。无论处于什么样的境地，人都不能失去信念的支撑。不过，人往往不能像清楚地说出一根冰棍是两块六还是四块八一样，清楚地说出支撑着自己的信念到底是什么。

3月31日

每种植物都在遵循着自然生长的法则，到了一定的节气便抽芽展叶，到了相应的季节便开花结果，自己把自己经营得生机勃勃。每种植物都在恪守着自己的生长方式，或是挺立向上，或是匍匐蔓延，或是顺峭壁山石攀爬——人之所以没有更大的作为，往往就是因为缺乏植物的精神。

4月1日

我上午干了件傻事。先是在给好友发评论时误将其博文转发了，之后想要删除，却又错把我自己的博文给删除了。我自嘲地想，就当是给愚人节添一乐吧。其实，很多小过失，你若不以为意，便可一笑置之；你若耿耿于怀，甚至认定其乃不祥之兆，那岂不是在给自己添堵吗？

4月5日

谁都希望能像童话故事里的王子和公主一样过上幸福快乐的生活，但事实上，每个人的生活都或多或少会有痛苦的存在，人一旦真的从自己的痛苦中解脱出来了，也就意味着生命旅途走到了尽头。

4月8日

屋子里出现了一只蚊子，围着我上下转、左右飞，冷不丁地就跟我来了个亲密接触。我用了二姐网购的防蚊贴，总算是相安无事了。嘿嘿，可恶的蚊子，以为我好欺负是怎么的？你有进攻之术，我有防范之招，看看咱俩到底是谁怕谁！

4月12日

坚持着，我写到了第九百篇微博！我在坚持着一个爱好，也在坚持着一个信念！受体力和精力所限，我每天上微博不足一小时，要隔几天才发一篇，但我却始终在坚持原创，坚持宁缺毋滥。写下的这些零零散散的文字，记录了我的心灵之音，证明了我在人世间曾经真实地存在过！

4月17日

家里电暖气的使用率今年创下了历史新高。这台电暖气是前些年买的，也是在停止供暖以后，大姐见家里室温只有十三四度，便去买了回来。能有两个好姐姐是我的福气。不过，说句自夸的话吧，虽然我病痛缠身，但自认为也还是比较随和、比较善于主动关心别人的。若非如此，我的两个姐姐恐怕不会这么好了吧?

4月21日

我身体越来越糟糕,打字也就越来越吃力。因此,我决定以后少写些评论,以便集中精力来写好博文。我不想写滥竽充数的博文,不想写没话找话的评论。请不要为我担心,我会量力而行、不强求、不为难自己;也请不要对我太失望,要知道,在自己现有能力和条件的基础上,我已经付出努力了。

4月25日

如果不想做一件事情,可以找出很多借口,想做一件事情,只需一个理由就够了;如果总是对这个也不感兴趣,对那个也提不起兴致,那自然感受不到生活的美好;如果动不动就患得患失、疑神疑鬼的,那到头来可能就真的是天遂人愿,真的是想什么来什么,怕什么有什么了。

4月28日

刚进入四月的时候,我制订了两个计划:一是把微博写到九百篇;一是将投给杂志的文章改好。现在,这两个计划都提前完成了。此外,我还做了件计划之外的事,就是把我博客的友情链接做了些改动。还有一件让我特别开心的事,送给妈妈的生日礼物,因为我的创意而充满了甜蜜。

5月2日

大姐的儿子上二年级的时候,有一天放学回来带着哭腔说:"今天学了注意的'意'和竞走的'竞',这两个生字我总是弄混。"我想了想,说:"注意要用心,所以,'意'字的下面是个'心';竞走要用腿,所以,'竞'字的下面是两条腿的形状。"这以后,他再也没有把这两个字弄混过——办法是想出来的。

5月6日

书籍,被我戏称为"精神鸦片",使我将注意力从自身的痛苦转向对身外的探询、观察与思考，也使我认识到，重病缠身固然是我人生中的不幸，但是那些身体好的人，谁又没有属于自己的苦与难呢？只不过，我的痛苦是摆在明面上的，而别人的痛苦往往深藏内心，只有自己才能体会得到。

5月10日

曾经，我把发生在我和妈妈之间的故事记录下来，投给了一家杂志。细心的编辑将其放在了母亲节那期刊发了出来，妈妈激动地说，这是我送给她的最特别、最有意义的母亲节礼物。一晃，十多年过去了，但这期杂志妈妈始终保留着呢！有时再拿出来看看，当时的情景仍历历在目。

5月15日

我自认为自己不是一个轻言放弃的人，但是现在，我决定要离开微博了。我写了三年九个月，写了九百零八篇，就想到此为止了。谢谢好友们的一路相伴，特别是即便我没有去看对方，对方也会主动来看我的好友，他们真诚的言辞给了我温暖，给了我力量。

8月27日

在离开微博的这段日子里，我经受着身体上的病痛，也承受着心灵上的重创，从春季走到夏季，从夏季迎来清风送爽的秋季，我终于又恢复过来了。

9月3日

上帝不爱我，阎王不要我，从早到晚我就只能躺在床上，将吃喝拉撒睡重复再重复。想做的事情做不了，能够平安度过每一天，这就算是万幸了。

9月11日

离医院给我下病危通知已经有一个月了。虽然得以死里逃生，但是，并发症却令我苦不堪言。正当我感到心烦气躁的时候，凤凰卫视的两位记者在采访中说的一句话使我备受鼓舞：每个人来到世界上都是肩负着使命的，所以，不要辜负了生命的重托，即使被病魔束缚在床上，在精神上也要做一个打不倒压不垮的人。

9 月 18 日

喝酸奶的时候，我突发奇想，把一块贝壳造型的巧克力放到酸奶里，用小勺缓缓搅动，巧克力渐渐融化了，于是，我就喝到了一杯巧克力酸奶。嘿嘿，特别的味道，特别的创意。

9 月 22 日

我们常常在有意无意地跟比自己条件好能力强的人做比较。比如，哪位同学开上了奔驰，哪位同事得到了领导的重用提拔，哪位朋友买了带花园的别墅。可是，当有一天我们自己躺在了病床上，才知道，那种想晒太阳就能走出去晒晒太阳，想吃涮羊肉就能吃顿涮羊肉的生活，其实是多么幸福啊！

9 月 27 日

人常说："大难不死必有后福。"以前我对这种说法也是心存幻想的，可是现在想想，这话纯粹是骗人的。就像先把不好吃不爱吃的月饼吃了，剩下的就都是好吃爱吃的吗？未必，很可能就都是因为过期而发霉变质的了。就我这样重残加重病的身体，过了一灾又一难的，越是大难不死，就越会大难临头。

10 月 2 日

十一假期，妈妈回老家几天，由大姐陪着我。大姐说："我在生活细节上可能没有咱妈照顾得周到，但在沟通交流方面，咱们俩的共同语言肯定不少。"我笑着对大姐说："这么多年以来，我总觉得是我拖累了咱妈，心里老有种愧疚感，因此，她这次能出去散散心，我也很高兴呢。"

10 月 7 日

十一假期，家里的每个人都有所收获。妈妈回了趟老家，大姐见到了从美国回来的朋友，大姐夫和外甥出去旅游了。我呢，凤凰卫视的两位记者又一次专程到家来看我，让我感到好温暖；另外，我终于将一篇拖了许久的文章修改完成了，从而感到好开心。

10 月 11 日

忍耐是痛苦的，因为忍耐压抑了人性。不过，天无绝人之路，这话也是有道理的，不管一个人的生活多苦多难，都可以找到属于自己的位置。在属于自己的位置上，用心做好自己该做能做的事情，就可以从中体现出自己的光和热，在让自己有所收获的同时，也把这份能量传递给别人。

10 月 14 日

我终于又可以自己扶着护理床的栏杆勉强翻身了。可以自己翻身，这样就可以减轻别人的负担。现在，我在上微博，妈妈在拆我们夏天盖过的薄被子。我们两个各干各的。能各干各的，这样的生活对我们来说可真是一种莫大的幸福啊，因为这说明我们俩都是平平安安的。

10 月 17 日

生活和工作中，我们难免会遇到不愉快的事情，使心里或多或少产生出消极的、沮丧的、痛苦的情绪。当对生活环境感到极端厌倦、压抑时，可以适当地宣泄一下，是一种取得心理平衡的好方法。我们如果不能改变事实，就应该改变想法。什么事都尽量往好处想，往好了做，决不能钻牛角尖。

10 月 20 日

要是总想着自己以前可以做什么什么，现在却做不了了；别人能够怎么怎么样，自己却不行。越是这样想，越是会心生绝望。在自己的生活中寻找希望的火种吧，就算寻找到的希望只是一星半点，也要像抓住救命稻草一样，把这一星半点的希望牢牢抓在手心里，然后，将这一星半点的希望努力扩大，再扩大。

10 月 25 日

新闻里说，目前正值观赏红叶的最佳时期。这使我不由得想起小时候，见到了喜欢的花草树叶，我会捡拾起一些完整的、没有破损的，将其风干后，用透明胶条固定在图画纸上，自制成植物标本。现在回想起来，我觉得这些有影有形的实物才是最靠得住的温暖记忆。比如糖纸邮票，比如贺卡磁带。

10 月 29 日

我心里的温度与室外肆虐的冷空气形成了鲜明的对比。"患难之中见真情。"病后的这段日子，我几乎天天都会收到或安慰或开导或鼓励的手机短信，短信里的内容不是转发的，而是对方一字一句写出来的。其真诚的言辞伴我走过了孤单，走出了绝望。

11 月 1 日

大姐和二姐不约而同地买来了我喜欢吃的糕点，足够我吃到年底的了。虽然我身体上的病痛是不能治愈无法缓解的，但是，能够生活在把我如此当回事儿的亲人之中，也算是我不幸中的万幸了。我身体恢复得比预想的要好些，这除了得益于药物治疗之外，还有爱的力量。

11 月 5 日

头疼是这一场大病给我带来的不良反应之一。虽然大家的爱给了我与病相争的勇气和力量，但是，一想到今后时时刻刻都要承受如此煎熬，一想到我的身体状况在朝着不好的方向发展，明天的状况不知道会是什么样子，我还是忍不住心生绝望。

最近读到的一篇文章里称："痛是一种钙，能让人长久地挺立；苦是一味药，能让人顽强地支撑。"不过我想，人的承受力终究也还是有限度的吧。

11 月 14 日

谁要是跟我抱怨他的生活多苦多难，我就会对他说："你在床上躺三天三夜，这期间，不许翻身坐起，不许看书报电视，不许玩牌下棋，然后，你比较一下，你愿意过哪种生活呢？"——这在心理学上被称为角色互换的游戏，不仅可以让人体验到另外的生活方式，而且可以让人看清自己现在的生活。

11月18日

上中学的时候，我非常喜欢读《罗兰小语》。书里简短精炼的文字，展现着生活的百态，闪烁着思想的火花，诠释着心灵的音韵。我想，我现在不也在用写微博这种方式记录着我的心灵之音吗？生命在一天天延续着，生活在一天天继续着，我的所感所悟、所思所想，也在一点点起伏着、波动着、变化着。

11月20日

小区明天停电，要从早上六点到夜里十点。停电的事现在已经很少了，我小时候却是经常有。停了电，写作业就得点上蜡烛，稍不留神，额前的头发就会被火苗烧焦。有回我生日，朋友送给我一个米老鼠造型的蜡烛，说是点燃之后就会响起《祝你生日快乐》的音乐，但直到现在我也没舍得点。

11月25日

小的时候每到冬天，爸爸就会在院子里挖一个菜窖，用以存放冬天吃的大白菜。在和小伙伴玩儿捉迷藏的时候，我总是喜欢躲进菜窖里，觉得在里面既暖和又不容易被发现。有一次，不知是谁动了坏心眼儿，用砖头压住了菜窖口的草席，我出不去了，急得在里面放声大哭。

11月29日

每个人都是带着某种使命来到人世间的，因此，一个人的生命绝不只是自己一个人的事，而是关系到家庭、父母、朋友，还有自己的心愿及责任。反过来说，当一个人感到自己与社会隔绝、被他人抛弃的时候，其内心就常常会滋生出无能无用、无所适从之感。

12月3日

前些天雾霾严重时，妈妈在忙着做酱萝卜、山楂酱，收拾和整理衣物；

这两天雾霾散去了，妈妈又在忙着擦擦洗洗。可见，在勤快人的眼里总是有活儿可干，总也没有闲着的时候。

12月6日

雪人冰棍刚出现时，没有独占鳌头，现在它也没有销声匿迹，几十年来一直稳稳妥妥地存在着。它不温不火的样子，就像知心好友，看似情谊淡淡，若即若离，实际上却在心灵深处占有不可替代的一席之地；又像所从事的工作，不是三分钟热度，而是细水长流，滴水穿石。

12月9日

在短信中，一位急诊科大夫写道："得知你现在的状况稳定，我非常高兴。希望你继续坚强勇敢地与病魔抗争。"一位病友写道："虽然身体上患有顽疾重病，但我们照样可以让自己的内心强大起来。"一位平易近人的长者写道："在遭遇不幸时，先要做好最坏的心理准备，然后，朝着最好的方向去努力。"——爱心簇拥我前行。

12月13日

在人生旅途中，有些人之所以总是一事无成，不是因为缺少雄心壮志，也不是因为缺乏聪明才智，而是因为没有明确的目标。有了切合实际的目标，还要有为实现目标而锲而不舍的行动，即便不能出人头地、光芒四射，也要让自己每天进步一点点，每天收获一点点，这样的人生才是充实而有意义的。

12月17日

防长褥疮的充气床垫一棱一棱的，躺在上面颤巍巍的，我觉得非常不舒服。后来，我回想起多年前的盛夏，我们一家人在北戴河，我躺在一个租来的充气床垫上，笑着叫着。现在，我让自己也把这个床垫想象成漂浮在海之巅，被海水簇拥着，被海浪拍打着。这样想着，我便悠然入梦，还睡得很香很沉呢。

12 月 19 日

二姐从不在孩子写作业、练乐器的时候自顾自地上网聊天、玩游戏、看电影电视，二姐夫则是以事业为重，从白手起家开始做起，不断地将事业推向新高度。在父母言传身教的影响下，孩子在全国中学生器乐大赛中崭露头角，并且立志：一定要考上美国的马萨诸塞州理工学院。

12 月 26 日

文字是能体现出一个人的个性的，记述的方式和角度都是带有个性体验的。比如，临近年终岁末之时，有的人写下的是收获的喜悦和对未来的期许和希冀，有的人写下的是过去忙着生炉子、搬煤球的穷困却不乏乐趣的日子，还有的人写下的则是时光一去不复返、人生能有几回搏的慨叹。

12 月 30 日

昨晚 7 点，两名记者送书到我家。尽管此前我一再表示，麻烦他们大老远特意跑一趟，我心里实在过意不去，还是邮寄吧，可两人还是花费了几个小时，横穿了半个北京城，为了给我送书，他俩连晚饭都还没有吃呢。虽然采访完了，编写好了，但我们的交往却并没有到此为止，依然在加深延续着。

2016 年：一条熟路就是一眼陷阱

1 月 1 日

以前曾猜过一个谜语："妇女节前一天——打一味中药。"谜底是："三七。"当时觉得挺有意思。没想到现在三七居然成了我每天的必服之药。

每次喝着苦口的药液，我都会在心里对自己说："相信苦口的药液一定会在我体内发挥出活血止疼的功效，让我能以最佳状态支持妈妈元旦期间的厦门之行。"

1月3日

上午，大姐正在给我念书，突然外面门铃响，原来是朋友让快递给我送来一盒蛋糕。大姐用塑料小勺把蛋糕上的奶油和巧克力刮下来送到我嘴里，然后，又用牛奶泡了块蛋糕拿给我吃。以前我吃的蛋糕都是家人给买的，这是我第一次吃到朋友送的蛋糕，其意义远远胜过了蛋糕本身。

1月6日

事事如意，这只是人美好的祝愿罢了。现实中没有哪一个人是事事都如意的。顺境和逆境总是交替主导着生命的航向，悲伤和欢乐也总是轮番占据着心灵的天平。甜蜜的时刻过去了就不会再重来，苦涩的片断却不得不一遍遍地重复再重复。

1月9日

妈妈元旦去厦门时，我让她用手机录下大海的声音。这几天我天天都在听，潮来潮往的声音让我不禁想起了一位哲人的话："世界上最宽阔的是海洋，比海洋宽阔的是天空，比天空宽阔的是人的心灵。"人的心灵虽然不像大海一样是可以看见、可以听到地，却比大海更丰富，更多变，也更有包容性。

1月12日

要想能战胜眼前的困难，首先必须要战胜自己，战胜自己的前提就是善于从自身寻找和发现问题。只有这样，我们才能从失败中吸取经验，从挫折中总结教训，从而使今后不再犯类似的错误或出现更危险、更难以弥补的过失，也才能将失败的伤痛化作成功路上的催化剂，将挫折的阴影变成前进途中的驱动力。

1月17日

厄运不会因为我不喜欢它而知趣地躲开，它会不请自来。有些时候，人必须顺服命运的安排，顺服并不是屈服，而是要让自己接受现状，然后，以自己目前的状况为前提，尽其所能地做得好一点，脚踏实地地多做一点。我就是在这一点点做的过程中，慢慢挺过了最悲伤的日子，渐渐收获到欢乐。

1月21日

无论遇到了什么样的愁事烦事，我们都是可以淡然一笑的。人活一口气，就怕自己先泄了这口气。人的这口气，应该就是人的精神支柱吧。它虽然不能当成治病的良药，不能代替妙手回春的医生，却能使病弱之躯像个不倒翁一样，遭到打击，不会被打倒，受到压力，不会被压垮。

1月24日

没有暖气的时候，家里冬天是靠生煤炉子取暖的。炉子上常放着馒头片，每次从天寒地冻的室外进到家来，我总是迫不及待地拿起炉子上被烤得又焦又酥的馒头片，把滚烫的馒头片放在冰凉的手上来回倒，同时嘴里还在吹着气，吃的时候，用一只手接着掉下来的馒头渣，吃完了，身上也就觉得暖和了。

1月28日

我们常常幻想着让已经发生过了的事情再重新发生一遍——不是按照它本来的样子，而是按照我们意愿中的样子，将那些不快乐、不完美的地方删掉。但过去了的既已定格，就不可能再更改和置换。我们不能总是纠缠在缺憾之中，而是要用平和的态度来对待，用内心的强大来化解。

2月2日

我使用了十年的电脑寿终正寝了，我更换了一台新电脑，并装上了新版的盲用语音软件，速度快了，这自然令我感到满心欢喜，但一时间又还真有点不适应。于是，有人为我指点迷津，有人帮我出谋划策，还有人给我讲解操作的步骤。人是要不断学习新知识的，这个过程对我来说，离不开众人的鼎力相助。

2月4日

二姐这几天忙得团团转，先是给我置换了一台新电脑，然后，将家里的角角落落打扫得干干净净，间或又和妈妈一起到超市去购买年货，忙里偷闲地还要给我念杂志。大姐的儿子见了，说："以后我要是也能找到个这么勤快的媳妇，那我可就享了福了。"

2月6日

一位哲人说："一条熟路就是一眼陷阱。"因为路太直太平太好走了，人们走在路上时往往放松了警惕，对可能会出现的坑洼、沟壑或其他障碍物，缺乏足够的心理准备，所以更容易会摔跤、被绊倒。而走窄路、走弯路、走崎岖不平的路，才可以使人集中精力、心无旁骛。

2月9日

连日来，大家都在为过年而忙，到处都是吃喝玩乐的话题，这使我愈发觉得孤单和落寞。于是，我就听小说听音乐，就喝酸奶吃威化巧克力，并且对自己说："每个人都有异于他人的苦与甜，我们不应该只羡慕别人的幸福，而是应该心怀感激地享受自己的幸福。"

2月12日

这些天我疏忽了对大家的节日问候。不过，真不是我给自己找理由，我觉得写些"祝福春节开心快乐"的话，固然透着喜气与吉祥，却是虚而不实的。只是希望，不管经历着什么痛楚、发生了什么劫难，我们依然要相信，生活是非常美好的，总是会在意想不到的时候带给我们意想不到的惊喜与感动。

2月15日

二姐给了我一个唇膏，告诉我，这是她的同事自己做的，我惊讶不已。以前曾听说有人自己会做手链、钱夹，会做丝网花、餐巾盒，会做蛋糕、月饼和酸奶，没想到有人居然连唇膏也会自己做。我想，不管做什么，都是动手动脑又动心，都蕴含着乐趣和情趣，都体现着对生活的热爱之情。

2月18日

身体某一部位的伤口愈合后，皮肤会变得厚而粗糙，才能对该部位起到保护作用。人，也只有在摔倒后才知道痛，在经历过、承受过之后，才懂得怎样才站得更稳。正所谓"吃一堑长一智"，人的智慧不是白白长出来的，总是要付出代价。

2月21日

每到逢年过节，我都会给曾经帮助过我的人发条祝福短信，倘若知道对方非常忙，我就会写上"不用回复了"。我觉得，对于所得到的帮助，自己是应该心怀感激的，而感激之情是需要表达的。倘若对方曾经帮助过自己，而自己却连你来我往的交情都不讲，那岂不是太没良心了吗？

2月23日

大姐的儿子小时候总让我每天帮他听写语文生字、检查数学习题，这些事儿还都近在眼前呢，一晃，他已经可以帮我下载歌曲，为我买来蛋挞，给我讲解电影情节了。时间，当我们置身其中的时候，并不觉得过得快，可是回想起来，常常就会让我们生出时光匆匆太匆匆的感慨。

2月26日

我完全失明已经十年了。十年间，我没有想到，失明只是我不得不承受之痛的开始，此后，我由能走到只能坐再到完全卧床，身体上的疼痛感由轻微到剧烈再到挥之不去。十年间，我也没有想到，生活，总是在我快要绝望了的时候，将一样最宝贵的东西呈现在我面前，那就是希望！

2月29日

蜗牛爬得虽慢，但它不停歇、不气馁，最终登上了树的顶端；乌龟跑得虽慢，但它锲而不舍、坚持不懈，最终到达了跑道的终点。这些事例都证明了一句古训："千里之行，始于足下。"有了量的积累，才会有质的飞跃。同时也还证明了将简单的事情认真地做，坚持着做，就必定会有所收获。

3月2日

新的电脑、新的软件、新的操作方法，这"三新"的三面夹击，让我一下子难以招架。我不免感到灰心，却又还是不甘心。现在，虽然我可以跟电脑和平共处了，但我却仍是感到提心吊胆的。每次开机的时候，我都在心里暗自祈祷："我亲爱的电脑啊，你别再给我出难题了，别再跟我过不去了，好不好？"

3月5日

在书桌的抽屉里，妈妈放有两个盒子，一个盒子里放的是户口本、身份证、医保卡等证件，另一个盒子里放着家用电器的发票、保修单、使用说明等物件，这样不仅不会丢失，而且要用到时很快就能找到。

3月7日

有好几位朋友建议我学学用手机上微博，说用手机比用电脑更快捷便利。殊不知，我是完全卧床的，用手机的时候，就得把手机举起来，时间长了，就会觉得很累，而电脑键盘则是可以平放在床上的。所以，对我来说，还是用电脑方便些。正因为如此，我最怕电脑跟我翻脸了。

3月10日

朋友之间要以礼相待。所谓的礼，不是虚伪的客套，而是要心怀感恩。"他帮我做这点事，我用不着客气，因为我也经常帮他。""他送我礼物，我用不着说谢谢，因为我们是要好的朋友。"假如总是认为朋友对自己的付出是理所应当的，那么，你就感觉不到朋友对你的好，你感觉到的多是不满的一面。

3月12日

今天是植树节，我在收音机里听到了一首老歌：《好大一棵树》。

在收音机里听歌，时而会有噪声，时而会被广告打断，相比之下，在网上听歌更方便也更清晰，但我却觉得，在收音机里听歌和在网上听歌的感觉是不一样的，因为过于完美和精致的，往往会掩盖其本来面目，不太真实，不够可信。

3月15日

网络是我获知外界信息的一个平台，让我虽然身居斗室，心却能徜徉四方、驰骋千里；网络也是我与别人沟通交流的一个渠道，让我结交到许多同样喜欢文学、热爱音乐的朋友；网络又为我插上了一双隐形的翅膀，让我得以在梦想的天空中飞翔，并且尽己所能地飞得高飞得远。

3月21日

人的生活总要受到现有物质基础和精神层次的制约，使得现实中有很多难以修复或暂时难以修复的欠缺。真实的幸福并非如想象的那么幸福，因为过于完美容易助长人的惰性；现实中的痛苦也不一定如想象的那么痛苦，因为肩头的重担是种温暖的牵挂。

3月27日

生活在很多时候，痛苦与甜蜜、幸福与不幸其实并没有明显的分界线和固定的衡量尺度，人的感受是在于自己的内心，是人的心态决定了生活的状态。我常常在心里对自己说："如果总想着自己的痛苦，就会愈发觉得痛苦。只有顺其自然才能心之安然。相信一切皆有定数，一切自有天意在安排。"

3月30日

二姐的儿子打来电话，他先是问："阿婆吃饭了吗？三姨的身体怎么样？"接着，他用很平静的口气报告了一个好消息："我在厦门外国语中学考上了直升班。"又说："再过半个月，我要到青岛去参加全国器乐大赛。"我不禁想起了他寒假回来时把自己在电脑上编排的几首乐曲放给我听的情景。

4 月 2 日

生活中的困境常会让我们有走投无路的感觉。此时，给自己一个不屈服的理由吧！要相信，人生没有绝路，曙光就在前方，希望就在转角。成功的人不是赢在起点，而是赢在了转折点。选择了不同的转折点，终点就会大不相同！只要我们有了正确的思路，就一定能少走弯路，找到出路！

4 月 5 日

上午，妈妈从外面回来，兴冲冲地说："我跟一位邻居学会做烧卖了。蒸上一锅江米饭，趁这工夫，先和好面，再把胡萝卜、黑木耳和香菇切碎做馅，然后，把馅和蒸熟了的江米饭搅拌在一起，这样就可以把面擀成皮开始包了。我下午就做一回试试。"现在，妈妈正在厨房里忙呢。

4 月 7 日

大姐买回了一些叉烧肉，我不由得想起我上盲校的时候，正上大学的大姐要是看到中午食堂里有卖叉烧肉的，就会跟同学借来保温桶，装上买来的叉烧肉给我送去。因为路上往返要花两个小时，所以，大姐边啃着馒头边急急地蹬着自行车，送到了，马上就掉转车头往回赶，正好赶上下午的课。

4 月 13 日

生命并不能为所欲为。有时我们的承受要多于接受。所做的事情，往往不是源于兴趣，而是出于责任。兴趣可以让人把事情做好，责任可以让人把事情做完整。多一份苦与累，可以被看成是一种历练，一种积累和铺垫，一种气度与胸襟。

4 月 15 日

疼痛注定要与我纠缠到底了，不过情绪倒还算是好的。我始终记得白落梅在《你若安好便是晴天》一书里的一句话："悲伤是自己的悲伤。"悲伤之时，有意识地多想想自己的幸福，心里就会平和了。发自内心地爱自己，爱生活，相信，爱是一种力量，爱能创造生命的奇迹！

我写文章虽然不能一气呵成，但是，我今天写一自然段，明天再写一自然段，十天半个月之后，不是就成一篇文章了吗？所以我想，有些事情只要一心想做，就一定可以做得到，不要总是为不想做找理由吧！玩游戏、上网聊天、看电影电视的时候，怎么就不说自己身体欠佳、琐事缠身了呢？

4月30日

我一直认为，微博，要么就不写，要写就要认真地写，不能只求数量不讲质量，不仅要让自己一吐为快，也要让别人能看得懂，至少要把所讲的事情叙述完整。那种让别人看了不知所云的微博，过了一段时间以后自己回头再看时，可能也会觉得不明所以。

5月4日

最新一期的《中国新闻周刊》上有一篇写霍金的文章。霍金21岁病倒时，医生预言他只能活两三年，但霍金已经度过了53个春秋。随着病情的发展，他的轮椅也在不断地更新升级。他有一个非常聪明的大脑，同时，又有着一个非常糟糕的身体，这两个非常，对霍金同样都是非常极端啊！

5月7日

有道是"吃不穷喝不穷，算计不到就受穷"。可见，算计是会过日子的表现。但是，过于算计就是赚便宜没够、吃亏难受。对金钱过于算计的人，在为人做事方面也是斤斤计较的。算计来算计去，结果就造成了心理上的焦虑和安全感的缺失。

5月10日

都说吃冰棍不好，但我觉得心里烧得慌的时候，吃根冰棍会舒服一些。所以，我把吃冰棍当作一大享受。吃完了，该干什么就干什么吧，在不适之感可以忍受的前提下，没有必要过度关注自己这儿难受那儿不好受，如果总想着自己的病，恐怕没病也会想出点病来。

5月13日

有人以为，幸福总在前方，于是，步履匆匆、埋头疾奔，结果却发现，自己总也追不上幸福的脚步。有人则认为，幸福就在当下，最该珍惜的也是在当下，于是，遇山时就登山，逢水时便嬉水，怀着感恩、知足和欣赏之情度过每一天，并且努力把每一天都过成最好的一天。

5月18日

在我最悲观消沉的时候，非常幸运地遇到了一位平易近人的良师益友。不管我当时的心情有多么糟糕，他总是三言两语就能把我说通，真是挺神奇的！不是每一个健全人都能够，更确切地说是都愿意与残疾人打交道，但在相识的二百多天里，我们之间互相发了二十多封邮件、二百多条短信！

5月20日

现如今，离了手机就跟丢了魂似的人不在少数，即便是躺在被窝里、坐在马桶上，也仍是手机不离手。高科技固然好，与时俱进固然重要，但是过度地沉溺于其间，很容易助长人的惰性。想一想，一个大活人被一个小手机牵着鼻子走，岂不是可笑、可悲吗？

5月22日

人在旅途中，摔上一跤并不可怕，可怕的是一跤就跌断了脊梁骨，再也站不起来了。哪里跌倒，就从哪里站起来，不管脚下的路多难走，都要相信，没有绝望的处境，只有对处境绝望的人，没有过不去的坎，只有过不去的人。只要继续向前走，定能闯出一片海阔天空。

5月25日

从小，我就分不清楚别人的话是出于客套还是发自真心。邻居要是说："你常来玩儿吧。"过两天，我准会不请自去。同学要是说："你学新东西总能一学就会，很了不起。"朋友要是说："跟你聊天我感到非常愉快。"这些话会让我偷着乐半天。不知我这是实心眼呢还是缺心眼呢?

5月28日

家里有一个装饭菜用的保温桶,还是在我上学的时候买的。过去,内胆要是不保温了可以买个新的换上,但现在却买不到了,于是,这个保温桶就成了收藏品。想想,每家每户不是都有类似于这样的收藏品吗?樟木箱、录像机、算盘,它们标志着一个时代,承载着一份沉甸甸的情意。

5月31日

在与人交往中,不同的人不同的事需要不同对待,但是,大体上的原则是相通的,很多俗语老话也是值得借鉴的。比如,"有来无往非君子""君子成人之美""君子一言,快马一鞭""近朱者赤,近墨者黑","谦虚使人进步,骄傲使人落后""三人行,必有我师焉"。

6月1日

那时候,我常常仰头望着天空中云彩的变化;那时候,我每天都要听收音机里《小喇叭》节目;那时候,我每个周末都要看动画片《米老鼠和唐老鸭》;那时候,因为人生尚不确定,所以充满了神秘,也充满了诸多希冀。但当谜底一一揭开,说不清是悲大于喜呢,还是喜多于悲呢?

6月3日

前段时间将文字一一整理出来,我惊喜地发现,断断续续、零零散散写出来的虽然不算多,却也着实不少!小时候,我想能成为一名画家,后来,我打算考取一个心理咨询师的等级证书,可这两个梦想都与我失之交臂。现在,我在心想手写的过程中切身体会到:人生的不同阶段可以有不同的追求、不同的梦。

6月6日

人,处在相对稳定的境遇中,很容易滋生安于现状的惰性,只有被逼到了绝处险境,才会有奋力一搏的勇气。从很大程度上讲,越是在绝处险境，就越是能挖掘和发挥出生命的潜能。这种潜能一旦被调动出来，便会显现出创造奇迹、突破极限的能量。

6月8日

常常，我会感到莫名的孤单；常常，我会有意识地让自己以乐观之情面对所发生的一切，但情绪的波动却不是理智所能控制得了的。想乐观，却偏偏乐不起来；不想悲观，却忍不住悲从中来。自我安慰的简便方法就是用自己的幸福去对比别人的不幸，一比之下，就会知足，平衡了。

6月11日

阅读可以培养和锻炼人的逻辑、推理、概括能力，但是现在，传统的阅读方式却受到了冲击。当下，有谁还对中国四大古典名著爱不释手？有谁还能背诵《简·爱》里的大段对白？又有谁还会边读书边做摘抄？阅读的方式和途径多样化了，人们却很难静下心来真正地把书读进、读深、读透。

6月14日

现代化的沟通交流方式快捷便利，但我却依然怀念二姐上大学的时候我俩写的信。每天，当我把作业快快地完成以后，就开始写信。我把写信当成一件大事来做，洋洋洒洒，一写就是好几页呢！然后我把写好的信装进信封，在信封的右上角贴上8分钱邮票，投入黄帽子信箱。

6月17日

一旦知道了自己的喜怒哀乐与某个人或某些人的欢喜愁苦紧密联系在一起，就会感到，自己的生命不只是自己一个人的，不能由着性子，一味地沉溺在痛苦之中，而是要最大限度地拓展痛苦以外的领域，只有自己生活得好了，才能让身边的人分享快乐，共享幸福。

6月19日

李叔叔是爸爸的朋友，爸爸去世后便断了联系。后来，家住广州的李叔叔看到了我在中央电视台的节目，就又联系上了。七年前李叔叔来看我的时候，特意雕刻了小老鼠印章送给我。今天上午，75岁的李叔叔再次来时，我送了李叔叔一本书和一台我参加电台征文获得的收音机。

6月22日

武林之中，真正身怀绝技的人往往不露声色，做了点事情便广而告之的人，恰恰是些无名之辈。生活中也一样，真有钱的人从不说自己有钱，真学习好的人从不说自己学习好，真有成就有建树的人从不自命不凡。山外有山，人上有人，做人做事谦虚一点总是没有错。

6月24日

每天清晨，初升的太阳会透过玻璃窗照在我的床沿。我感受着有热度却还并不灼热的光束。工夫不大，太阳悄无声息地走开了，我要面对的又是整整一天。天气越来越热了，只能躺着不能动的日子实在不好过，可不好过也得过呀！"人为什么活着？"很多人都曾思索这个问题，但又有谁能道出个所以然呢？

6月28日

当灾难降临时，人最先是表现出本能的抵御和抗拒，继而便希望落到自己头上的是相对最好的状况。命运的残忍并不是因为把好东西藏起来了不给你，而是把好东西很慷慨地给了你，当你尝到了甜蜜之后，就在你最意想不到的时候将好东西不客气地收回去，而丝毫也不顾及你的感受。

7月1日

当年，电影《焦裕禄》是我和一位学姐在海淀剧院一起看的。影片记述了河南省兰考县县委书记焦裕禄为民服务、无私奉献的感人事迹。电影播出后，社会反响非常强烈。焦裕禄的扮演者李雪健在一次接受记者采访时说："苦和累都让好人焦裕禄受了，名和利都让傻小子李雪健得了。"

7月2日

上午，妈妈一边给我扇着扇子一边和我聊天。"我刚才到小区的超市里给你买了几袋酸奶，还买了一些熟食和蔬菜。下午你大姐他们回来，餐桌上有荤也有素，挺好！"我问："你中午的菜买的是什么？"妈妈支吾着说："我忘了买自己中午吃的菜了。"妈妈的心里总是装着别人，唯独没有装着自己。

7月5日

有道是"谋事在人，成事在天"。对于自己能够掌控的事情，应该尽心尽力地去做，并且争取做好，而对于自己无法掌控的事情，看淡一点，糊涂一些，计较少一点，也就可以放下很多烦恼。要知道，做任何一件事情，我们的初衷都是希望能有所收获，而不是要给自己添堵找气的。

7月7日

大姐在外地的一位朋友病重，大姐准备去看看他。为此，昨天中午的会议刚一结束她就直奔机场，今天又坐早晨的头班飞机赶回公司上班。虽然忙，虽然累，但是大姐却说："答应了人家的事就应该做到，再说了，人家已是身患重病，我要是言而无信，对人家不更是一个打击吗？"

7月10日

生命的跋涉就是在甘于认命和不甘认命的矛盾中轮回挣扎的过程。生与死，是生命进程中两种截然不同的状态，是谁也无法逃脱和违背的客观规律。生命太沉重，我们追求一生也还是难以达到自己所希望的样子，而死亡呢，则是一个不需要付出任何努力早晚都可以到达的终点。

7月12日

二姐从网上给我下载了几本电子书，拷贝到我的听书机里。这个夏天，我准备以听为主，暂且先不写文章了。一来是天气太热，我不想太难为自己，二来是因为我觉得自己确实是应该充充电了，要不头脑里都空了。"学而不思则罔，思而不学则殆。"孔子此言蕴含着深刻道理。

7月15日

杰克·伦敦的《热爱生命》一书讲的是：一个美国西部的淘金者，朋友离他而去，饥饿加伤痛令他几乎昏倒。途中，他又遇到了一只狼，两个同样是濒临死亡的生命展开了一场生死争夺战！最终，他咬死了狼，挣扎着来到了海边，终于被一艘捕鲸船救起。

7月17日

当疼痛袭来时，我一再告诉自己要忍耐。记得多年以前一位如兄长般的朋友曾对我说过一句话："有些痛苦，还是不要说出来好。"是的，有谁愿意和一个火药味十足的人做朋友呢？有谁愿意总是受到别人负面情绪的影响呢？况且，发难过之后，疼痛也不会有丝毫减轻啊！

7月20日

有位古稀老人，在得知自己身患绝症、将不久于人世之后，对自己的儿子——一位医学博士说："我不想住到医院里，浑身插满了管子，我想回到农村老家，在老屋外种些蔬菜，和老街坊一起聊天。"由这则新闻报道我在想："什么样的人生才是没有遗憾的呢？当死亡还没有到来之时，应该怎样度过每一天呢？"

7月23日

生活，就像小孩子爱玩儿的跷跷板，它的一端承载着快乐、欢笑，另一端承载着痛苦、泪水，两端只有在失衡的状态下才能运动起来，一头翘起一头沉下，时缓时急、忽快忽慢。倘若有一天，相对立的两端完全平衡了，生活的动力与信念也就沉寂和消失了，一切运动也就随之停止了。

7月26日

二姐的儿子要代表学校去参加全国器乐大赛。临行前，他说："很多参赛选手都是专攻这一项的，而我却是把主要精力放在了功课上，学习乐器纯粹是出于兴趣，所以，我拿名次肯定没希望。"我听后，对他说：

"世界上最怕'认真'二字，不管做什么事情，只要认真去做，就一定会有收获的。"

7月29日

我在微博里遇到了好几位在北京盲校上学时的同学：你曾经给我送来满满一汽车的盲文书；你曾经向我描述蒙古包的样子；你曾经听我逐字逐句地念《汤姆叔叔的小屋》。我一起长大的同窗，现在，很想听你们共同演唱《光阴的故事》，以纪念我们一去不复返的年少时光。

8月1日

上个世纪，老山前线的战士们被誉为八十年代最可爱的人。1985年，有九名在战火中失去光明的战士来到北京盲校学习按摩。忘不了，曾经教他们学写盲文，曾经带他们到食堂买饭、到锅炉房打开水，曾经和他们一起唱《血染的风采》。现在回想起来，真的很想问一句："大哥，你好吗？"

8月2日

连日来，北京新闻广播《纪实文学连播》节目在播出杨绛的作品《我们仨》。这是杨绛先生在接连失去了唯一的女儿和情投意合的伴侣之后，在92岁高龄时以回忆录的方式写下的。我在想，如果不是以写作作为精神支柱，晚年生活极其孤独的杨绛，不可能内心平和，更不可能佳作不断。

8月5日

想要摆脱掉痛苦，可痛苦却像阳光下的影子，人跑得越快，它跟得越紧；想要触摸到快乐，可快乐却像握在手里的沙，人抓得越紧，它溜得越快。只有当不再纠缠于身边的影手中的沙，而是专注于脚下的路时，内心体验到的感觉，会比单纯的痛苦和单纯的快乐更充实，更丰富，更有意义。

8月7日

过度地表示关心，可能会给别人造成负担；过分地献殷勤，可能会招人厌烦；过于把别人的褒贬之词放在心上，是自信心缺乏、自我认识欠缺的表现。可见，凡事都得有个分寸，如果过了头，就是自讨没趣、自寻烦恼了，也就是人们常说的好心办错事、费力不讨好、庸人自扰之。

8月9日

早晨醒来，止不住一阵咳嗽，突然就有一根吸管放到了我的唇齿之间。温热的及时水润泽着我干涩的喉咙。温情尽在细微处，这就是母爱，无须我多言，便可以从我的一丝表情、一点声响、一个动作中，准确地知道我当下最需要的是什么，然后，默默地为我料理好一切。

8月12日

心理学家做过一个实验：将小白鼠放到一个有门的笼子里，给笼子底部施加电流，再用玻璃板将笼子门堵住，使小白鼠在遭到电击往外跑时会被挡回来。几次下来，小白鼠放弃了逃跑的企图。在生活中，多次遭到失败的人，也容易会被玻璃板挡住，不是挡在眼前，而是挡在心里。

8月14日

很多时候，我们以为眼前的问题解决之后就能松一口气，以为接下来就不会再有什么麻烦了，但事情的发展往往不像我们想象的那样顺理成章，总会有始料不及的插曲，一个问题刚解决，另一个问题就又冒了出来。生活，就是由一连串问题组成的。

8月17日

以前，我学收发邮件，学上论坛，学写博客和微博，似乎我总是不甘心落伍，紧跟时代潮流。但是现在，我却没有学用微信。因为我觉得，人的精力是有限的，我要把我仅有的一点点精力放在我钟爱的文学写作上。写累了，就听一首喜欢的歌放松一下，然后，继续写。

8月20日

我将前段时间在残联和文联杂志上发表文章所得到的稿费奖励给了

二姐的儿子，一来是祝贺他考上厦门外国语中学的高中直升班，二来是祝贺他在全国器乐大赛中获得了好成绩。我以此方式作为对他的奖励，是希望他能从中体会到，没有人能随随便便成功，成功的取得，总是要经过拼搏，付出努力。

8月23日

同样是学习，有人能主动，有人很被动；同样是做饭炒菜，有人视之为乐趣，有人当成是负担；同样是面临竞争，有人总能在自己身上找到利于成功的条件，有人常会在自己身上看到阻碍成功的因素；同样是面对生活，有人能发现阳光，有人经常看到阴霾。

8月25日

这些日子，妈妈的身体欠佳，表嫂特意从绍兴老家过来照顾，令我们一家非常高兴，也非常感动。去年我病重住院的几个月，也是表嫂过来照顾我的，否则妈妈一个人可真是玩儿不转。表嫂手脚麻利，非常勤快，也很会安慰和开导人。帮人能帮在难处，这才是真心，才叫真情。

8月28日

突然想起了在我的博客里收藏着的文章，于是便一一打开来读。读着读着，竟联想到小时候玩儿过的不倒翁，无论怎么推它压它，只要一松手，它立刻就会稳稳地站起来。每当厄运把我推倒将我压下的时候，亲人朋友的爱总能给我莫大的勇气，让我重新站起来，成为一个精神上的不倒翁。

8月31日

学会自己欣赏自己，等于拥有了获取快乐的金钥匙。欣赏自己不是孤芳自赏，欣赏自己不是唯我独尊，欣赏自己不是自我陶醉，而是要自己给自己一些希冀，自己给自己一点愉快，自己给自己一脸微笑，自己给自己一些肯定，自己给自己一点激励。

9月2日

无意中听到了一首老歌——《一剪梅》，我不禁想起了曾经在上个世纪八九十年代热播的电视连续剧。港台的《霍元甲》《义不容情》《昨夜星辰》，日本的《血疑》《排球女将》，新加坡的《调色板》《人在旅途》。我在想，如果这些电视连续剧现在再重播，还会有人看吗？

9月4日

大姐的儿子即将返回学校，表嫂做了几道他爱吃的菜，他吃得别提多高兴了。之后，我们一起聊天，无拘无束，其乐融融。表嫂在老家时虽然不常给我们来电话，可一旦知道我们有事，就会立刻放下手头的一摊事过来。由此我切身感受到，怎么做比怎么说更能见人心。

9月6日

去年临近中秋时，妈妈在稻香村买来几块五仁月饼，回来后边吃边对我说："我最喜欢吃传统的五仁月饼了。"今年又临近中秋，妈妈又去稻香村买了几块五仁月饼，回来以后对我说："现在的月饼越做越是奇奇怪怪了，我看到有种月饼表面是白色，是用奶酪做成的，真够有创意。"

9月9日

我从新闻里得知，中国女排日前已经解散，要等新的教练人选确定以后再重新集结。20天以前，这支队伍还在第31届奥运会上心往一处想、劲儿往一处使，现在却各奔东西。也许，大起之后的大落更容易造成心理落差。球场上的拼搏已经过去了，接下来要面对的，是人生——另一个战场上的拼搏。

9月11日

在工作压力太大、太紧张的时候，不妨做一做放松训练。方法是：在工作间隙或一天的工作结束以后，听一首自己喜欢的歌曲或乐曲，听的时候，身子靠在椅背上，头向后仰，微闭着双眼，保持一种很放松很舒服的姿势。每天坚持，可以起到调节身心的作用。

9月14日

大姐的儿子刚上小学的时候，有一天放学回来后问我："我每天上学后你在做什么？"由此我在想："不该把宝贵的时间白白荒废掉，而是应该做些有意义的事情。"此后，他每天放学回来，我就会把自己一天里写的文字念给他听。我就是在"每天写一点"的做法中，13年间写下了近百万字的文稿。

9月17日

"天宫二号"发射的成功，开启了人类探索宇宙的新篇章；中国在里约残奥会的金牌稳居榜首；希拉里和特朗普不管谁当选，都将成为美国历史上最高龄的总统；来自国内外的3万多名长跑爱好者迎着朝阳出发，掀起了北京马拉松赛的热潮——无论是对国家还是个人，机遇，总是属于有准备的人，奇迹，总是属于敢拼的人！

9月19日

人生路上，也许是一路顺风，也许是一路坎坷；也许会成就辉煌，也许会遭遇不测。不管是喜是悲，我们都要迎着太阳往前走。成功了，要微笑着朝着太阳走；失败了，也要挺起胸膛朝着太阳走。太阳，是牵引我们上路的激情，是鼓励我们赶路的动力，更是支撑我们倒下也不屈服的鞭策。

9月21日

二姐的儿子上的厦门外国语高中要求住校，我不由得回想起我当年上学住校时的情景。每次我返回学校的时候，妈妈总要炸好一瓶酱让我带走。妈妈在炸酱里放了肉末，还加了鸡蛋清和白糖。每天的早饭我都是在食堂买一个馒头，掰成两半，把炸酱抹在中间，咬一口，哇！好香啊！

9月24日

五年前曾被评为残疾人自强模范，现在竟来了个"和往事干杯"，不再努力，不再进取，不再有新的成绩。诚然，人都是会变的，但如此的变化却让人扼腕叹息。也许，放弃比坚持容易，找理由比想办法容易，放纵自我比战胜自我容易，得过且过呢，也要比自强不息容易。

9 月 26 日

电视连续剧《小别离》引发了人们对低龄留学现象的思考。孩子出国留学，有的是受到同伴的影响，有的是想逃避参加国内的中考或高考，还有的是被家长教育观念所左右。异国求学不仅要考虑学习本身的问题，还牵涉到许多文化习俗、人际相处、生活的独立自理等细节问题。

9 月 29 日

听一位朋友讲述了海边所见，我惊讶又惊喜地知道，原来珊瑚刚从深海里打捞出来的时候是软的，经过风化之后才变成了硬硬的、扎乎乎的。外面的世界很精彩，我想，如果因为自己不能置身其间就失去了好奇心，很可能会使自己变得孤陋寡闻，会在思想上作茧自缚。

10 月 3 日

有时，孩子自己对跌倒磕伤、升学考试之类的事情还没表现出什么来呢，家长倒先沉不住气了，家长紧张焦虑的情绪很容易影响到孩子，使孩子也变得不冷静、爱冲动。所以说，家长的心态决定了孩子的状态，孩子的很多问题都是家长造成的，要想让孩子改正缺点，家长先要反思自己。

10 月 4 日

小时候，每次父母带我去王府井都是坐 103 路电车，到了以后，我们先逛百货大楼，再逛东安市场，之后，走回到东安市场的大门口，买几个肉包子当作午饭。现在，王府井已被改建成了步行街，百货大楼和东安市场也已旧貌换新颜，香喷喷的肉包子也定格在我童年的记忆中了。

10 月 7 日

我喜欢收到朋友送的礼物，礼物中蕴含着理解和情感的成分；我也喜欢送礼物给朋友，"就凭你，还能送礼物？"要是有人显出惊讶，我会带着几分自豪地说："就凭我，送的礼物没有人拒绝。"以前，我送的是我自己编的中国结，叠的千纸鹤、幸运星，现在，我送的是我写的书。

10月10日

磨难源于外界，坚忍则源于内心。人，不能躲避磨难。面对磨难，要紧的是心不烦、意不乱、有自信。磨难不是灾难。如果能把磨难当作磨刀的石头，那么，只要通过自己的辛勤劳动，就一定能把刀刃磨得锋利无比。磨难教会了我们既要学会找磨刀石，又要学会磨刀的本领。

10月12日

登载于《三联生活周刊》上的《活下去的勇气》一文中讲述了参加了两届残奥会的比利时运动员玛丽·费弗尔特的故事。18年来，脊髓炎令她痛不欲生。2008年，申请到了安乐死资格的她非但不想死了，而且活得情趣盎然。她认为，当一个人能够掌控自己的死亡时，会更加热爱生活，珍惜生命！

10月15日

二姐同时给妈妈网购了吃的，给我网购了喝的。结果，妈妈的吃的都已经吃完了，我的喝的依然在万里长征路上徘徊着，还没给送来呢！由此我联想到了《细节决定成败》一书里提到的力争将小事细节做得尽善尽美的沃尔玛连锁超市，相比之下，这家售后服务不尽如人意的网店，不等着关张还想等着什么？

10月17日

今天早晨7点30分，神舟十一号载人飞船在酒泉基地发射成功！从无人驾驶到载人飞行，从单人单天飞行到多人多天飞行，我国的航天发展一步一个新台阶！我对浩渺太空的最初了解是始于一首名为《小白船》的儿歌："蓝蓝的天空银河里，有只小白船。船上有棵桂花树，白兔在游玩……"

10月20日

《读者》杂志里《弟弟的背影》一文讲述的是一句话拯救了一个人的故事。一位酷爱打篮球的日本女中学生，因一场车祸导致下肢瘫痪，是弟弟一句鼓励的话让她从消沉中重新振作起来。经过不懈的治疗和锻炼，她不仅可以借助辅助器具站立行走，而且还实现了自己童年时当老师的梦想。

10 月 23 日

今年是红军长征胜利 80 周年，我不禁回想起小时候最喜欢去陶然亭公园爬雪山、走铁索桥。我对陶然亭公园有更多的了解，是在听了电台播出的长篇小说《风流才女——石评梅传》以后。陶然亭公园是高君宇和石评梅生前常去的地方，也是两人长眠之地。墓地里埋葬着的，该是怎样荡气回肠的情感悲歌呢？

10 月 26 日

人生不可能平铺直叙，不可能总是遇到高潮、顺境，也会出现低谷、逆流。人生中最值得欣慰的，不是拿到了一副好牌，而是把手里的一副坏牌打赢了；最值得敬佩的，不是从来没有遭受过失败，而是将失败的经历接起焊牢，作登山用的尼龙绳子和金属梯子，以便更好地到达目的地。

10 月 29 日

又是一年秋意浓，怅惘之情随风起。不能回到过去的，不仅是身体状况，还有心境和心情。人的精神会影响身体，身体也会影响精神。现在的我，情绪能保持稳定就算是好的了，如果让我像以前一样笑呵呵、乐颠颠的，坦白地讲，我做不到！如果真要是能做到，未免也太虚假了。

11 月 1 日

大姐在报纸杂志上要是看到了好文章，就会把文章所在页的页脚折起来，周末回来时念给我听。一位朋友向我详细描述了玉龙雪山的美景奇观，由此我知道了，雪山建有供游人上下的索道。我的亲人、我的朋友，你们的爱心、耐心和细心，使我黑暗的天地五彩缤纷，让我封闭的生活充满趣味。

11 月 3 日

妈妈给我买来一件柔软且保暖性好的衣服。尽管买的是小号的，但我穿上仍是显得松松垮垮。于是妈妈把衣服前后两片的缝合处拆了并剪瘦了一些，之后，再重新缝合起来。我再一穿，非常合体。我心灵又手巧的妈妈，给予我的全都是世间独一无二的，是用金钱买不来的。

11 月 6 日

最近听到了一种说法："比惨。"若是丢了钱包，就想想有人被骗去了一大笔钱；若是只能租住在一居室里，就想想有人只能租住在地下室里；若是没有得到加薪，就想想有人连一分钱的收入都没有。这种"比惨"的想法，可以使人找到心理平衡，找回自信。

11 月 8 日

感谢人生路上拉我一把的人，虽然随着时间的流逝，经历的不同，想法和做法的差异，他们也许会渐行渐远，但他们毕竟伴着我走过了一程，是他们让我认识到，昨天再好也回不去，明天再难也还是要走下去；是他们让我意识到，虽然我的生命充满苦难，但也应该过出属于自己的精彩！

11 月 11 日

当时间老人将一个个黎明变成黄昏，将一个个明天变成昨日，蓦然回首时会惊讶而又悲哀地发现，岁月会让人有种错觉，以为昨日的自己和今日的自己没什么不同，岂不知，在 24 小时里，在醒来睡去之间，自己就这样一点一点地老去了。

11 月 13 日

我正在读王朔的《永失我爱》。这部小说曾被改编成电影。也许是因为情节安排以及表现手法的不同，我总觉得文学作品一旦被改编成影视剧，多少就会变味儿。所以，我喜欢读原著。读原著的好处还在于，可以对某一句话、某一段落反复斟酌，而看影视剧通常都只记住个梗概。

11 月 16 日

随着快餐连锁店肯德基的足迹遍布全球，它的创始人——那位戴着眼镜的白发老人的微笑也已经家喻户晓。但很少有人知道，在创业之初他可谓是举步艰难,当时没有一家饭店愿意出售他的炸鸡块。但他并不灰心,在遭受了 109 次无情的拒绝后,他的事业才终于有了起色——要想见彩虹,必先经风雨。

11 月 17 日

上学的时候,我对老师布置的作业总是马上就写,写完后马上交上。现在,我也依然习惯于速战速决,对想做该做的事情,不喜欢拖着,喜欢早做完早交差。反正迟早都是要做的,早早做完,自己和别人就都踏实,都不用惦记了。我不觉得这样做是给自己施加压力,而是把做目标明确的事情视为享受。

11 月 20 日

一位认识十多年的朋友,我们在三年前断了联系,最近我又与她联系上了。这位朋友曾经给过我很大的帮助。都说人要有感恩心,我觉得真正的感恩心并不是在对方帮助自己的时候才说对方好,才会想着念着对方,而是对方即便不再帮助自己时,也依然不忘对方的好。

11 月 22 日

现如今的人好像都已经不再习惯于静静地坐一会儿了,不再欣赏车窗外的房屋树木向后奔跑,不再出神地凝望满天璀璨的星斗,一旦闲下来,就拿起手机,靠着刷各种圈儿来打发时间,即便只有几分钟的空闲,也要打开手机来看。扪心自问,究竟看进去了什么,记住的有多少?

11 月 25 日

有一句话叫作:"放下包袱,轻装前进。"生活中,我们总是背着各式各样、或轻或重的包袱。要在人生旅程中轻装前进,的确需要适时地卸掉不该背的包袱。有谁的一生完全是在幸福中度过的呢?生活就是生活,人就是在适应生活的基础上,去创造生活、享受生活。

11 月 27 日

妈妈买来了山楂,准备做山楂酱。先把山楂里的核一个个取出来,然后把去过核的山楂放到锅里加水煮开，等凉了以后，把山楂皮滤出来，放入白糖，装进玻璃瓶里密封好。做山楂酱很麻烦，妈妈得忙上一天，但是，因为我爱吃，所以妈妈每年都会做好几瓶放在冰箱里冷藏起来。

11月29日

小区里一对卖菜的夫妇，每天半夜两三点就去批发市场进菜，晚上7点以后才收摊，辛苦维持着一家人的日子。现在，他们的大儿子正在读研究生，小儿子大学毕业后，找到了一份称心如意的工作，他们自己也在老家县城买了房——每个人都可以成为自己领域的成功者，每个人都在以自己的方式活着、梦着、奋斗着！

12月2日

记者在采访中问我："你觉得最大的困难是什么？"我说："如果可以选择，我希望能看得见。"是啊，看得见多好啊，即便躺在床上不能动，但只要看得见，就可以欣赏到窗外的美景、网络上的美图、亲人们的神态动作、室内物件的摆放。但是，我却看不见，所有的美只能存在于我的想象中。

12月5日

都说"平平淡淡才是真"。平淡指的并非只是生活状况，更主要的应该是心理状态，别人夸奖，不必表面装着不爱听，心里却在乐翻天；别人批评，只要有则改之无则加勉就行了。人生能有几回搏，就算自己不能做得更多更好，也依然要有一颗积极进取的心。

12月7日

人真的有下辈子吗？也许，因为人在这辈子有了太多的无奈，所以才会有对下辈子的憧憬。如果人真的有下辈子，我一定要选择健康！不过，如果我下辈子是健康的，可能就会平添许多今生所没有的烦恼，正所谓"好事不会全都落到一个人头上，坏事也不可能全都让一个人摊上"。从这个角度上来讲，上帝对人还是很公平的。

12 月 10 日

人在面对困难时常会表现出两种倾向：一种是在事情开始之前就抱着否定的态度，于是就容易陷入自己设定的泥潭里不得脱身；另一种是努力去找寻好的、光明的因素。从身边可以接受、可以改变、可以利用、可以操作的细节之处入手，用积极的信念支配行动，并且让乐观成为一种习惯。

12 月 12 日

有人说："苦难是人生的财富。"我觉得说这话的人纯粹是站着说话不腰疼，吃饱了撑的。如果没有那么多的苦难，我可能已经在中国美术馆举办个人画展了，可能已经在西单图书大厦举行签名售书了；如果没有那么多的苦难，人生对我来说，就不会像西班牙斗牛士一样，常常要用一种悲壮的情绪来面对人生。

12 月 15 日

有一种说法：最难过的人往往笑得最响。喜怒哀乐是人之常情，如果表现出来的总是欢喜快乐，少有恼怒悲哀，真实的自我便会被扭曲压抑，这样伪装得久了，恐怕连自己都不认识自己了，也不知道自己究竟喜欢什么、不喜欢什么，想要什么、该干什么了。

12 月 17 日

每个星期六，大姐和大姐夫都会回来，但是今天，他们却因为工作繁忙没有回来。我忍不住在想："假如我有一个好身体，我也会在事业上闯出一片海阔天空。"但转而我又自我安慰："我带给他们的影响并不全都是消极的，因为全家人的注意力都在我身上，所以，和别的家庭比起来，我们家里有更浓的亲情、更多的凝聚力。"

12 月 20 日

有家长气呼呼地抱怨道："孩子放学后一进家门就看电视，我让他先写作业，可他偏不听。"我说："北方人喜欢先吃饭后喝汤，南方人喜欢先喝汤后吃饭。先写作业还是先看电视也是这个道理，其顺序只是个人习惯而已，家长不该把自己的意愿强加给孩子，因为孩子是有自己独立的思维和行为方式的。"

12月23日

现在，未名湖上是不是已成了滑冰爱好者的乐园？福海边是不是已摆上了造型各异的冰灯？我极力想象着冬天里热闹的场面和迷人的景致，却感觉这一切离我是如此遥远。卧病在床的这几年，被禁锢的不仅仅是我的身体，还有心灵。常常，我会呆愣出神，说不上高兴或不高兴，只是感觉神经似乎全都麻木了。

12月26日

大多数人在大多数时候只能做一些具体的事、琐碎的事、单调的事，也许过于平淡，也许过于琐碎，也许只能是重复再重复，但这就是工作和生活，这就是成就大事不可缺少的基础。古人云："唯有埋头，才能出头。"要想成就大事，就要把小事做好，就要把小事的细枝末节做到位。

12月28日

电台里一档生活服务类节目请来了两位嘉宾，一位是做教育工作的，一位是做法律工作的。他们不仅事业有成，而且前者对家电的维护、生煎包子的自制方法说得头头是道，后者在天文观测、花卉养殖方面颇有见地。人是要有点兴趣爱好，不仅可以放松和愉悦身心，还可以给平淡的日子增添些乐趣和情趣。

12月31日

2016年即将过去。用五个字来概括我这一年的感受：还好没放弃！在写作这条路上，我自认为我一直在坚持，一直很努力。这一年，我在各类刊物上发表文章共16篇，第四本书《心是一只雪候鸟》也即将在明年春天出版！2017年，雪候鸟依然会扑扇着翅膀往前飞！

第六编

随想节拍——
我的诗与梦

光阴

翅膀代表飞翔，
飞翔象征自由和超越。
梦企盼有双翅膀，
心向往展开飞翔。

雨丝是伤感的清泪，
雨丝也是记忆的点滴，虚幻的涟漪。
几分惆怅，几许逍遥，
润泽着多愁善感的心田。

看呀，
红红的旭日跳出了地平线，
它带来的是明亮，是温暖，是朝气，是希望，
是握在手里却又从指缝溜走了的
——光阴。

远方

远方，
有火焰般的热烈，
有朝霞般的绚烂，
有青草般的生机，
有泥土般的深沉。
远方，
那是我心向往的地方。

心在远方，
路在脚下。
用心走好每一步，
才能累积起通往远方的行程。

穿过荆棘密布的丛林，
越过风高浪急的洋面，
翻过险峻崎岖的山峦，
绕过深不见底的峡谷。
远方，
不是跋涉的终点，
它是挂牵，是召唤，
是自己内心不变的承诺。

记忆

我还记得冰晶的美丽,
尽管它已经融化了。
我还记得花朵的芬芳,
尽管它已经凋谢了。
我还记得炉火的温暖,
尽管它已经熄灭了。
我还记得百灵的歌唱,
尽管它已经死掉了。
记忆,
就像一把深邃的刻刀,
刻下了四季的流痕,成长的轨迹,
又像一把轻巧的剪刀,
剪去的是烦琐,
留下的是精致。

期待的开始

风，

吹散了雾气却卷起了尘土。

雨，

润泽了空气却打湿了街道。

情，

浓缩着暖意却平添了束缚。

每一个结果中都会有一丝缺憾，

每一丝缺憾又都是下一次期待的开始。

苦难

苦难，
像挡在面前的洪水猛兽，
既然躲不开，
那就只能迎难而上。

苦难，
有时侵袭人的身体，
有时摧残人的心灵，
有时日复一日连绵不绝，
有时在意想不到的时候从天而降。
但是，
能将人置于死地的不是苦难，
而是自己。

经历着苦难的人，
别忘了，
用忍耐做根基，用信念做支撑，用果敢做武器。
经历过苦难的人，
请相信，
对生活该有一份锲而不舍的坚持。

生命是一捧泥土

生命，

在自己的泪水中开始，

在拳砸足蹬的挣扎里启程。

就这样上路了，

就这样，背起了沉重的行囊，

为了寻求前方的风景而长途跋涉。

生命是一场艰苦的搏斗，

付出和收获之间未必成正比，

风雨兼程不一定能听到凯旋的号角。

挫败能压倒斗志，

也能鼓舞斗志。

生命是一道多解的方程式，

每个人的演算方法不同，

解析思路各异，

但所要证明的却都是同一个结果，

那就是，

自己在世界上的存在以及存在的意义。

生命是一捧沉默的泥土，
可以掘为墓穴，
埋葬灵魂，
也可以是一粒种子成长的温床，
让它生根发芽，
漫成一片盎然的生机。

时光水滴

昨天是过去，
明天是未来，
今天呢，
是现在，是过去与未来的交汇点。

过去是一串脚印，
未来是一张白纸，
现在呢，
是真实的存在，是自我的绽放，
是看似微弱但却能把岩石穿透的
点点水滴。

稻草人的守望

风吹乱了你的头发，
雨打湿了你的衣衫，
小鸟啄疼了你的脸颊，
孩子打伤了你的手臂。
你的心里会感到害怕，
你的身体会觉得疲惫，
但是，
你依然在守护着小小的领土，
依然在守望着，
眼前的丰硕。

有梦的日子

梦的憧憬只在意念间，
梦的跋涉全在行动中。
梦幻的殿堂里，
一切都是顺理成章，
寻梦的旅途中，
又有多少始料不及的险境？

有梦的日子，
触手可及的欣喜中夹杂着无从下手的慌乱，
挫败和超越总是会轮番占据着心灵的舞台。

遥远的顾盼间，
有多少路要走，多少路能走，多少路可以去走？
无奈的妥协后，
梦的光影是否依然在闪烁？在哪里闪烁？

因为坚信有芳草鲜美，花开成海，
未来的召唤才有无尽的吸引力。
因为前路是凄风苦雨，急流险滩，
不屈的抗争才显得格外有意义。
有梦的日子，
每一步都是一段决定性的距离。

三月的小站

走过新年的忙乱，
走出严冬的萧瑟，
时光的车轮，
悄悄驶进了三月的小站。

平淡中有一连串的琐碎，
温暖里残留着不曾走远的寒意。
别再为已经逝去的伤感，
别去为尚未发生的烦忧。
三月的小站，
有太多应该留下，可以回味，值得带走的故事。

绿色

有人称绿色是春天的使者，
有人说绿色是生命的象征。
我说，
绿色是一个难解的谜团。

我把小草和树叶紧握在手里，
却还是无法抓住春的生机，
我品尝过了喜怒哀乐的心情，
却还是无法给生命下一个准确的定义。

春雨的遐想

蒙蒙的雨雾，

若有若无，

像悬浮在心头的怅惘。

轻轻地飘落，

一点一滴，

润泽着尘封的夙愿。

静静地停下，

无声无息，

化作绵长的回忆。

悄悄地离开，

轻手轻脚，

隐在灿烂阳光的背后。

冰

寒冬里，
把柔弱凝结成坚实，
把点滴汇聚成强大。
春来时，
在温暖的空气中，
化作一片晶莹。

寒冬不是痛苦的末日，
而是积蓄能量的时机，
春光不是跋涉的终点，
而是又一段旅程的起始。

无题

心，
像掉进一个空旷的深谷，
周围好冷，好静，
孤单的灵魂，
没有着落，没有依靠。

思绪，
像骤然刮起的一阵狂风，
卷起沙尘，搅浑雾气，
在一阵紧似一阵的奔波中，
却迷失了属于自己的方向。

人人渴望的，
却不一定人人拥有，
握在手里的，
到头来还是要失去。

笑了，

却找不到高兴的理由，

痛了，

却不知道怎样寻求麻痹。

距离真的是一种美吗?

如果是，

谁愿意选择永远分离?

苦难真的是一笔财富吗?

如果是，

谁甘愿承受无止境的苦与难?

不一定

不诉苦，
不一定不难过；
选择沉默，
不一定无话可说；
苦口的，
不一定都是良药；
想要忘记的，
不一定真能释怀；
意料之中的，
不一定都能接受；
春天上演的，
不一定全都是喜剧。

追随

葵花追随太阳，
顾盼之间，
丈量出晨夕的流转。
候鸟追随温暖，
翅膀掠过，
丈量出四季的轮回。
我们追随希望，
在晨夕里奔波，
在四季中行走，
心灵虽小，
却容纳了人生的百味。

十年

日子在匀速流转，
幸福，需要用心规划，
痛苦，没有事先预约。
来时的路，
无论是对是错，
都有不得不这样走的理由。

自己是作者，
书写着经历；
自己也是读者，
回味着过往；
自己还是主角，
演绎着故事。

十年，
改变了许多事情，
也留下了许多难以改变的痕迹。

寂寞的味道

寂寞的味道，
人人都尝到过，
却没人能形容得出。

流水是寂寞的，
虽然它可以成为鱼儿的乐园；
落叶是寂寞的，
虽然它曾经蕴含着盎然生机；
狂风是寂寞的，
虽然它的嚣张气焰令人生惧；
云彩是寂寞的，
虽然它的高度使人难以企及。

感官的享受未必能换得精神的愉悦，
外在的繁华未必等同于内在的充实。
当经历成为身后的过往，
寂寞的味道，
恰似渐浓的秋意。

问雨

从天空到大地，
中间的距离有多远？
从云层到泥土，
需要辗转多长时间？
你是如何叫来朋友相伴？
又是如何找来雷电助兴？
你来，
营造出几许浪漫？
平添了多少烦忧？
你透明的外表下，
藏着怎样的一汪心事？

告诉

你从远方赶来，

在我窗外短暂停留，

又转身向远方奔去。

你用光芒告诉我你的到来，

你用温度告诉我光阴的流转，

分别以后，

你的气息依然萦绕在我的周围。

但是，

独坐窗前的我，

能告诉你的是什么？

当你从我面前走过之后，

我留在你记忆里的，

又是什么？

心里有个放大镜

你说，
周遭一片荒凉。
那是因为，
你没有看到春天的苗圃，夏天的丛林，秋天的果园，
你只看到了冬天的景象。
即使在冬天，
也有雪中的游戏，冰上的奔跑，炉火旁的笑脸，
可惜，
你没有看到。

人的心里有个放大镜，
假如对准的是阴暗，
黑色的影子就会被拉得很长；
假如对准的是光亮，
一点热量也可以燃烧成一团火焰。

生活像什么

生活像酸奶，

有人用勺喝，

有人用吸管喝，

有人喜欢奶味的香甜，

有人喜欢果味的酸甜，

有人喜欢特定的味道，

有人喜欢品尝不同的口味。

生活像照片，

过去是黑白的，

泛黄了，模糊了，轮廓却依然清晰可辨，

现在是彩色的，

光和影，明和暗，不一定最精彩却一定最真实，

未来是还没有洗出来的，

幻想着，寻觅着，不确定的影像变化多端。

生活像开车，

要遵守交通规则，

会经过许多的路口，

遇堵的时候需要忍耐，

倦怠的时候想一想目的地，

迷路了或者车坏了的时候，

最希望有人雪中送炭，指点迷津。

生活像白纸，

可以在上面写文作画，

可以用来折做装饰，

可以成为信息传播的工具，

可以被新型信息传播工具取代，

可以有收藏价值，

可以揉皱撕毁，扔进垃圾箱。

生活到底像什么？

生活，

比酸奶的味道更浓郁，

比照片的内容更丰富，

比开车的经历更有悬念，

比白纸的意义更平凡也更非凡。

心灵是一座房屋

心灵是一座房屋，
建造房屋的是别人，
打理房屋全要靠自己。
从出生的那一刻起，
我们就是这座房屋唯一的主人。

做了愧对良心的事，
如同背负着巨额房贷；
心上有解不开的结，
如同门窗难以开合；
情绪的低迷忧郁，
如同要清理的灰尘和垃圾。
攀比，
比不出情趣；
华丽，
未必能装点出高贵。

每座房屋都体现着一种个性，
每种个性都解读着一段经历；
每座房屋都代表着一个家，
每个家的意义不只局限于房屋。

路

一条路是一段旅程，
千万条路纵横交错，
小路的尽头是大路的转口，
这一条路的目的地是那一条路的起始点。

不同的人走着不同的路，
不同的人带着不同的心情去走路。
脚下有路，
可以走遍四方；
心中有路，
可以驰骋天涯。
没有比脚更长的路，
没有比心更远的方向。

春会来

听不到燕语莺声，

看不到草长花开，

冬天，

是风与雪的舞台。

花朵不绽放，不等于衰败，

江湖不奔腾，不等于枯竭。

你看——

在厚厚的冰层下，

有鱼儿在彼此温暖；

在冷冷的狂风中，

有树木在傲然挺立；

在皑皑的积雪下，

有根在牵手，有虫在相拥。

冬会去，春会来，

——信念，

让坚持有了动力，让坚守有了希望，

让坚强的生命迎来了冬去春来的生机。

灯

不与阳光争宠，
不与霓虹比美，
灯，
亮在凄清的长夜，
照在寂寥的长街。
一盏光亮，
伴随在奔波的路途，
成为缺少依靠时的依靠。
一斗温暖，
穿透厚重的忧伤，
化作心灵上含情的眼眸。

生如闯关

人生的跋涉如闯关，
越往后，
遇到的关卡会越多，
也越是难以闯过。

自己的伤，
只能自己承受。
别人也许能同情，也许会安慰，
但永远也不会知道你伤得有多深，伤口有多痛。

就算信念的堤坝会被淹没，
我们也还是要有不倒的信念；
就算精神的壁垒会被砸碎，
我们也还是要有不屈的精神；
就算坚强的灵魂会被拖垮，
我们也还是要坚强地高昂起头颅；
就算你对生活微笑，生活却没有对你微笑，
我们也还是要发自内心地去热爱、去赞美、去拥抱生活，
也还是要一次次地鼓足勇气去闯关。

岁月

岁月是地上的小草，
春绿秋黄，
在风里摇曳出季节的舞姿。

岁月是天空中的日月，
晨昏交替，
日子看似是重复再重复，
但甜蜜的时刻却没有机会再次重复。

岁月是小鸟的翅膀，
扑扇之间，
现在的已悄然掠过，
遥远的已近在眼前。

岁月是母亲眼角的皱纹，
深深浅浅，
记录着付出的艰辛，
浓缩着经历的苦乐与悲欢。

梦想

每个人心里都有梦想，

但不是每个人都能够实现梦想。

梦想的美丽和魅力在追寻的过程，

过程中的收获远远超出了结果本身的意义。

梦想在前方，

前方，

是通过一番努力之后可以到达的地方。

如果是过于遥远，超出了自己能力的梦想，

是很容易会被惰性所腐蚀，被时间所冲刷，被抱怨所

淹没，被纷杂所掩盖。

相信

相信，

每一颗珍珠起初都是一粒沙子，

每一点收获都离不开脚踏实地的付出，

每一个人身上都有属于自己的光和热。

相信，

因为期待奇迹，才会有不服输的抗争；

因为日子过于枯燥，才会渴望获得充实；

因为痛苦太多，才倍加珍惜快乐；

因为生命短暂，才愈发珍爱时间。

相信，

厄运是提高心灵免疫力的良药，

随着一次次挺过困境，渡过难关，

人也就一点点变得成熟，变得坚强。

欣赏

欣赏自己，

会增加勇气；

欣赏别人，

会拥有朋友；

欣赏世界，

会看到美丽的风景；

欣赏生活，

会在平淡与平凡中领悟到甜蜜的诗情与浪漫的诗意。

把自己想象成一棵树

从春来到秋去，从抽芽到凋零，
然后，
在漫漫冬季里默默积蓄着重新焕发生机的能量。

当承受凛冽寒风的时候，是不是也曾感觉到无助？
当枝枯叶落的时候，是不是也曾感觉到孤独？
当用光秃秃的身躯迎接风雪的时候，是不是也曾感觉到悲凉？
在感觉到无助、孤独、悲凉的日子里，
是什么让它迎来一次次盎然的春意？走过一年年岁月的风尘？
是看不到却能感受得到的信念的支撑！是抓不到却不可或缺的希
冀的力量！

让我们把自己想象成一棵树吧！
当寒风凛冽的时候，我们该为自己能傲立风中而自豪；
当叶落成泥的时候，我们该微笑着走进下一个季节；
当冰雪袭来的时候，我们该有勇气冲破一个又一个阻碍，重
现一个又一个生机！
给自己一个向上的动力吧！
不管是哪个季节，哪种天气，都不要随随便便地否定自己。
有信念，才会有坚持；有希冀，才会有发芽展叶的生命力！